U0002004

致青春 071

白日夢我

（下）

著

高寶書版集團

目錄
CONTENTS

第二十一章
校霸的笨拙伎倆

孫明川現在心情有些複雜。

半個小時前，他和兩個室友一起往禮堂那邊走，準備去聽消防安全知識講座。本來是他的三個室友，但是其中一個——分數最高的那個，在路過一家奶茶店的時候發現自己忘了帶東西，就回去拿了。

孫明川很欣慰。狀元也是會忘記拿東西的這個認知讓他覺得，自己在無形之間和天才的距離被拉近了。

離講座開始的時間還早，他們也不急，去小賣部買了一點吃的，一路邊吃邊往那邊走。直到他們快走到禮堂，到圖書館門口的時候，孫明川眼睜睜地看著他忘記拿東西的狀元室友，從圖書館那邊走過來了。

男生宿舍離這裡很遠，孫明川心想走得還真快，直到他看見這個人前面還有小女孩。

小女孩走兩步回過頭來跟他說句話，他邊走邊揉了揉小女孩的腦袋，停了停，又抬手抽掉了女生手臂上掛著的衣服，單手抖開，幫她披在身上。

那女孩大概是嫌熱，不太想穿，肩膀聳了一下，整個人晃啊晃，想把外套弄掉。沈倦拿走了她手裡的奶茶，另一隻手敲了敲她的腦袋，說了句什麼。

小女孩拍掉他的手，不情不願地伸手臂，把袖子套上了，轉過頭來，伸手跟他要奶茶。

轉頭的瞬間，孫明川遠遠地看清那女孩的樣子，愣了愣：「噯，這不是我女神嗎？」

孫明川掰著手指頭，算了算：「不是，這也才幾天，就發展成這樣了？」

於嘉從也看見了，嘆氣道：「我們沈狀元搞起男女關係，效率也是狀元級別的。」

講座的座位也是分院分系的，電腦系和經管金融離得很遠，林語驚和沈倦分開，沈倦繞著禮堂走了半圈才找到孫明川他們。

沈倦走到最旁邊，他們幫他留的那個空位坐下。

路修然含笑，孫明川幽幽，於嘉從十分同情：「可憐人。」

沈倦挑了挑眉。

孫明川忍不住了，伸出手指，朝他比了個四：「四天。」

「什麼？」

「今天是第五天，」孫明川說，「你已經和女神發展到這種程度了？」

沈倦看了他一眼：「什麼女神？」

「他的女神，」於嘉從側著身子，伸出腦袋接道，「就是那天過來送防曬霜給你的那個女孩，是孫老闆的夢中情人呢。」

沈倦笑了。

他將長腿往前伸，懶洋洋地問：「你喜歡？」

「咦？」孫明川趕緊擺手，「別，兄弟，我懂你的意思。」

孫明川十分感動：「我們不用這樣，你可千萬別說喜歡就不追了，要讓給我什麼的啊，我不喜歡這個，我就是覺得女孩長得滿好看的，也沒別的想法了，我也只是想想。」

沈倦看著他，平靜說：「我的意思是，你想都不要想。」

孫明川：「……」

孫明川本來也是心胸寬大的選手，只是聽沈倦這麼說就更好奇了，連忙湊過去：「不是，你們現在是發展到什麼階段啊？是了解期呢，還是曖昧期呢，還是你女朋友啊？」

沈倦揚眉：「你覺得呢？」

「我覺得曖昧，」孫明川肯定道，「才這麼幾天就找到對象，速度有點快了吧。」

「不快，」沈倦靠進椅子裡，以手背撐著臉，隨口扯了一句，「老子等了她三千年了。」

孫明川也不是傻子，這句話他聽懂了。原來那兩人是舊識，以前認識的，大概還有過一段什麼不可言說的往事。

不過他的關注點不在這裡。

作為一個新世紀的祖國八卦精，他充分發揮了自己的這個屬性，看著沈倦「啊」了一聲：「那還滿長的啊，中華上下才五千年呢。」他算了一下，「你們在西周的時候就認識了。」

沈倦看著他，還滿糾結的：「你說我現在是要笑，還是不笑？」

旁邊於嘉從已經笑起來了。

「噯，不是，我認真的，這有什麼好笑的呢？」孫明川說，「那既然是你的對象，就是我小姨子了，什麼時候一起吃個飯？」

「……」

沈倦用看傻子的眼神看著他。

「呸，」孫明川說，「說錯了，跟小嫂子。」

於嘉從嘆了口氣，真心實意地問：「老孫，你是怎麼考到這個學校的金融系的，是不是高考作弊了啊？」

「我看起來不像學霸嗎？」孫明川轉過頭來，瞪著他，「老子寒窗苦讀十九年，還重考一年，我有多愛學習。」

於是這個話題又被帶過去了，孫明川開始講述他第一次高考差五分，沒能考上A大以後的悲痛欲絕，以及準備重考這段時間以來的艱苦歲月。

兩次都沒能提起來，但是他對這個還是很小嫂子的好奇。

沈倦太沉，在宿舍裡基本上也不怎麼參與聊天，偶爾跟著說兩句，也不是耍帥之類的，就是很明顯能感覺到這個人性子冷漠，對什麼都提不起興趣，而且看起來莫名有點頹廢。

難道小女孩現在都喜歡這樣的？

孫明川有點難以想像這樣一個人談戀愛，那得是什麼樣的女孩。而且其實遠遠看過了兩次，他都沒能好好看清楚那位到底長什麼樣子。

機會來得很快，時間一天一天往前爬，最後兩天的軍訓內容是實彈射擊。

A大有自己的射擊隊，操場旁隔著一個體育大樓有獨立的射擊館，是A大射擊隊的訓練基地，每年新生軍訓的實彈射擊項目也都是在這裡。

對於這個訓練項目，所有人都很熱情，畢竟比起每天站軍姿、走方陣，頂著大太陽曬著，這個太好玩了，而林語驚在聽到A大有射擊隊的時候，眼睛都亮了。

她之前是真的不知道，但是她不知道沈倦知不知道。當天晚上查了一堆資料，發現A大這個射擊隊竟然很厲害。他們有專業的教練團隊和很多免試入學的射擊運動員，去年還在世界大學生射擊錦標賽拿到了銀牌。

第二天，照例是那個時候起床，只是集合的地點從往常的操場換成了射擊館門口，教官還沒來，門口一堆小油菜亂哄哄地湊成一堆一堆說話，有男生一邊吃著早餐一邊吹牛，和旁邊的女孩子介紹槍械知識。

反正林語驚聽不太懂，她只知道那幾種槍，還是高二的時候李林他們帶她玩遊戲時知道的。不同系安排的時間大概也不一樣，林語驚她們直到進去也沒看見沈倦，她上一次進射擊館還是他帶去的。不過玩的是弓，原因是她未成年。

林語驚是十月生日，還有一個多月，非要算的話，她現在也沒成年。

她一邊跟著隊伍往裡面走一邊掃了一圈，A大這個射擊館和上次那種娛樂性質偏重的不一樣，氣氛也不一樣，這邊更類似於一個訓練基地。館裡的冷氣開得很足，一進去大廳，兩邊掛著一堆照片和介紹，走廊牆上全是槍械知識的長圖。

從後門出去是很大一片室外射擊場，幾百把五六半和九五式，每個靶道上都擺著木板凳，剛站上去，就感覺到後面的顧夏戳了戳她的腰。

林語驚回過頭去。

顧夏的身子往前傾了傾，湊到她耳邊：「往右看。」

林語驚側頭往右。

「看見了嗎？」

「看見什麼？」林語鶯茫然。

「這個，就這個，站在二班旁邊這個，有點帥。」

顧夏一個軍訓啥也沒幹，眼睛像雷達掃射一樣，三百六十度無死角地在電腦系尋找帥哥，最後抑鬱嘆氣，得出結論——該系釣凱子無望。

「我是為什麼來學電腦啊！不就是覺得這裡男生多，基數大嗎！」顧夏憤而拍桌。

不過她的眼光還是很高的，林語鶯也跟著看過去，確實是很帥的一個小哥哥，穿著的大概是A大射擊隊的隊服，紅白的運動外套，袖子手肘的地方有兩條紅色斜條紋。看起來非常年輕，也就跟他們差不多大，個子不算高，眼睛滿大的，像個白麵小唐僧。

「看起來像學生。」林語鶯低聲說。

「何止像學生，像個高中生，」顧夏說，「長得怎麼好像比我還小呢？」

林語鶯笑了笑：「喜歡就上，想追就追，軍訓明天就結束了，製造機會就從今天開始吧。」

「不是我喜歡的類型啊，」顧夏小聲嘟噥，「我跟他站在一起，好像唐僧和蜘蛛精。」

林語鶯「啊」了一聲，覺得這個形容好貼切。

實彈射擊有一定的危險性，射擊隊的人都會來幫忙，做些協調及一些指導工作。

白麵小唐僧就一直站在她們班旁邊，剛剛射擊隊的教練還過來跟他們做了介紹，這位小唐僧竟然還是個很厲害的選手，劈里啪啦的獎牌得了一大堆的那種。

林語鶯手拿著槍趴在地上，槍體架在木板凳上，唐僧就蹲下身來，糾正她動作失誤的地方。

一開口，聲音出人意料，清清透透的聲線，稍微有點冷。

但是無論他怎麼教，林語驚依然保持著和幾年前一樣，數年如一日的優秀發揮，射出去的子彈全部脫靶，在牆上砸出了一堆坑。

白麵小唐僧深深地看了她一眼，最後長長嘆了口氣。

林語驚覺得自己在這個小孩眼裡看出了一點掩飾不住的鄙夷。

幹什麼？什麼意思？這種充滿了無力感的眼神是什麼意思？

林語驚覺得自己被瞧不起了。

這個室外靶場空間很大，一個班一個班過得快，林語驚她們班是電腦系最後一個班，在她趴著的時候，別系已經進來了。

沈倦一開始進來時，視線是被容懷的聲音拉過去的。結果這一眼掃過去，就看見了在那裡拿著一把九五式，趴在地上的林語驚。

少年此時正蹲在她旁邊，斜歪著身子微低著頭，湊到她旁邊跟她說話。

沈倦瞇了瞇眼，就看著這兩個人靠這麼近的距離，一個說一個聽，還點了一下頭。

非常和諧，和諧到沈倦非常不爽。

沈老闆看了一眼旁邊的教官，從隊伍後面繞過去，走到電腦系那邊，到林語驚身旁後也跟著蹲下來：「手抖什麼？板凳都給妳了，還能抖成這樣？」

這一聲突如其來，林語驚「砰」的一槍出去，再次脫靶，子彈在牆上砸出了一個新的彈坑。

她趴在地上轉過頭來，眨了眨眼，不明白他怎麼突然出現了：「嗯？」

白麵小唐僧聽見這個聲音也轉過頭去，看見沈倦愣了愣，呆呆的樣子：「師兄？」

林語驚：「咦……？」

沈倦看都沒看他，像是沒聽見他說話一樣，抬手握住了林語驚的手，修長的手指覆蓋在小女孩白白的手背上，垂頭：「穩一點，晃什麼？力氣小成這樣，槍都握不住？我平時是不給妳飯吃，還是虐待妳了？」

「……」

林語驚不知道為什麼，從這句話裡聽出了一點微妙的不爽和火氣。

怎麼莫名其妙又和她發火了？

她側頭，白了他一眼：「我力氣已經不小了好不好，你知道這把槍有多重嗎？」

沈倦蹲在地上，現在室外靶場人多，有的趴有的蹲，他在她身後斜側方也不突兀。

「不知道，」他隨口漫不經心地道，「多重？」

「就是我握不住的那麼重，我現在手都痠了。」她小聲說。

沈倦一頓，抬眸看了她一眼。

周圍的聲音很大，砰砰的槍聲和說話聲不絕於耳，他忽然勾唇，傾了傾身，趴在她耳邊，用只有兩個人能聽見的音量低聲說：「那可不行，才這麼一下子。」

林語驚沒聽懂是什麼意思，只覺得他湊得太近，耳朵有點癢，縮了縮脖子。

「握這麼一下子就痠了，以後怎麼辦？」沈倦低道，聲音聽起來意味深長，「得練練。」

沈倦這個流氓耍得九彎十八拐，還真的不在林語驚能理解和招架的範圍之內。

女孩子對這方面的了解，總歸還是比較有限的。

剛懂這些的時候，程軼他們有時候也會聊聊這方面的東西，雖然平時幾個人是關係好到不分男女，但是這種話題他們還是會避一避。林語驚也沒有刻意了解過，她沒有這個好奇心。

但是有些事情，該明白的，就莫名其妙地明白了。

她反應了好一會兒，本來還覺得是自己思想太不堪，想太多了，但是沈倦刻意壓低、暗示意味十足的聲音又在明明白白地告訴她——

我就是這個意思！

我就是在耍流氓！

林語驚手一抖，手裡的九五式瞬間變得更沉重，不僅沉重，怎麼好像還有點燙手？握也不是，不握也不是，奇奇怪怪的。

林語驚想直接把槍桿砸他腦袋上。

她深吸了一口氣，壓著聲音：「沈倦，做個人吧，你是變態嗎？」

沈倦的身子後傾，拉開距離，勾唇看著她：「我這不是善意的提醒嗎？」

林語驚翻了個白眼，眼睛還看著前面的靶子，沒看他：「我真是謝謝你啊，一首《夢醒時分》送給你好不好？」

心虛哄他的時候就軟乎乎的，還會撒嬌，可愛得跟個什麼一樣。一和好，馬上就本性畢露了，什麼撒嬌示弱，蕩然無存。

嘖，女人。

沈倦「嘖」了一聲，還來不及說話，旁邊被冷落許久的小唐僧終於忍不下去了。

林語驚最後一槍脫靶，從地上爬起來，剛好教官過來，白麵小唐僧也跟著站起來，上一秒的冷淡完全蕩然無存，他像一個小尾巴一樣跟在沈倦屁股後面：「師兄！師兄你去哪裡了，你這幾年去哪裡了？」

沈倦沒說話，小唐僧也不氣餒：「我那天一回去，他們就說你不在了，我哭了好久。你都沒告訴我，我只有一張跟你的合照，我把你單獨剪下來貼在床頭，每天三叩九拜——」

幾個人走到隊尾，林語驚腳步一頓，差點沒笑出聲來。

沈倦也停下腳步，轉過頭，面無表情：「我是死了？」

「師兄，你別亂說。」白麵小唐僧嚴肅地皺著眉，又說，「你怎麼瘦了這麼多？」

林語驚聞言，抬了抬眼。

沈倦看了她一眼，又轉過頭去，抬手敲了敲小唐僧的腦袋：「話怎麼還是那麼多？」

林語驚已經仔仔細細地打量起了沈倦。

之前她一直沒什麼機會仔細觀察他，只覺得少年棱角變得鋒利，整個人氣質沉冷，她當時心想是因為一年半沒見，而且他那時候又生著氣。

久別以後，老實說，林語驚多多少少有一點說不清的疏離感和陌生感，她始終儘量忽略，讓自己主動一些、活躍一些，慢慢淡化這種感覺，磨合找回兩個人以前的那種相處模式。

腦子裡在思考的東西塞得多，很多問題就被推後了。

比如沈倦這一年半是怎麼過的、他遇見過什麼、工作室怎麼樣了、舅舅怎麼樣了，還有之前程軼說的那個，去年去A市，見到他很頹廢的樣子是怎麼回事。

都來不及問。

小唐僧還在說話，快得嘴巴像個加特林，後來說到一半，小唐僧看了她一眼，又把沈倦拉到旁邊去說了兩分鐘的悄悄話。

林語驚也沒太注意，有點走神。

這個實彈射擊項目有分連，好像還有比賽。沈倦被唐僧拖了一會兒，又被他們班的叫走，小唐僧眼睛亮了亮，跟著跑過去了。

林語驚也跟著過去。

沈倦正舉著槍趴在地上，他的動作很標準，一雙大長腿很吸人眼球地舒展著，穿著一身綠色迷彩服，看起來像是一隻蹬直了腿的青蛙。

林語驚不知道自己剛才看起來是不是也這樣。可能更醜一點，畢竟她的動作肯定不標準。

小唐僧在這個時候眼睛還是亮的，直到沈倦前兩槍出去，小唐僧愣了愣，然後嘴唇抿起。

林語驚看了他一眼。

小少年臉色不太好，他嘆了口氣，後退兩步。

林語驚低聲問：「怎麼了？」

少年看了她一眼，慢吞吞說：「師兄說妳是他老婆，你們什麼時候登記的？」

「……」

林語驚差點沒被口水嗆到。

沈倦！你怎麼回事啊！

「不是，」林語驚有些愕然地看著他，「我們還沒到法定結婚年齡的事，你應該知道吧。」

小唐僧：「……」

「喔，對，是還沒到。」小唐僧點點頭，忽然朝她伸出手，自我介紹道，「您好，我叫容懷，很高興認識妳。」

「……」

正經，嚴肅又尷尬。

林語驚也配合著他的畫風，很尷尬地自我介紹了一下，猶豫了片刻，問道：「你叫沈倦師兄，你們是什麼時候認識的啊？」

「在隊裡的時候。」容懷有說跟沒說一樣。

大概也意識到了，他慢吞吞地補充：「我進市隊的時候，他就在了，我那時候很小，小學五六年級吧，都是師兄照顧我。」

林語驚有些驚訝：「小學嗎？」

容懷點點頭：「射擊是練童子功的項目，都是從小就練，但是師兄還是裡面最厲害的，一年就被省隊要走了，」容懷的眼睛又亮了起來，「妳想不到他當時有多厲害。」

「他現在也厲害。」林語驚忍不住說。

「現在不行，他好幾年沒訓練過了。」容懷搖了搖頭，又皺眉，「你們覺得厲害，但我們覺得不行，而且他現在看起來不一樣了，我說不上來，反正就是……和以前不一樣了。」

林語驚發現，她是真的聽不得別人說沈倦不行。

沈倦幫她洗腦得太成功了，導致她現在就是盲目地覺得他好，他厲害，他真的是無所不能。

林語驚眯了一下眼：「幾年怎麼了?別人可能幾年不行，他又不是別人，說要撿起來也不是撿不起來。」

容懷愣愣地看著她。

林語驚嘆了口氣：「對不起，語氣有點重，不過我沒有別的意思。」

容懷忽然道：「妳說得對。」

林語驚眨眼：「什麼？」

容懷已經跑走了。

少年腳步歡快，像一陣風似的，擦過迎面走來的人的肩膀，連跑帶跳地跑出室外靶場。

顧夏揉揉自己被他撞到的肩膀走過來：「這小唐僧看起來好快樂，他跟妳告白成功了？」

林語驚笑起來：「什麼跟什麼，那是我男朋友師弟。」

「我發現妳真的是個很有故事的女同學啊。」顧夏說，「我能不能冒昧問一句，妳跟妳那個狀元前男友還是現男友的，是怎麼回事啊？」

顧夏不好意思說劈腿的事，頓了頓，還補充：「當然，我隨口一問的，妳如果不想說，我們還是換下個話題。」

「沒什麼不想說的，」林語驚嘆了口氣：「兩個問題。」

顧夏：「嗯？」

林語鶯彎下一根手指：「一，是男朋友，不是前男友。」又彎下一根，「二，我知道妳有話不好意思問，他沒劈腿，我也不知道這個莫名其妙的劈腿事件是怎麼傳出去的，到底怎麼回事。」

顧夏點點頭，了解一下確實是室友感情很好的現任就行，不然都不知道八卦起省狀元的時候要用正面態度還是負面的，也不深問：「那妳問問他吧。」

林語鶯無法馬上就去問沈倦他哪來的小青梅和他卿卿我我、搞地下情，沈老闆剛從地上爬起來就被他們班的一群女生圍起來，各種嘰嘰喳喳。

林語鶯發現金融系的女生數量可能比電腦系多出一倍。

上午過得快，剛好中午休息，林語鶯也不急，走遠了兩步站在門口，從口袋裡掏出手機，對著沈倦「啪嚓」就是一張照片。

她走出室外靶場，靠在館內左邊的走廊牆上，把那張照片傳給沈倦。少年站在中間，周圍有一圈小女孩，環肥燕瘦都圍著他。

林語鶯打字：這就是你去學金融的原因？

沈倦沒馬上回覆。

他還沒走出射擊館就被容懷堵在門口，拉到旁邊走廊上：「師兄，我們談談。」

強行要跟他談話。

沈倦：「……」

沈倦其實剛剛第一眼看見容懷的時候，有些感慨。

當年那個長得很高了還愛哭，被訓練累到晚上躲在被窩裡偷偷摸摸地哭，被家裡寵大的小屁孩現在也長這麼大了。

容懷多大？好像小他兩歲，雖然他當時哭起來幼稚得像只有兩歲。

和林語驚同年。

沈倦想起小少年當年軟乎乎的小朋友樣子，忍不住開始想那時候的林語驚是什麼模樣。

這小女孩一身叛逆藏得深，那個時候應該就很囂張，沈倦腦補了一個綁著雙馬尾、長得萌萌的小女孩抄傢伙跟人家打架，然後看到有人來以後一秒變乖，蹲在地上哭的畫面，沒忍住笑出聲。

容懷就看著他尊敬的師兄站在門口，忽然垂頭，笑了兩聲。

「師兄……」容懷弱弱道，「我剛剛打了通電話給薛教練。」

沈倦一頓，抬眼。

「我沒說別的，」容懷連忙道，「我就問他中間空了幾年回來重新訓練，還有沒有機會能找回狀態。你當時走得急，都沒等我比賽回來，我也不問你為什麼走了，估計我問了你也不會告訴我，但是你現在不是回來了嗎？」

沈倦看著他：「你想說什麼？」

「我就是想說，」容懷語速很快，「我覺得你的話還來得及，而且我問了，也不是沒有前例。幾年前有個崔師兄，回來重新訓練了兩年，前年在城市運動會上還拿了銅牌。」

容懷的聲音有些期待和急切：「師兄，你也只走了幾年，你要是回來繼續訓練……」

沈倦打斷他：「你也說了是銅牌。」他笑了笑：「你為什麼覺得我會願意要一個第三名？」

容懷張了張嘴，說到一半的話被硬生生堵回去了。

「你不一樣，」容懷強道，「你跟他當然不一樣。」

「容懷，我走了四年。」沈倦平靜地說，「四年對一個運動員來說，意味著什麼？我能有幾個四年？時間很公平，每個人都是一樣的。」

容懷啞然。

「你自己也明白自己在說什麼。」沈倦說，「過去的事情就過去了，就這麼變成人生經歷也滿好的。人要向前走，別回頭，也別異想天開。」

沈倦說這番話的時候表情很淡，沒什麼語氣起伏，讓人覺得他真的就是過去了，再也提不起興趣。

容懷忽然覺得有點慌。

容懷第一次見到沈倦的時候是小學，剛要升國中，還是個小屁孩。

沈倦那時候也不大，小少年發育晚，個子比現在矮了幾顆頭，手裡拿著一把手槍，單手插著口袋側著身，拿槍的手臂繃得直直的，微微抬起一點，槍口在面前的檯子上輕輕點了點。

小容懷眨眨眼的功夫，少年抬起手臂，對著面前一排五個靶子，一連開出五槍。

他很專注，甚至完全沒注意到站在旁邊看了好久的容懷，神情很淡，有種漠然的傲氣。

容懷覺得自己被帥到了。

他轉了項目，毫不猶豫地投入手槍速射的懷抱，剛好又跟沈倦分到了同一個宿舍，從此以後沈倦就收穫了一個跟屁蟲小迷弟。

沈倦的脾氣不怎麼好，現在已經好太多了，中二的年紀簡直傲得不行，看所有人，眼神都好像在說「你們這群垃圾」，非常一視同仁。

容懷也不介意，沈倦冷著臉像看垃圾一樣看著他，他也不在乎，熱情地扮演著小迷弟的角色，跟在他屁股後面師兄師兄的叫。

然後他發現沈師兄會在他半夜躲在被子裡哭的時候，一把掀起他被子灌毒雞湯，然後帶他去訓練場上跑幾圈。

是個溫柔又驕傲，很厲害的人。

可是他現在不一樣了。他像是被什麼東西壓著，整個人都站不起來。

容懷咬了咬牙：「我不甘心。」

沈倦側頭看著射擊館長廊上掛著的運動員照片，漫不經心地道：「我自己都沒什麼不甘心，你不甘心什麼？」

「我就是不甘心，你都沒去山頂上看看就放棄了，」容懷看著他，眼睛發紅，「師兄，你看都沒看過，為什麼就不上去了？」

沈倦側頭看著他，沒說話。

半晌，他嘆了一口氣：「那上面現在沒有我的位置了。」沈倦說，「我得在山下壓著。」

林語驚背靠著牆，站在走廊安全門旁的陰影裡，頭抵著牆面，盯著角落裡的一片細細軟軟的蜘蛛網，眨了眨眼。

她聽見容懷問為什麼。

他不知道為什麼，他不知道壓在沈倦身上的東西是什麼，林語驚知道。

她本來想在今天或者明天，軍訓結束以後兩個人去約個會，他們坐下來好好聊一聊以前不敢說的、不能說的。她願意告訴沈倦所有他想知道的事，也想問問他分開以後他好不好、累不累、有沒有別的不開心。

她想參與她錯過的他的人生。

林語驚現在知道答案了——他過得一點都不好。

午飯過後，下午還是實彈射擊訓練。

林語驚上午已經飽受脫靶的摧殘與折磨，而且被沈倦搞得現在一看到槍就多了一點奇思妙想，再也不想多碰一下，就坐在靶場角落裡發呆。

下午陽光正足，沒死角地照下來，焦灼，烤得帽頂滾燙，好像下一秒就要融化了，她都像沒感覺到似的，直到一片陰影籠罩，日光被嚴嚴實實地遮住。

林語驚抬起頭來。

沈倦站在她面前，居高臨下地看著她，帽檐壓得很低，又背著陽光，只能看清下頦的輪廓線。

林語驚愣了愣。

這種上一秒還在想的人，下一秒就出現在眼前的感覺有點好，她已經很久沒體會到了。

林語驚的心情好了一點，仰著頭，看著沈倦在她面前蹲下，手裡捏著一瓶礦泉水，擰開後遞過來：「在想什麼？」

她接過來喝了兩口，唇瓣沾了水，濕潤潤的：「我在想——」她拉著尾聲，好半天才說：「我們好像在一起沒多久就分開了。」

沈倦掀了掀眼皮，看了她一眼，沒說話。

「我們現在其實有點尷尬，到底算是老夫老妻還是新婚燕爾？」林語驚繼續說，「我們就只確定了關係，確定了以後都來不及培養感情呢。」

沈倦有點好笑地看著她。

他發現他這個小女朋友還真是很有想法，她經常會考慮一些別人根本想都想不到，奇奇怪怪的問題。

他沉吟片刻，思考著要怎麼回答，還來不及說話，林語驚忽然將礦泉水的蓋子扭上，將瓶子撐在地面，手心按著瓶蓋探過身來，湊近了看著他：「沈倦，我們這算不算先婚後愛啊？」

沈倦：「……」

沈倦低下頭，忍不住舔著唇笑了一聲，又抬眼：「我覺得算。」

他故意也往前靠，拉近距離垂眸看著她，緩慢悠長地說：「先婚後愛不是說說的，那還得來一點夫妻之實。」

這句話說完，沈倦不動聲色地欣賞了一下效果。

他滿意地看見林語驚藏在頭髮和帽子裡的耳尖輕動了一下，估計又紅了。

小女孩身子往後蹭，目光無語又譴責地看了他幾秒，然後眨了眨眼，忽然說：「我要提醒你一件事。」

沈倦懶懶應了一聲：「嗯？」

林語驚的長睫毛搧啊搧：「我的十八歲生日，現在還沒過。」

沈倦：「……」

「所以請你對未成年說話的時候注意一點，不要有那麼多不乾不淨的想法。」林語驚說，「我呢，現在只想和你接個吻什麼的。」

林語驚把關鍵內容重複了一遍：「單純地接個吻。」

沈倦眼皮一跳。

林語驚還沒完沒了了，她放輕了聲音，柔聲問他：「行嗎，哥哥？」

小女孩本來聲線就輕軟，嗓子再故意這麼一壓，聲音柔得從後頸一路酥到了尾椎。

我靠。

沈倦垂下頭，聲音很低地說了句髒話。

林語驚終於忍不住了，身子一仰，靠在牆邊開始笑。

她的帽子往牆上壓，帽檐往上翻，露出好看的眉眼，一笑，眼睛彎彎，漂亮又勾人。

沈倦被撩撥得沒脾氣，瞇了瞇眼，低聲說：「我發現妳現在膽子很肥啊，光天化日就敢這麼勾引我？」

林語驚四下偷偷摸摸地瞅了一圈。

現在氣氛鬆散，幾個班的教官趴在那裡比賽，旁邊有一圈學生圍著幫自家教官加油，九環十環地喊，後面還有學生拿著沒上子彈的槍，高舉過頭頂騰空一躍，激情擺拍，沒什麼人注意這邊。

林語驚重新扭過頭來，伸手，悄悄拽著沈倦的手指往前拽，穿過他自然彎曲著的修長手指，把自己的指頭一根一根塞進他指縫裡。

十指相扣。

林語驚的指腹貼著他骨節，輕輕蹭了蹭：「這怎麼是勾引，我這不是哄你嗎？」

她動作小心得像做賊似的。

完全忘記了他們現在戀愛自由，不是在高中時牽個手都得藏在校服袖子裡的時候了。

「中午的時候我想等你一起吃個飯，然後不小心聽見了你和你師弟說話。」林語驚握著他的手上下晃了晃，主動道歉，「對不起，我不想偷聽，但是聽到以後，我想了很久。」

沈倦任由她扯著他的手擺弄。

「就覺得你們聊這麼不正能量的話題，你肯定不高興。」林語驚語嘆了口氣，「我想哄哄你，想讓你高興。」

沈倦怔了怔，他沒想到林語驚會這麼說。

不是什麼不甘心看著你這樣，什麼你不應該是現在這個樣子，就是很單純的，我想讓你高興。

心裡像是被什麼東西嚴嚴實實地塞滿了，然後一片柔軟。

沈倦才意識到，林語驚是真的變了。

一年多以前，那個始終把自己關在殼裡的小女孩，現在正笨拙又小心地一步一步朝他走過來，然後伸出手牽著他。

有點喧鬧的室外靶場，砰砰的槍聲和說話歡呼聲不絕於耳，角落裡兩個人互相沉默著。

沈倦沒說話，但是林語驚能感受到，他和她相握著的手從指尖開始發涼。

良久，沈倦輕聲開口：「洛清河不在了。」

林語驚愣住了。

她抬起頭來，用五秒鐘的時間聽懂了這句話，然後整個人從頭僵到尾。

她握著他的手在抖，沈倦用大拇指指腹安撫似的蹭了蹭她的虎口：「其實也沒多突然，妳走的時候醫生就說過了，肺感染得很快，大概還有三到六個月，他多撐很久了。」

他說到「妳走的時候」這五個字時，林語驚覺得心裡像是被什麼東西刺了一下。

「我做好了心理準備，」沈倦側頭，看著牆角那一顆乾巴巴的野草，淡聲說，「但是一個人躺在那裡存在著，和從此以後徹底消失，總歸還是不一樣。」

林語驚說不出話來。

她的手冰涼，感覺自己的腦子都凍結了。

她其實整個中午到下午一直在想，沈倦要怎麼辦。林語驚不在乎沈倦做什麼，他想幹什麼就去幹什麼，但是首先得是他想幹的事。

沈倦和她不一樣，束縛著她的是不怎麼健康的原生家庭和一個控制欲很強的媽媽，這些東西等她長大了，等她有力氣能掙一掙，早晚有一天掙脫得了。

但是沈倦怎麼辦呢？

他身上有掙脫不了的東西，以前有，現在好像纏得更緊了。

就像他自己說的，他明知道這件事情跟他無關，不是他造成的，他不會為此埋怨自己什麼，但是依然沒有辦法毫無心理負擔地若無其事，想怎麼樣就怎麼樣。

不可能沒有影響。

這種事不能急，得慢慢來，也需要時間去淡化。

林語驚忽然垂頭，唇瓣貼上他的手背，輕輕親了一下。長長的睫毛垂下去，細細密密覆蓋。虔誠又憐惜的一個吻。

她抬起頭來，學著那時候他的樣子，握著他的手捏了捏：「小林老師疼你。」

沈倦怔了兩秒，忽然笑了。

他乾脆坐在地上，長腿一伸，一手和她牽著，另一隻手撐著被陽光烤得發燙的地面：「小林老師，妳很囂張啊。妳打算怎麼疼我？」沈倦似笑非笑看著她，「金融系的考試提綱要不要也來一份，嗯？小林老師？」

「……」

林語驚也明白沈倦是想轉移一下話題，逗逗她，不想她再去想這個。

他總是這樣，風輕雲淡地說完這些，自己像個沒事人一樣，還能跟你開開玩笑。而且他這個玩笑簡直是林語驚人生中最大的汙點，沒有之一。

萬萬不能忍。

林語驚把手一抽，拒絕和他牽手：「沈倦，我們現在還處於不尷不尬、搖搖欲墜、岌岌可危的磨合階段，更別說現在要找到我這樣的女朋友有多不容易，我建議你珍惜。」

沈倦決定挽回一下，雖然隔的時間有點久了：「其實妳那個提綱真的滿有用的，我那次月考的物理全靠它才能……打滿分。」

沈倦還沒說完就反應過來了，心想我他媽是不是白目？

果然，下一秒，林語驚猛地站起來，面無表情看著他：「今天你都別跟我說話，我們分手到今天十二點，明天再和好，你有意見嗎？」

沈倦大咧咧地敞懷坐在地上，一條長腿屈起，兩隻手撐著地面，往後仰抬頭看著她。日頭足，他被照得微瞇起眼，看起來懶懶散散、吊兒郎當，像是回到了高中的時候：「能不能少分兩個小時？」沈倦提議道，「十點和好行不行？」

林語驚轉身就走，用一個背影回答了他。

冷漠又無情。

‡

關於林語驚今天的那幾句磨合期之類的話，雖然中間她用先婚後愛之類的皮了皮，但是沈倦大概能明白她的意思。

沈倦本來還沒想到這些，他自己不覺得有什麼，無論隔了多久，她變了或者沒變，她都是林語驚，只要是她就行。但是女孩子的想法可能跟男人不一樣，才剛確定關係就分開那麼久，一回到這種朝夕相處的狀態裡，女生有時候大概需要一點時間找回感覺。

就像廢棄了太久的發條和齒輪重新咬合。

沈倦本來就不是特別有耐心的人，他覺得得加點潤滑油。

他想了想，掏出手機來打了通電話。

當天晚上，林語驚還在和沈倦「分手」的時候，她收到了老同學李林的訊息。

許久未見，李林同學依然那麼熱情，手速驚人，訊息一條接一條地傳來，熱情得有些聒噪，熱情得讓林語驚強忍著想要拉黑他的欲望。

宿舍裡的幾個人各幹各的事，林語驚將手機平放在桌面上，看著螢幕裡李林的訊息滿滿當當地擠著，忽然就笑了。

李林那邊還在說：妳是真的回A市了？

李林：唉，林妹，雖然我們只相處了幾個月，但是我真的覺得我們的感情比金堅。妳回去A市竟然都不跟我們說一聲，妳剛走的時候，聞紫慧還掉了金豆子呢，晚自習躲在窗簾後偷偷摸摸地哭。

李林：還有倦爺，倦爺那時候的那個狀態，我都不想說。

林語驚一愣，拿起手機打字問道：什麼狀態？

李林：就是那種被拋棄的小野狗狀態，就拚命學習，瘋狂考第一。

林語驚聽見這個就生氣：我在的時候他也瘋狂考第一！

李林直接傳了語音過來：『不是，跟那時候不一樣，我他媽高考國文九十分，我形容不出來，反正就是基本上不理人，只要我看到他，從早到晚都是在寫題目，人瘦到我看到都想哭。』

林語鶯把手機放在耳邊聽完，愣了愣，還來不及回話，李林又傳一條語音過來。

李林：『而且倦爺家好像很困難，週末還得自己打工賺錢，家長會也沒有人來幫他開過。我看他有時候午飯都不怎麼吃，就省吃儉用，節衣縮食，又要賺錢又要讀書。』

沈倦家有多困難，林語鶯當然知道。

她皺著眉，心裡有些不好受。

李林：『他用的那個鑰匙圈，看起來都特別舊了，就是那種只值幾塊的一個小玩意兒，一個小兔子，還穿著粉裙子，特別少女心，和沈倦氣質很不搭。我感覺像是哪個小孩不要的，被他撿回來用了。』

穿著粉裙子的兔子鑰匙圈……

林語鶯愣愣地，下意識抬頭，看了一眼放在自己床上的那個熊。

她在懷城一中的時候，學校不讓她帶這個，就放在林芷在A市的那套房子裡，大學開學回來，林語鶯報到完就坐了一個小時地鐵去那個房子，把它抱到學校裡來了。

每次一看見它，就能想起那時候少年戴著小惡魔頭箍，無奈地看著她的樣子。

林語鶯發了一會兒呆，再回過神來一看手機，李林又傳了好幾條語音過來，每條都很長。

如果是平時，這麼長的語音她都懶得聽。聽語音這件事本來就很麻煩，程軼不止一次罵過她語音從來不聽，不知道是什麼毛病。

但是李林說的是沈倦的事，林語鶯點開一條，再次舉到耳邊。

『我說我送他一個，他還不要！非得要那個兔子！』

電話那頭，李林對著紙上記著的滿滿內容，一邊醞釀著感情一邊流利地朗讀，感情飽滿，一字不漏。有時候他還自己加點語氣詞：『一個鑰匙扣都買不起！妳說這日子過得有多慘！唉，林妹，我以前真的不知道沈倦家裡條件這麼差。』

李林悲痛道：『他高三這一年過得實在太苦了！大學要是再沒有女朋友對他熱情似火一點，這該怎麼辦！』

林語驚：「……」

林語驚總覺得這最後一句話，聽起來怎麼好像有點不對勁呢？

李林接到沈倦電話的時候很激動，認識沈倦兩年，這個人第一次主動打電話給他。尤其是在林語驚走了以後，沈倦基本上微信訊息都不回，處於一到週末就失聯的狀態。

李林一直以為沈倦的手機換成了沒辦法下載微信的那種。

電話接通，他一聲飽滿的「倦爺」剛喊出來，沈倦就直截了當，第一句話：『來，我說你寫。』第二句話：『什麼都別問，拿筆，記，一句話都不許漏。』

李林：「……」

李林高中的時候曾經誤會沈倦另有紅顏，最後才知道是個烏龍，雖然又去解釋闢謠，但還是傳出去了不少。沈倦沒因為這件事打死他，讓李林覺得自己欠他一條命。

滿腔的熱情和報恩的心無處發洩、施展，機會從天而降，所以他二話不說就開始記筆記，記得比高三衝刺的時候還認真。

一頁筆記紙寫完，沈倦又讓他傳訊息給林語驚。

李林也不是傻子，沈倦想幹什麼，現在他已經明白了。

沈倦這一年多是什麼狀態，所有人都知道，差不多也都知道為什麼，隨便跟林語驚說說都能直戳心窩。結果沈倦現在讓他寫的那些，偏偏都是些不痛不癢的，那些真的戳心的話一句都沒有。

李林很納悶，他也不知道為什麼他得跟林語驚說沈倦窮得吃不起飯，還用一個從別的小孩手裡撿來的破鑰匙圈用了兩年，他根本連那個鑰匙圈都沒見過。

沈倦有的時候其實也很納悶，他不知道到底是什麼讓林語驚覺得他快吃不起飯了。

一開始是因為他配合著逗她玩的那句「我家在荷葉村，我叫沈鐵柱」。這麼弱智又傻的話，正常來講林語驚又不是傻子，肯定是不會信的。傻子都不會相信這個。

他懷疑自己在日常生活中，之前或之後到底做了些什麼，讓林語驚覺得他那些話是有感而發，他是真的窮。

沈倦被林語驚這麼長期明裡暗裡地明示、暗示了這麼久，在拿著手機念演講稿給李林聽時，竟然自己也有一瞬間的恍惚，覺得自己家裡好像真的滿困難的。

那就配合她吧，反正這種事也無所謂。

沈倦自覺文字功底深厚，稿子寫得很完美，從「你知道嗎？沈倦的狀態有多差」開始，到「沈倦高三這一年過得是真的不好」結束，林語驚就是個刀子嘴豆腐心，非常到位的一桶潤滑油。

他絲毫不知道李林幫他加了一句生死攸關的台詞。

所以，當他在宿舍裡伸著腿，癱坐在椅子裡，收到林語驚的訊息時，心情是滿不錯的。

他拿起手機來，滑開鎖屏，看了一眼。

林語驚：軍訓結束，是不是有兩天休息才上課？

沈倦回：嗯。

林語驚這回傳了語音過來，應該是在走廊裡，聲音有一點點回音，還是軟軟的：『男朋友，軍訓完要不要約個會？』

她在主動約他。

沈倦心情實在太好了。

自從林語驚走了以後，他太久太久沒有感受到這種輕飄飄、愉悅、放鬆，讓人忍不住就莫名其妙想笑的感覺。

他勾唇，手指扣在桌面上，指尖不停富有節奏感地敲著桌子。旁邊的於嘉從轉過身來：「我們宿舍裡有老鼠跑進來了。」

沈倦放下手機，身子往後一靠，轉過頭來微笑：「你們餓嗎？」

這個笑容很是溫柔，但是出現在沈倦這個人的臉上，讓宿舍裡剩下的三人總覺得有些驚悚。

孫明川瘋狂搖頭：「不了不了不了……吧。」

沈倦二郎腿一翹，拿起手機，開始找外賣：「不餓？不餓也吃一點，我點個小龍蝦吧，四盒夠不夠，你們都喜歡什麼口味？」

一個月只有一千五百塊生活費的孫明川同學囁嚅道：「四……四盒嗎？」

「一人一盒，」沈倦沒抬頭，指尖在手機螢幕上滑，不太滿意，「這小龍蝦怎麼這麼便宜？再加點別的吧。你們吃大閘蟹嗎？」

於嘉從抬手做阻止狀：「噯，沈倦……沈老闆，不用，那就小龍蝦吧。」

「沒事，我今天就想花錢。」沈倦又點了大閘蟹，看了看還是覺得不太滿意，他抬起頭來，心情愉悅地看著他們，又問，「要不然出去吃吧，你們吃不吃品福樓的雪蛤燴魚翅？」

室友：「……」

‡

軍訓最後一天結束，上午彙報表演完以後送走教官。

十五天的軍訓下來，所有人都累得手臂、腿都抬不起來，林語驚也不例外，這麼一頓練下來，她現在只想洗個熱水澡，然後在宿舍裡舒舒服服地睡一覺。

剛好是週五，週六、週日休息兩天用於調整狀態，林語驚和沈倦約了週六出去玩。

傳說中的約個會。

林語驚沒訂時間，她本來想睡到自然醒，幾點起來就幾點互相打個電話準備，反正都在同一個學校裡。結果一大早，她就接到了沈倦的電話。

沈倦聲音疏懶，聽起來心情不錯：『還沒起來？』

林語驚默默地摸到枕頭旁的小鬧鐘，看了一眼時間——早上八點半。

沈倦說：『都八點半了，怎麼還沒起來，早飯不想吃了？』

誰家的約會是從早飯開始吃起的！

林語驚本來就有點起床氣，閉著眼睛打了個哈欠，不想說話。

沈倦知道她這個毛病，高中時午休補個眠，坐起來後三分鐘都不說話的，他也不急：

『清醒清醒，去洗漱，順便想想早飯想吃什麼。』

林語驚沒搭理他，把電話掛了。

宿舍裡室友都在睡，只有小蘑菇一個人醒了，坐在書桌前看英語，看見她下來有點詫異：「這麼早？」

林語驚應了一聲，拉開窗簾往外看了一眼，沈倦站在女宿樓下的樹下，低著頭玩手機。

週六的早上，宿舍這邊沒什麼人，偶爾有昨天懶得動，今天才拖著箱子回家的本地女孩，路過的時候視線都會在他身上停留一會兒。

倒也沒人上前搭訕，早上站在女生宿舍樓下等的男孩子，太明顯，八成是在等女朋友。

林語驚淡定地轉身進了洗手間，再出來時，顧夏蓬頭垢面地站在桌前，手裡抓著一個美妝蛋：

「來，坐。」

林語驚：「……？」

「妳知道我高考的時候想報什麼嗎？」顧夏進洗手間簡單洗了手，又出來，「我想去山東藍翔高級技師學校學美容美髮，我覺得自己天賦異稟。」

林語驚：「……」

「但是我他媽就忘了高考的志願是從公立開始錄的。」顧夏抽出自己的一堆護膚品，開始往林語鶯臉上抹，「莫名其妙就來學這個破電腦。」

顧夏確實天賦異稟，動作熟練迅速，林語鶯甚至覺得她不用去藍翔學，她能直接開班了。

林語鶯最終拒絕了顧夏要幫她黏假睫毛的強烈意願。她皮膚很好，沒做太多修飾，畫了個細細的內眼線，眼尾微微往上勾，修了一下眉形，最後塗了唇膏提氣色。

將近九點半，林語鶯不緊不慢地下樓去。

沈倦的站姿已經變成歪歪斜斜地倚靠著樹，沒在玩手機，頭靠在樹幹上打了個哈欠。近一個小時過去，他神情七分懶散兩分不耐，還有一分昏昏欲睡。

餘光掃見有人從宿舍裡出來，他抬了抬眼皮，看見林語鶯，微揚了一下眉。

林語鶯走到他面前，仰頭問：「我好看嗎？」

沈倦看了她一會兒，緩聲道：「好看。」

雖然確實好看，但是重點不在這裡，在沈倦看來她怎麼樣都好看，她身上套著麻袋、冒著鼻涕泡也好看。

重點在於，林語鶯願意犧牲睡眠時間，為了今天的約會化妝這件事讓沈倦莫名感受到一種無比的快樂。

他那天晚上本來覺得，自己的心情不可能會更好了，但是他的女朋友怎麼可以這麼可愛？

沈倦看著她，忍不住又重複了一遍：「好看。」

林語鶯點點頭，忽然說：「我給你聽個東西。」

沈倦當然說好，現在林語鶯讓他去天上摘個星星給她，他都能一炮轟下來。

林語驚抽出手機，解鎖，點開了和李林的對話框，然後開擴音，一條一條播。

一直到最後一條。

李林的聲音沉痛又淒涼：『大學要是再沒一個女朋友對他熱情似火一點，這可怎麼辦！』

沈倦：「……」

沈倦懷疑李林高考的五百多分全是作弊抄來的，他怎麼考上大學的？就這個智商，還好意思自己幫自己加戲？

語音全都播完，林語驚好整以暇看著他：「男朋友，解釋解釋？」

沈倦沉默兩秒，忽然道：「妳今天塗唇膏了？」

林語驚愣了愣：「啊？」

沈倦問：「什麼味道的？你們小女孩的這些東西不都是香香的？」

「水蜜桃口味的吧，好像。」林語驚反應過來，瞇了瞇眼：「不是，沈倦，你不要轉移話題，我本來聽到李林說到前面，我還——」

「是嗎？」沈倦打斷她，忽然往前走了一步，勾著她下巴往上抬，拇指指尖壓著她唇角，垂眸湊近，低聲說，「我嚐嚐……」

他吐息溫熱，林語驚僵了僵。

雖然現在現在沒人在，但是青天白日的在女生宿舍樓下。

林語驚抬手抵著他推了一把，急道：「嗳，你能不能注意一下場合？這又不是在圖書館門口，是不能親的時候。」

沈倦被她推開，重新靠回到樹上，看著她笑。

他一笑，林語驚就更火了。

沈倦笑著朝宿舍那邊揚了揚下巴：「那個是不是妳室友？」

林語驚跟著側頭。

小蘑菇正在陽臺上晾衣服，手上有一件滴著水的白T恤，一臉呆滯地看著他們的方向。

下一秒，陽臺門口出現了顧夏的半個身子，顧夏伸手捂著小蘑菇的眼睛，一手拽著她手臂，把她從陽臺拽進了屋內，還順手關上了陽臺拉門。

林語驚：「……」

第二十二章
無所不能的倦寶

帳得算清，會也得約，林語驚確實很想跟沈倦出去玩，充分利用休息時間。

A大畢竟在全國是排得上號的名校，兩個人的課表林語驚都看過了，課排得很滿，估計開學以後他們大部分的時間裡都要在圖書館約會了。

男女朋友出去約會要幹什麼呢？

電影得看，吃個飯，再唱個歌？

還得接個吻。

KTV包廂裡好像沒有攝影機。

林語驚耳朵紅了。

他們這個約會從早上開始，兩個人去了一家很有名的茶餐廳吃了早午餐，然後去最近的商圈。

林語驚琢磨著必須有一點儀式感，提議想去看個電影。沈倦當然說好，雖然他本來的安排不是這個，但是既然林語驚有想做的事，他可以跟著她的節奏來。

電影院在商場頂樓，兩個人去飲品店為林語驚買了個奶茶，往商場裡走。一邊走，林語驚一邊翻出手機來查電影票。

最近上了不少大片，而且上午的場次本來就沒下午人多，雖然也不少，但最近的時間還是有一些空位可以選。

林語驚本來想問沈倦想看哪個，結果他們上了電梯，一進電影院，沈倦就直接往排隊買票的地方走。

林語驚眨眨眼，用兩秒鐘思考。

臨走之前，經驗豐富的顧夏同學幫她做了個思想建設。

第一次約會，男生要付錢之類的，千萬不要跟他搶，也別各付各的，可以事後送他禮物，但是當下就讓他花錢，而且他們也不愛用團購或者任何手機軟體吃飯和訂票，這是男人的執著和浪漫。

林語驚雖然不太懂這是什麼腦回路，但是還是決定聽顧夏的。她猶豫了一下，收起了手機。

上午吃的那頓早午餐就是沈倦結的帳，她雖然沒問一共花了多少錢，但是單價也不便宜。

林語驚忽然又想起了李林昨天跟她說的那些話。雖然有目的性，但是真實度還是有的。

林語驚一邊想一邊走過去，跟在沈倦後面。

沈倦垂頭問她：「想看什麼？」

林語驚飛速看了一眼螢幕上滾動的排片表，以及後面的價格。

最新上映的大片居然全都要六七十塊一張票！這到底是看電影還是搶劫！

她掃了一圈，排片表滾到了第二頁，林語驚目光一凝，迅速有了決斷。

她往上一指：「那個吧。」

電影院大廳的聲音有點嘈雜，沈倦微低下身，湊近她：「嗯？哪個？」

「就最後一個，最後一排，九號廳那個。」林語驚真摯地說，「不知道為什麼，我今天就特別想看老片。」

沈倦抬眸，看了一眼那個最後一排的老片——《高粱地裡的故事》。

看起來確實老。

不止老，這片名怎麼看都讓人覺得很是有點深意，取得有點像蔣寒天天拉著他一起看的國產小黃片。

沈倦福至心靈，忽然領悟了一點什麼，視線往後掃，再一看。

票價，十九塊九毛九。

沈倦：「……」

果然如此，沈倦明白了什麼叫搬石頭砸自己的腳。

這可怎麼辦？是說還是不說呢？

要怎麼說？女朋友體貼又勤儉持家，善解人意又充分照顧了他的自尊心，一口咬定自己就是想看老片，他他媽還能說什麼？

週六上午，在櫃檯排隊買電影票的人居然還不少，還沒輪到他們。沈倦沉默了幾秒，委婉道：「最近的新片也上了幾部，妳要不要從裡面挑一個？」

「沒有想看的，」林語驚說，「我就想看老片。」

林語驚說著，心裡還嘆了口氣——我怎麼這麼好！

她把自己感動到了。

「啊，」沈倦看著她，目光複雜地重複，「啊，那就……這個？」

林語驚堅定地點頭：「就這個吧。」

前面一對情侶正好買完票，沈倦走過去，售票員小姊姊抬起眼，忍不住多看了他兩眼，微笑，露出八顆牙齒，聲音都比剛剛甜美了不少：「您好，請問挑選了什麼電影？」

「……」

沈倦沉默了，忽然覺得有些難以開口。他第一次意識到，自己也是有包袱的人。

沈倦抬眼，淡道：「《高粱地裡的故事》。」

售票員小姊姊依然保持著甜美的微笑，看著他：「嗯？」

「《高粱地裡的故事》。」沈倦平靜地看著她道，「要兩張。」

售票員小姊姊：「……」

售票員的微笑有些僵硬。

在這個大片雲集的電影月，一個人模狗樣的大帥哥帶著他的女朋友，買了兩張全場最便宜，只要十九塊九毛九的——高粱地裡的故事。

他面無表情地說出這幾個字的時候，售票員覺得畫面有些崩塌。

林語驚看電影喜歡坐最後一排，本來打算挑最後一排靠右一點的位置，但是盯著售票員有些奇異的視線，又覺得有點心虛，也不知道到底在心虛什麼。

最後他們挑了橫著豎著都是最中間的位置，特別光明正大，特別正直。

距離電影開場檢票還要一會兒，兩個人坐在大廳裡的長木桌前等了沒幾分鐘，就開始檢票。臨進去之前，林語驚和沈倦湊在一起，查了一下這個電影在演什麼，主演是誰。

沈倦覺得很驚奇，這個名字取得像個小黃片的電影，講的竟然是勞動人民奔小康，多麼正能量。

他們起身進去檢票，和三號廳的新上映大片一起，進去以後所有人都往左轉，只有沈倦和林語驚兩個人右轉，朝九號廳走。

林語驚扭頭看了一眼，身後只有一對小情侶和他們是同一個方向。

十九塊九毛九也是有道理的，這個破電影根本沒人看。

這個廳大概是這個電影院裡最小的廳了，看起來只有六七排，而且全是情侶座，兩人連著的沙發，柔軟而舒適。沙發背很高，林語驚坐上去只能露出一個頭頂。她坐在裡面，沈倦坐在靠外側，看著後面跟著進來的那一對情侶，還有一個禿頭的老大爺。

沒了，一共五個人。

那對情侶嬉嬉笑笑地走到最後一排，老大爺在第一排，人往沙發裡一躺，開始了家庭影院一般的享受。

燈光暗下來，影片正式開始。

伴隨著激昂澎湃的山歌，投影機投射出大片金黃金黃的高粱地，高粱穗火紅，隨風搖擺。搖著搖著，鏡頭裡出現了一個綁著花頭巾的女人，回眸一笑，還有圓圓的紅臉蛋，平心而論，若忽略她身上的大紅花布衣裳和綠頭巾，長得確實滿好看的。

下一秒，七個毛筆字砸下來，巨大鮮紅，遒勁有力。

——高粱地裡的故事。

林語驚：「……」

林語驚聽見旁邊的沈倦輕輕笑了一聲。

林語驚的心情有些複雜。她側頭看見沈倦斜歪著身子，靠在沙發裡，手肘搭在沙發扶手上，手背撐著臉在看。

大概是注意到她的視線，他轉過頭來，漆黑的眼睛在螢幕光線下顯得亮亮的，光影輪轉。

林語驚開始後悔，為什麼為了省錢挑了這種爛片。沈倦想花錢就讓他花吧，跟她到底有個什麼關係？

林語驚嘆了口氣，轉過頭去，抱著「看都看了，完美無敵林語驚就算是看個電影，也一定要帶著一顆學術的心，用探索文學作品的眼光來看待它」的念頭，她準備認認真真地看完這部《高粱地裡的故事》。

影片開始十五分鐘，男女主角在高粱地裡偶遇，然後對唱山歌。

影片開始二十五分鐘，男女主角相約在高粱地裡，然後對唱山歌。

影片開始三十五分鐘——

林語驚垂著眼皮癱在沙發裡，打了大概第十個哈欠。

她有些意識模糊，昏昏欲睡。

正在她快要睡著了的時候，她聽見後面有什麼動靜響起。像是瓢潑大雨砸進水坑，時起時落，被電影的聲音掩蓋，幾乎聽不見。

電影聲音安靜下來的一瞬間，林語驚聽見女孩子很輕地叫了一聲。

她迷迷糊糊地往後側頭看去。

一直坐在旁邊沒動靜的沈倦忽然動了，他迅速坐直身子，靠過來一把捂住了她的眼睛。

林語驚愣了愣。

沈倦捂著她的眼睛，勾著她的腦袋往自己身前帶，扣進肩窩，低聲道：「這麼好奇？」

他的這個反應，和後面的聲音，林語驚也反應過來後面那對情侶在幹什麼了。

她的睡意瞬間醒了一大半，額頭抵在他鎖骨上，愣愣地張了張嘴：「我靠……」

沈倦還是以那個姿勢坐在沙發裡，看著螢幕，另一隻手扣在她的後腦上，手指穿過髮絲輕輕揉了揉。

他感覺到她靠在他身上，聽著後面窸窸窣窣的聲音，整個人有點僵。

沈倦低頭，親了親她的頭髮：「我們不看了。」

林語驚埋在他懷裡狂點頭。

這都是什麼！青天白日的，幹什麼啊！

林語驚迅速坐起身來，目光炯炯地盯著電影大螢幕，尷尬又僵硬，幾乎同手同腳地一階一階往下走。走到最後一階，她迅速跑向門口，全程目不斜視。

等了幾秒，沈倦也從後面出來，抬手拍了拍她的腦袋：「走吧。」

林語驚偷偷看了他一眼。

沈倦面色如常，懶散平淡，但是林語驚非常尷尬。

跟女性朋友什麼的也就算了，跟男朋友，在電影院裡遇到這種事。

就簡單在後面接個吻不行嗎，那對情侶朋友？非得這麼刺激，當午夜場來看嗎？我們這是勞動人民奔小康，時不時對唱山歌的浪漫勵志片啊！

一直到走出電影院，站在商場專櫃前，林語驚都還是很尷尬，都不敢再側頭看沈倦。

沈老闆不愧是見過大風大浪的人，他像是個沒事人一樣看了一眼錶，然後走到每一層的導覽圖前平靜地問她：「先吃個飯吧，想吃什麼？」

林語驚保持一臉淡定，一副也是見過世面的少女模樣，清了清嗓子，隨手指了一個日料：「這個吧……」

沈倦沒什麼意見。

這家的招牌是壽喜燒，兩個人點了一個牛肉壽喜燒和兩盤生魚片，吃得不緊不慢。期間，沈倦挑起了數個話題，林語驚跟他東南西北地聊。之前的事忘得差不多了，一頓飯吃完也沒了尷尬的感覺。

即使過了這麼久，這個人的溫柔神經還是在。

沈倦幫她去自助吧拿水果，林語驚夾了塊魚片沾芥末和醬，塞進嘴裡。忽然想起來，偷偷翻開菜單看了一眼。

剛剛點菜的時候心不在焉，都忘記看價格了。

商場裡的餐廳哪有特別便宜的。

林語驚嘆了口氣，有些發愁，順便開始了新一輪的思考。

按照顧夏的說法，她之後最好送沈倦一個小禮物。那麼，送什麼禮物還是有講究和說法的。不能太便宜，太便宜顯得不重視又敷衍，好像隨隨便便送的一樣。也不能送太貴的，太貴會讓他心裡有壓力。

畢竟她男朋友家裡的條件擺在那裡，而且沈倦又是這麼驕傲、自尊心高的一個人，她如果送他很貴重的生日禮物，會不會顯得像是在炫富？

林語鶯忽然靈機一動。

她之前只跟沈倦說過家庭關係有點小問題，倒也沒有刻意提過家裡的條件。

要不然她裝個窮？讓沈倦覺得女朋友家的經濟水準和他相當，他應該就不會那麼難受了吧？

她抽出手機的時候，沈倦剛好端了一小碟水果回來，林語鶯做賊心虛，身子不動聲色地往旁邊偏了偏，手機背對著沈倦，打開瀏覽器，搜了一下——很窮的女朋友送男朋友什麼禮物比較好？

還很多人有這個煩惱，說什麼的都有，比較正經就是打火機——好像可以，沈倦也會抽菸。不正經又不怎麼花錢的，就是情趣制服、保險套，把自己打上蝴蝶結絲帶，半夜敲響他的房門……

林語鶯：「……」

這都什麼玩意兒啊！

林語鶯猛地扣下了手機，忽然有種公共場合的所有人都在看她瀏覽黃色網頁的錯覺，充滿了難以言喻的羞恥感。

她動作有點大，沈倦側過頭來，看了她一眼：「怎麼了？」

林語鶯清了清嗓子：「沒。」

沈倦盯著她，瞇了瞇眼：「林語鶯，妳幹了什麼對不起我的事？」

林語鶯眨了一下眼：「啊？」

他們今天是坐在同一邊吃飯的。

沈倦湊近，手臂搭在她椅背上，盯著她的耳朵，意味深長：「警報器，又紅了。」

林語鶯：「……」

沈倦不等她反應，忽然抬指，指尖刮蹭她耳骨上的耳洞，動作輕柔，摸得林語驚有些癢，忍不住縮了縮脖子。

「以前我就想問，」沈倦像不經意似的低聲道，「打在這裡，不疼嗎？」

「還好，沒多痛吧，我不怎麼記得了。」林語驚垂眸，「以前聽別人說，在生日那天一起跟你去打耳洞的人，下輩子也會在一起。」

沈倦動作一頓，抬眸看著她，挑眉：「所以妳跟誰去了？」

「我自己。」林語驚笑了，「沈同學，我以前沒談過戀愛，那時候覺得沒人能跟我下輩子都在一起，這輩子都不可能的事，怎麼還強求下輩子也做到呢？」

那時候就是生日，林芷和孟偉國好像都不記得，家裡也沒人，她就自己一個人出門逛。路過一家很小的美容會所，就進去打了。

當時就是想給自己一點點疼痛，好像這樣就能記住什麼似的。

恢復得也確實不好，當時不覺得多痛，後來換棒子感染，剛打的耳洞都還沒長好，不戴東西很容易就堵死了，她自己用擦過酒精消了毒的脫敏棒硬生生戳開，流了一堆血，疼痛來得不負眾望。

後來，每年生日她都會去打一個，一連這樣做了四五年，林語驚忽然反應過來：要是真的每年打一個，都不用到二十來歲，她的耳朵會被刺成什麼樣子？

於是放棄了。

沈倦盯著她看了幾秒，移開視線，也不知道有沒有在聽。

他微側著頭，重新盯著她的耳朵看，神情專注，指尖輕輕撩撥，忽而捏了捏薄薄的耳垂，一笑，轉移話題：「燙的。」

林語驚被他弄得抖了一下，太不自在。

她抬手握著他的手指拉下來，看了一圈，小聲說：「能不能正經點，你怎麼這麼流氓呢？」

沈倦失笑：「我摸摸我女朋友耳朵就流氓了？」

他們坐在角落，周圍沒什麼人注意這邊，沈倦身子往後靠了靠，懶懶地道：「那我以後摸點別的地方，妳是不是得報警？」

「……閉嘴。」林語驚面無表情地指著他，「沈倦，你閉嘴。」

沈倦點點頭，朝桌上沒什麼東西的壽喜燒揚揚下巴：「吃飽了？」

林語驚吃得差不多了，她吃掉了沈倦拿過來的最後一點水果，放下筷子，往後靠了靠：「吃飽了。」

他點頭：「那走吧。」

林語驚跟著他去櫃臺結帳，掃了一眼帳單。

哎喲……林語驚別過頭去，又是一陣心痛。

談個戀愛太花錢了。

這家餐廳的櫃檯小盤子裡放著糖果，有薄荷和水果口味的硬糖，水蜜桃口味、草莓口味、檸檬口味的一大堆，林語驚不忍心看著沈倦結帳，專注地從盤子裡挑了幾顆水果糖，挑完時他也付完了錢，兩個人出了餐廳。

林語驚邊走邊剝開塑膠的糖紙，塞了一塊在嘴巴裡，順便遞給沈倦一塊。

沈倦垂眸，沒接。

剛好走到電梯門口，下午的人比上午多了很多，電梯門口擠滿了人，一趟大概擠不進去。

林語驚抬手，指指旁邊的手扶梯：「我們搭手扶梯下去？」

沈倦點點頭，牽著她的手，拉著她往反方向走。

商場漆著白色油漆的門很厚重，他壓著把手推開後關上，往前走到祕密通道，推開鐵門。

林語驚脫口而出：「手扶梯就在旁邊，你爬什麼樓梯？」

說完，她覺得自己像個智障。

他這是想爬樓梯的意思嗎？明顯不是吧。

她正想著，沈倦回手關門，抵著她按在門上。

夏天的衣服薄，門上冰涼，林語驚的背貼上去，冷得縮了一下脖子。

沈倦靠上來將手伸到她背後，隔開冰冷的門板，掌心帶著熱度，隔著衣料摸到她背後脊柱凹陷的線條，垂頭湊近，輕輕親了親她唇角：「在電影院裡我就想這樣了……怕妳嚇到……」

林語驚抬了抬眼，睫毛輕動，像是撓在人心裡的小刷子。

沈倦墊在她背後的手隔著衣服向下，摸著她的脊椎骨，一節一節數過去，動作輕緩。

他給她的感官體驗全是陌生的，讓林語驚有點發愣。

沈倦的頭往後撤，垂眼看著她，低壓著聲音像蠱惑似的：「寶貝，張嘴。」

林語驚頓了片刻，乖乖張開嘴巴。

沈倦垂下頭，舌尖探進她口腔裡，勾走了她嘴巴裡的那顆水果硬糖，自己咬過來含住，然後咬碎，發出喀嚓喀嚓的輕微聲響。

林語驚剩下的那點抵抗能力也跟著被嚼碎了。

她的耳朵紅透了，別過頭去，抬手推他。

沈倦不讓她動，身子又往前壓，死死將她抵在門上。

林語驚有點控制不住地抖了一下，她感覺自己的臉都開始發燙了。她埋下頭，把腦袋抵在他鎖骨上，不想讓他看出來：「你好了沒？好了就……」

沈倦不放過她，側頭湊到她的耳邊，聲音很低地笑了一聲，氣息滾著熱度，燙得她縮起肩膀：「還沒。」

沈倦抬手輕輕捏住她軟軟的耳垂，揉了揉，指尖滑過頸側，勾起下巴，強迫她抬起頭看著他，「看著我。」

林語驚看著他，無意識地咽了一下，沒動。

沈倦直勾勾地看著她，暗示性地輕輕捏了捏她的下巴，聲音喑啞：「聽話，再張開。」

林語驚本來覺得自己也是接過吻的人了，由於在圖書館前初次索吻被拒，小林老師是有點不爽的。她事後甚至還特地去查了一下——怎樣擁有讓男人神魂顛倒的吻技，由於內容過於色情，她大致掃了一遍，沒多細細揣摩。

看沈倦這個架勢，他一定是細細研究了一番，說不定還記了不知道多少頁的筆記。

林語驚也不是矯情的人，談個戀愛接個吻，很正常的事情，就是他的要求讓人覺得有些羞恥。

為什麼就不能循序漸進，先從入門級新手教程開始，接一個溫柔又普通的吻？

林語驚實在是不好意思，偏偏沈倦死死地壓著她不放，手指捏著她下巴，指尖在薄薄的皮膚上一下一下地蹭。

算了，愛怎麼親就怎麼親吧。

林語驚死死閉上了眼睛，破罐子破摔，再次張開嘴巴。

沈倦垂頭，溫柔地吻她。

他的唇齒、舌尖、帶著燙人熱度的呼吸和喘息像占地盤似的，緩慢地一點一點舔過去，手扣著她後腦，強迫她抬起頭。

柔軟纏繞時，有細細碎碎的，剛剛被他咬碎的水果糖渣被推過來，然後在不知道誰的唇舌間、誰的口腔裡融化。

甜味蔓延，一個檸檬味道的深吻。

溫柔，強勢又磨人。

林語驚不知道為什麼情侶之間純情的接吻，這個人都能接出這麼不純情的意思。

她覺得自己快憋死了，嘗試著呼吸，結果發現難度太高，她所有清醒的意識都得用來勉強應付他的進攻。

直到他舌尖滑過敏感的上牙床，吮得舌根發麻，林語驚的喉間溢出一聲受不了的嗚咽，往後縮了縮，抬手推他。

沈倦安撫似的輕輕咬了咬她，撤出來，鼻尖碰著鼻尖，垂眸看著她，氣息有點亂，聲音沙啞地帶著笑問她：「好吃嗎？」

林語驚還有些恍惚，反應了一會兒，才意識到他說的是那顆檸檬口味的水果硬糖。

林語驚喘著氣，眼睛憋得有點紅，瞪著他，暫時說不出話來。好半天才出聲，聲音也有點啞：「變態啊……

你為什麼……」

沈倦眸色沉沉，指尖蹭掉她唇邊來不及吞咽，溢出一點的水光：「嗯？」

林語驚抬手，手背蹭了一下發麻的嘴唇：「這麼色？」

沈倦：「……？」

沈倦無辜得很無奈：「我幹什麼了？我就親親妳，摸都沒摸。」

林語驚此時有點恍惚，停止運轉的大腦也緩過來了。她有一點點不好意思，為了掩飾這種生澀的羞恥感，她選擇不停說話：「我看人家小情侶親親的鏡頭和場景都特別美好，少女心砰砰跳的那種，怎麼到你這裡就像 avi 呢？而且——」林語驚瞪著他：「你摸我的背。」

「那是怕妳冷。」沈倦嘆了口氣，「這就叫摸了？那以後是不是得把妳綁起來，省得幹什麼到一半，妳忽然炸毛要揍我？」

沈倦頓了頓，想到了什麼似的，忽然勾唇，意味深長地看著她，拖腔拖調地道：「好像，也不錯啊……」

林語驚：「……」

林語驚不想理他了，翻了個白眼，拉開厚重的祕密通道門，扭頭往外走。

沈倦在後面笑了一聲，跟著她出去。

兩個人在裡面磨蹭了一會兒，他們電影看到一半就跑出來了，現在回去又太早，不回去又沒什麼事情做。最後兩人找了一家吃冰的店，林語驚點了大份的芒果牛奶冰，放在中間，兩個人一人一個小碗，舀著吃。

沈倦都沒怎麼動，只意思意思地吃了一點點，而且芒果也都留給了林語驚，特別自然地繞開有芒果的地方吃。

林語驚一開始都沒注意到，等意識到的時候愣了愣，忽然有種難以言喻，心酸又開心的感覺。

她都沒想到自己有一天能變得這麼少女。

男朋友條件不好怎麼了！沒錢也有沒錢的快樂！這種貧窮的戀愛，帶給人的滿足感是有錢人體會不到的！

林語驚垂眸，看著自己面前堆得滿滿的芒果，低聲道：「你不喜歡吃芒果嗎？」

「不是，」沈倦淡聲說，「我過敏。」

「……」

林語驚剛剛心裡那點很少女的蠢蠢欲動小心思瞬間全沒了，她閉上眼睛，深深吸了口氣，努力保持微笑道：「喔。」

沈倦納悶地看了她一眼。

中途，林語驚去了個洗手間，離他們吃冰的那家店有點遠，她繞了半圈才找到。出來以後，她對大鏡子觀察了一下，沒什麼不對的地方，就是唇膏全沒了。

她回來的時候，沈倦正在講電話。他始終沒說話，側頭靠著牆在聽，神情漠然。

聽了一會兒，他露出了一個有點不耐的表情：「沒有，我在聽。」

對面不知道又說了些什麼，沈倦嘆了口氣：「我之前也跟你說過了，容懷，不要異想天開。」

林語驚聽到這個名字，抬起頭來，把勺子咬在嘴巴裡看過去。

沈倦垂著眼，沒看她，繼續道：「我中間四年的時間不是說過就能過的，三月，你自己算算只剩下幾個月了，我就算每天加訓二十個小時都來不及，而且我也馬上就要開學了，課很多。我不是天才，兼顧不來。」沈倦用骨節揉了一下額角，很無奈，「我也不是一出生就什麼都會，那時候我每天訓練到幾點你不知道？」

又安靜了片刻，沈倦抬了抬眼，看了她一眼。

林語驚和他對視，眨眨眼，然後垂下頭去繼續吃冰。

沈倦起身，走出了店門，五分鐘後回來。

林語驚抬眼：「白麵小唐僧嗎？」

沈倦眉一挑。

「我是說，容懷小師弟。」林語驚糾正道。

「嗯。」沈倦把手機放在桌面上，頓了頓，解釋道，「三月有個比賽，他想讓我去。」

林語驚剛剛聽到他說話，也差不多猜到一點了，點點頭，又挖了一勺冰，感嘆道：「容懷小同學真是你忠實的迷弟。」

「妳不是？」沈倦笑了一下，「不想看看妳男朋友以前有多帥嗎？」

林語驚瞥他：「你現在不帥嗎？」

「啊。」沈倦愣了愣，很快回神，靠進椅子裡，吊兒郎當，像開玩笑似的，「倦爺肯定帥啊。」

「行了行了，」林語驚聽不下去了，不耐煩地擺擺手，「再說就煩了。」

沈倦癱在椅子裡笑。

玩笑開完，林語驚咬著勺子：「我都沒問過你，你之前練的是什麼項目啊？」

沈倦直起身子，手臂搭在桌邊拿起長勺，漫不經心地說：「速射。」

林語驚愣了愣，沒控制住，脫口而出：「男人練這麼快的項目啊，合適嗎？」

沈倦：「……」

沈倦將勺子放下，重新緩慢地往後靠，看著她瞇眼，「小女孩，我發現妳好像有點欠教育啊。」

林語驚清了清嗓子：「對不起，我沒有懷疑你，也沒有什麼別的意思，我就是單純地針對這個項目。」

「我有。」沈倦的表情看起來有些危險，「我有不單純針對這個項目的別的意思，我看擇日不如撞日，就今天吧，我來告訴妳男人練這個項目到底合不合適。」

林語驚連人帶椅子往後蹭了一點，警告他：「沈倦，我還沒成年，我下個月才過生日，你不能因為惱羞成怒就這樣。」

「……」沈倦輕聲道：「惱羞成怒？」

「沒有，不是。」林語驚否定三連，認錯態度誠懇，「我用詞不當。」

沈倦的氣壓持續走低，似笑非笑地看著她：「林語驚，妳下個月就過生日了，現在還敢這麼囂張？」

林語鶯四下看了一圈，確定沒人注意到這邊在聊什麼話題才低聲說：「過就過了，我過個十八歲生日，你還打算幹什麼啊？你準備算著日子，不當人嗎？是不是還得算好時分秒啊？」

成年了的女朋友。

沈倦沉默了一下，無數種不當人的花樣不受控制地閃過腦子裡，其中夾雜了少女纖細的腰、細長的腿、柔軟的……

沈倦眼皮一跳，感受到身體的某個器官開始蠢蠢欲動。

不能想。

他閉了閉眼睛，打算結束這個話題：「所以，妳問這個幹什麼？」

他的聲音有點啞。

林語鶯沒說話，眨著眼睛看著他。

「嗯？」沈倦神情淡淡。

林語鶯忽然放下勺子，把面前的牛奶冰往前一推，湊近過去，用只有兩個人能聽見的聲音輕聲說：「哥哥，你是不是硬了？」

「……」

哭啊。

沈倦脖頸處的線條一瞬間繃緊，喉結滾了滾。

林語鶯對二十歲血氣方剛的男朋友表示理解，她重新坐回椅子裡，笑吟吟地說：「我什麼都沒說。」

沈倦看著她，好半天沒說話。

身子往後一沉，手肘搭在椅子扶手上看了她幾秒，最後直接氣笑了：「老子他媽沒被妳弄死真是我命大。」

吃了冰，又聊了各種有顏色、沒顏色的一大堆，一個下午就這麼莫名其妙地過去了，林語驚的肚子裡現在被填得滿滿的，也吃不下東西了。

他們走出商場，壓了一圈馬路，最後還是吃了個晚飯。

林語驚挑了一家年糕火鍋的店，這個時間剛好是吃飯時間，每家餐廳人都多，在門口拿著號碼牌排著長長的隊，這家的人還算少的，等了大概半個小時就等到了位置。

這家店價格適中，而且味道也不錯，林語驚對自己的選擇很滿意。

吃飽喝足，他們坐地鐵回學校。

林語驚這幾天研究了一下地鐵路線圖，從沈倦家那邊過來也要一小時左右，還要轉兩次地鐵，回去一趟也麻煩，不過工作室週末都有工作，沈倦沒回去，直接跟她回學校，林語驚還有點意外。

坐了半個小時的地鐵到學校，男女生宿舍離得有點遠，沈倦把林語驚送回去。

A市的夏天悶得濕熱，到了晚上，難得一陣風過來都讓人心情舒暢，他們不緊不慢地往前走，校園裡的路燈光線明亮，不時有自行車伴隨著清脆的鈴聲「叮鈴叮鈴」地擦著身邊過去。

林語驚牽著沈倦的手，手臂靠著他的手臂，一抬頭就是他棱角分明的側臉線條，心情好得不得了。

她握著他的手，前前後後大幅度地晃了晃，忽然叫他：「沈倦。」

沈倦垂眸：「嗯？」

林語驚問：「你小時候為什麼去練這個啊？」

沈倦頓了頓，反應到她說的是什麼，笑了一聲：「小時候老師講過沒有？」

林語驚側頭：「講過什麼？」

「中國第一塊金牌，是一九八四年洛杉磯奧運會拿到的，」沈倦懶懶地道，「射擊項目。」

林語驚「啊」了一聲。

確實很符合沈倦的性格，他就是喜歡這種很標誌性的，帥得囂張又傲慢。

林語驚還沒說話，又聽沈倦續道：「不過最大的原因還是我天賦異稟。」

林語驚：「……」

這個人還真的是對得起她對他的評價啊。

林語驚翻了個白眼，安靜了一會兒，又叫了他一聲：「沈倦。」

沈倦耐心地：「嗯。」

林語驚想了想，慢吞吞地說：「我從小就沒有什麼想做的，沒有理想，也沒有喜歡的東西，就是不停學習、考試，人家都是要好好學習，以後考哪個大學，去清華北大這種奮鬥的目標，就我沒有。」她頓了頓，「我就是很單純地考個成績出來，然後要幹嘛、要去哪個學校、以後要做什麼，我都不知道。」

沈倦沒說話，輕輕捏了捏她的手。

「剛去A市時可能是我最不開心的時候。」林語驚說，「那時候更茫然，根本不知道以後自己會怎麼樣、要怎麼辦，不知道你懂不懂那種感覺，就覺得空蕩蕩的。」

沈倦握著她的手，指腹蹭了蹭：「懂。」

「當時就很頹廢，心情很差，每天都想這樣敷衍混過去。」林語驚繼續說，「就有點羨慕那些活得很有目標的人。知道自己喜歡什麼，能明白自己想要什麼，然後不停朝著那個方向走，感覺是一件特別美好的事。我其實不在乎你做什麼，就像你說的，你做什麼都能做得很好，你在哪裡都發光，我相信你，但是那不一樣。」

林語驚說，「做得好，和做自己喜歡的事做得好，獲得的滿足感是完全不一樣的，你明白我的意思嗎？」

沈倦沒說話。

他們走到女生宿舍樓下，林語驚停下腳步，轉過身來，仰頭看著他：「我從來沒說過這種話，跟你說的這些，我反覆想了一下午，就希望你無論什麼事，喜歡就去做，無論你怎麼選，以後會怎麼樣，別怕，也別躲。」

沈倦垂眸。

少女站在路燈下，聲音柔軟，眼神溫柔，整個人像是一個溫暖的發光體，在黑夜裡不斷不斷地引誘人靠近。

沈倦安靜幾秒，忽然走近了一步，彎下腰，抱住了她。

灼人的溫度傳遞過來。

沈倦垂著頭，額頭抵在她頸側，心臟像是被整個泡在溫熱的水裡，酸澀又溫暖，幾近融化。

林語鶯猶豫了一下，抬手摸了摸他的頭髮。

女生宿舍樓下現在正熱鬧，週末在學校沒回家的女孩子們成群結隊地進進出出，有的在宿舍門口蹲著聊天，說說笑笑。

沈倦知道林語鶯臉皮薄，怕她不好意思，只抱了一下就鬆開了，後退了一步。

結果他剛退後，林語鶯又跟著往前一步，手撐在他胸口，忽然踮起腳尖，輕輕啄了啄他的唇：「所以你得有自信一點。」

沈倦愣了愣。

林語鶯又湊上去親了他一下後回去，勾著他的脖頸，整個人掛在他身上，看著他眨了眨眼：「畢竟我們倦寶無所不能。」

如果放在一年半以前，那個時候的林語鶯絕對說不出這樣的話。

她說完這些，自己也有些恍惚，彷彿能看到一個從蹲在地上到慢慢站起來的自己，說出這些她以為自己永遠都不會說出口的話，親吻她的男朋友。

兩個人就站在女宿門口的路燈下，再加上長得都不太低調，確實還滿惹眼的。

林語鶯在一堆小女孩的注視下，後知後覺地覺得有點不好意思，但這麼帥的臺詞這輩子可能也就只有這麼一次了，也不適合最後落漆，得配上一個非常瀟灑的退場才行。

她放開沈倦，後退了一步，平靜又淡定地跟他擺了一下手：「那麼沈同學，祝你開學快樂。」

沈倦被她這一句尷尬又僵硬的「祝你開學快樂」逗得直接笑出聲來。

眼看著這小女孩眼睛一瞇，好像又要炸毛，趕緊忍住了。他清了清嗓子，抬手揉她的腦袋：

「去吧，早點睡。」

林語鶯把他的手拉下來，捏了兩下才放開。

沈倦把手收回來，插進口袋裡：「明天有什麼安排？」

「沒什麼安排，」林語鶯想了想，「不過我要看看書，後天開學了。」

沈倦點點頭，又問：「那圖書館？」

林語鶯歪了一下腦袋，把他這句話擴展了一下——那我們明天要不要圖書館見？

林語鶯笑著看著他：「怎麼了男朋友，這麼捨不得我啊？」

沈倦很平靜地「嗯」了一聲，「捨不得，想能一直看著妳。」

見過了他太多不正經的樣子，突然這麼平淡又認真地說句情話，竟然更讓人臉紅心跳。

林語鶯清了清嗓子，湊過去飛快地抱了他一下。

少女的擁抱溫軟又輕柔，纖細的手臂環著他，身子靠上來輕輕貼了貼，轉瞬即逝，聲音很低：「我上去了。」

說完，她扭頭跑進宿舍裡，站在玻璃門的門口，忽然轉過頭來。

沈倦還站在路燈下看著她沒走，影子被昏黃的燈光拉得很長，距離拉開，眉眼被模糊了一點，五官的輪廓更顯得棱角分明。

林語鶯站在門口，忽然抬手，食指和大拇指捏在一起，湊到唇邊親了一下，然後手臂朝著他一伸。

對他比了個小心心加飛吻。

沈倦愣了愣，下一秒笑起來。她忽然這樣，反而竟然讓人覺得有點……不好意思。

沈倦第一次知道原來自己也會不好意思。

他笑著垂下眼，又抬起頭來看著她，唇角一彎，淡漠平靜的表情被打破，帶上了一點懶洋洋的寵溺感。

林語驚不走，站在門口看著他，沈倦也就一直這麼站著。

兩個人就這樣一個站在路燈下，一個站在宿舍門口，隔著一段不近的距離對視了十幾秒，沒人先走，也沒一個人動。

林語驚很執著地在等著什麼。

沈倦顯然明白她的意思，他看著她一副不打算走的樣子，特別無奈地嘆了口氣，最終妥協。

沈倦將手從口袋裡抽出來，修長漂亮的食指和大拇指捏在一起，不太熟練地朝她飛快地比了個心，然後手迅速又若無其事地重新塞回口袋裡，表情回到很帥的淡漠。

時隔一年半，沈老大冷酷的校霸包袱還是這麼重。

林語驚笑得靠在宿舍門口的玻璃門框上，覺得他實在太可愛了。

明明確定關係以後，私下騷得跟什麼一樣。親親抱抱，順便偷偷開個黃腔什麼的也很樂意，熟練得不行，怎麼偏偏在這麼純情的事情上包袱三百噸重。

林語驚最後跟他擺了擺手，笑得一顛一顛地跑進宿舍。

她進宿舍的時候裡面一片沸騰，除了顧夏以外，剩下的兩個室友一邊唱歌一邊蹦蹦跳跳，尖叫聲此起彼伏。

林語鶯嚇了一跳，關上寢室的門：「這怎麼回事啊，學霸們？要開學了這麼興奮嗎？抑制不住在知識宇宙遨遊的心了，是嗎？」

顧夏正在敷面膜，聞言淡定地闔上小鏡子，指尖按著面膜，口齒不清地道：「告訴妳一件事，剛剛她們撅在陽臺看了半天。」

林語鶯：「……」

林語鶯揚了揚眉。

曲詩涵不是本地人，此時正捂著臉，笑嘻嘻地看著她：「剛剛那個是你們省狀元嗎？」

小蘑菇拍著她手臂：「是的！是的！我見過照片……」

小蘑菇也捂著臉，笑嘻嘻地看著她：「顧夏剛剛跟我們說，狀元沒青梅竹馬啊？」

「啊，」林語鶯有些想笑，「是啊。」

小蘑菇問：「那你們是從高中談到現在嗎？」

「也……」林語鶯想了想，「中間我去別的學校讀了高三。」

曲詩涵一拍大腿：「太浪漫了！這就是我夢裡的愛情！」

小蘑菇像一個擺鐘一樣，激動地左右搖擺，一臉傻笑：「而且這個老大跟我聽說的不一樣，他剛剛是在對妳比小心心嗎？還偷偷那樣，他包袱好重啊，嗚嗚可愛死了。」

林語鶯忍不住笑了起來：「是啊，可愛吧！」她笑著放下包包，特別起勁地幫沈倦加屬性，「是個小甜甜，還會撒嬌呢。」

她們寢室裡剩下三個人都沒有男朋友，小蘑菇有個前男友，另一個十八歲以前眼裡只有學習，母胎單身到現在，對於室友近在咫尺的愛情故事特別感興趣。

林語驚聽著小蘑菇講她前任，顧夏在旁邊玩手機，忽然「啊」了一聲，叫她：「驚兒。」

林語驚抬眼，顧夏把手機舉給她看。

那是一段短片。偶像包袱很重的某狀元站在路燈下，從垂著頭笑到抬手比了個心，最後當作無事發生過的所有過程。

站在這種第三人稱的視角來看，感覺完全不一樣。

樓主：其實前面還有一段沒錄到，他女朋友跑到宿舍門口，忽然回頭比心飛吻，嗚嗚！我都沒反應過來，小姊姊太會撩了。

網友A：這是今年A省狀元吧，媽的，這種學霸長得帥又甜成這樣的小哥哥是真實存在的嗎？

網友B：甜？？？本金融狗有幸和狀元同班，開學那天在教室裡見過一次，真的跟甜這個字半點搭不上邊……

網友C：這個人是八中的吧？我靠，不是傳說中的那位嗎？打起架來血流漂杵，屍橫遍野。

網友D：大概只跟女朋友甜吧。

林語驚抬頭，好笑：「A大是沒有帥哥了嗎？還沒開學呢，他們怎麼知道啊？」

「本地人妳懂吧？」顧夏說，「又是省狀元，帶著話題進來的，而且沈倦高中的時候在我們學校也有人知道，不像外地帥哥們，得用時間來讓大家發現他們的盛世美顏。」

林語鶯從桌上拿起自己的手機，把那個影片反覆看了兩遍，唇角自己一點一點往上翹，笑得像個傻子。

林語鶯覺得自己智商越來越低了。

她關掉了網頁，食指戳著唇角，將上揚的弧度一點一點拉下來，重新恢復到平直，沒表情的狀態。

怎麼回事啊，林語鶯？談個戀愛，妳是不是把腦子都談沒了？

‡

這個短片紅了一段時間，後期怎麼樣林語鶯沒太關注，她對這種事沒什麼興趣，比如以前在八中的時候，她隱約知道有一段時間她在論壇裡很是熱鬧，她也懶得去看。

週一，A大正式開學。開學以後，林語鶯終於明白了什麼叫忙。

大一新生課多事情多，報到那天就收到了無數社團宣傳單，雖然招新會在半個月以後。活動也多，今天一個明天一個，還要上早晚自習，搞得一堆以為大學就能逃過早晚自習的小可憐們苦不堪言。

開學第一週進行步入大學校園以後的第一次考試，英語分級考。

全校統一考試，成績分成ABC三個等級，按照這個成績進行分級教學上英語課，內容、時間長短不一樣，報名參加CET考試的時間也不一樣。

漫長的暑假過去，大家的業務能力多多少少有所下降，臨考試之前瘋狂複習了一波。圖書館天天到十點半閉館都是坐滿的，讓林語驚充分感受到了什麼是學霸堆裡的壓力。

這才剛開學一個星期，林語驚暗暗咂舌，他們是真的發自內心的熱愛學習。

分級考公布成績的那天，沈倦和林語驚兩個人都滿堂，只中午一起吃了個午飯就各自回各自的學院上課去了，直到晚自習的時候，輔導員才拿成績過來。

沈倦的英語不算強項，但畢竟是狀元，也沒有什麼太明顯的短板，拿得出手，考到了前幾名的分數，前面三個都是女孩子。

能考到A大王牌科系的，多多少少都有點傲氣。大家高考成績相當，左右差不了多少，聽到沈狀元沒拿第一，甚至前面還好幾個，都不由得轉過頭來。

沈倦和室友坐在教室最後一排，他靠著牆邊，懶洋洋地癱在座位上，長腿往前伸踩著桌杠，聽了成績後重新低下頭去玩手機，略一勾唇，神情還是漠然，無視了所有視線。

金融一班的全體同學實在沒辦法把這麼吊兒郎當的酷哥，和影片裡那個對女朋友比心還不好意思的小哥哥當成同一個人。坐在第二排的一個小女孩迅速轉過頭來，小聲和自己的室友說：「我覺得不是同一個人吧，是不是天太黑了，沒拍清楚，其實只是長得像？那個樓主看錯了啊。」

她室友也低聲道：「我覺得就是他，妳忘了他那個兔子鑰匙圈？」

小女孩沉默了。

她還清晰地記得，當時開學第三天，孫明川手機放在宿舍忘記拿，又沒帶宿舍鑰匙，跟沈倦借。沈倦當時正和人說話，讓他自己拿。

然後孫明川在眾目睽睽之下，從老大書包裡掏出了一個彼得兔洋娃娃的鑰匙圈。做工粗糙，造型老土，還穿著粉色的蕾絲小裙子。不止少女，還異常復古。

孫明川當時顫抖著問：「倦啊，這個是你的嗎？」

沈倦回過頭來，揚眉看著他：「不是我的，還是你的嗎？」

從此以後，狀元的人設遭到了懷疑，金融一班的人覺得沈狀元是不是愛好和審美有些古怪。

甚至有人匿名做了性格分析，說沈倦這個人應該不僅審美古怪，可能還很自戀，畢竟人家有顏值，業務水準也高，自戀一點也是很正常的。有機會的話，可以觀察一下他的歌單，一般情況下，一個人的歌單、常聽的歌可以體現出很多東西，包括他的審美、性格、習慣和對某些事物的觀念等等。

這個匿名分析得到了很多讚，不少人深以為然。

沈倦對這些事情完全不關心，沈老大當了這麼多年風雲人物，是早就習慣各種注視的人，什麼大風大浪沒見過，誰說什麼對他來說都沒影響。

輔導員拿著分級考試成績單進來的時候，他正在和林語驚聊天。

林語驚她們班的輔導員大概來得很早，她已經知道自己的成績了。看起來應該是考得不錯，小女孩像隻驕傲的小孔雀，從她打的字都能感受到她的好心情，尾巴都快要翹起來了，很是得意地來問他考了多少。

這時候，前面三個已經念完了，沈倦一聽，小女朋友確實考得不錯，分在他們班也是第一。剛好第四個就是他的，沈倦聽完，打了個數字過去。

考得沒她高。

林語驚：！！！！！！！！

敲了一串感嘆號。

沈倦勾了勾唇，真心實意地誇獎她：厲害。

這句剛傳出去，林語驚那邊同時傳了一首歌過來給他。綠色的一個小名片，歌名叫《無敵》。

林語驚囂張了。

沈倦平時不怎麼聽歌，聽也就是那幾首單循，蔣寒經常說他活得一點都不潮。

他對這首歌沒什麼印象，也沒多想，點了中間的那個小三角。

這時，輔導員才剛念完他的分數，還在看著他：「我們狀元是班上第四啊。」

輔導員年紀不大，性格開朗，平時也很愛開玩笑的，笑呵呵地開玩笑：「這個分數也很高了，沈狀元英語不錯啊！」

全班同學再次扭頭看過來。

下一秒，所有人就聽見沈狀元的手機裡，有一個男低音用美聲的唱法，鏗鏘有力地唱道：「無敵是多～多麼寂寞～」

聲音巨大，響徹半個教室，歌詞無比囂張，像是在應和著輔導員的誇獎：「無敵是多～多麼空虛～」

輔導員：「……」

金融一班全體同學：「……」

沈倦：「……」

沈狀元手機裡的歌還在繼續，男低音高昂又激動地唱道：「獨自在頂峰中！！冷風不斷——」

沈倦面無表情地「喀嚓」一聲把手機鎖了，這首《無敵》戛然而止。

沈倦也不知道他的手機聲音到底是什麼時候調到這麼大了。

一片寂靜之中，沈倦將手機放在桌面上，修長好看的手指指尖捏著手機，一聲輕響，表情淡定又冷漠。

好像剛剛放傻歌的人不是他。

沈倦放下手機，在眾目睽睽之下緩慢又懶散地重新靠回椅子裡，和輔導員大眼瞪小眼，對視了五秒。看輔導員好像沒有說話的意思，沈倦略抬手，平靜而禮貌：「不好意思，小插曲，您繼續。」

像個不拘小節的長官。

輔導員：「……」

金融一班全體同學：「……」

人家狀元說得也沒錯，確實是一段小插曲。

剛剛懷疑沈倦和影片裡的小哥哥不是同一個人的那個女生再次轉過頭去，悄悄和室友說：「我懷疑他是不是有點精神分裂？」

室友低聲：「現在流行這種嗎？反差萌嗎？」

小女孩小聲嘟囔：「可是還是很帥，長得帥怎麼樣都帥。」

輔導員此時也反應過來了。

輔導員自覺自己平時是個很幽默的人，沒想到沈倦比他還幽默。

而且這狀元的氣場也是狀元級別的，讓他剛剛差點脫口說出「好的長官」。

他清了清嗓子，笑道：「我們沈狀元不止學習好，還很體貼啊，這是開學第一次考試，怕大家太緊張，活躍一下氣氛？」

「也沒有，女朋友調皮。」沈倦略勾唇，露出了一個很低調的笑容，淡聲道，「考了全校最高分，非得分享一首歌過來，跟我炫耀一下。」

眾人：「……」

然後你就來跟我們炫耀了？考了高分還不行，非得強調是全校？

你還是不是人？秀你媽恩愛！

孫明川實在聽不下去了，湊過去低聲說：「倦啊，那是你女朋友考的，不是你考的，你這麼驕傲幹什麼？」

於嘉從發自內心地對孫明川的情商表示懷疑：「女朋友厲害的感覺，比自己厲害爽多了，你明白嗎？知道你為什麼活了快二十年，連一次成功的戀愛經歷都沒有了嗎？這個操作看見了嗎？這是加分答案，你學著點。」

短暫的騷動之後，輔導員重新控場。

沈倦這一句話說完，不僅把他即將徹底崩塌的人設從懸崖邊緣拉了回來，加了個寵溺屬性，還順手秀了一把恩愛，並且不動聲色地炫耀了一下女朋友，一石三鳥，秀得人頭皮發麻。

果不其然，金融一班的同學們反應過來以後——尤其是女孩子們，直接幫狀元炒了新人設。

從一個審美奇特、精神分裂又自戀的變態，變成了一個看起來很酷的寵妻狂魔，甚至還延展出了很多細節梗，比如那個鑰匙圈。

某天下課，一直坐在沈倦前桌的小女孩終於在大家的鼓勵下，鼓起勇氣，轉過頭來問他：「那個，沈倦同學？」

沈倦正在寫東西，沒抬頭，應了一聲，鼻音低沉。

女孩臉紅了：「我能不能問你一個問題？」

「妳問。」

小女孩的聲音有些興奮：「你那個很可愛的鑰匙圈，是你女朋友讓你換的嗎？」

「……」沈倦筆一頓，略掀了一下眼皮：「她送的。」

小女孩捂住臉，低聲尖叫著轉過頭去，和旁邊的女生湊在一起：「啊啊啊太甜了太甜了！」她同桌：「太可愛了吧！那麼醜的鑰匙圈！因為是女朋友送的，就！一！直！用！」

沈倦：「……」

孫明川看得嘆為觀止：「我發現有些時候，這些小女孩的行為和想法真是讓人琢磨不透啊，她那個『問你一個問題』一出來，我他媽還以為她要表白呢。」

於嘉從嘆道：「情敵還沒出現，先發展出了一批CP粉。」

孫明川很懂：「這種時候就要注意了，往往這頭沒有什麼情況的時候，另一頭可能就不會很安靜了，防盜工作一定要做好，尤其小嫂子長得還跟仙女一樣，軟乎乎的，萬一碰見那種情場老油條瘋狂一頓亂撩——我靠，於嘉從，你踹我幹嘛！」

於嘉從：「……」

沈倦闔上書，將書和筆裝進書包裡，站起來沒什麼表情地看著他，平靜地說：「他在提醒你珍惜生命。」

孫明川：「……我這隻每天都生活在強權壓迫下的小可憐。」

孫明川嘆了口氣，一邊起身，幾個人走出教室，剛走沒幾步就看見了站在走廊裡等的容懷。

容懷這小孩幾年不見，毅力越發驚人，儘管沈倦已經拒絕過他幾次，他依然毫不氣餒，屢戰屢敗，屢敗屢戰，隔三差五就來找他聊天。

小少年見到他們出來，眼睛一亮，直起身來，像個小跟屁蟲一樣跟在後面：「師兄。」

孫明川他們也已經見怪不怪，打了招呼就先走了。

等他們走了，沈倦轉過頭來。

「師兄，你中午想吃什麼？」容懷追在他屁股後面，一副要跟他一起吃個午飯的意思，「二食堂那邊的糖醋排骨特別好吃，你去吃過嗎？」

容懷是去年進的A大，是射擊隊特招進來的，今年大二，比沈倦這個高中又留級又休學的還要大一屆。

沈倦嘆了口氣：「容懷。」

容懷高舉雙手：「我今天絕對不說別的，也不勸你去三月的錦標賽。」

沈倦：「你上次也是這麼說的。」

「啊，」容懷撓了撓頭髮，「啊……」

「我懷疑我現在是不是脾氣太好了。」沈倦往牆上靠，「給你一種我變得很有耐心的錯覺？」

「師兄，我覺得你現在真的特別有耐心，」容懷實在地說，「比起以前，簡直不像是同個人。」

沈倦點點頭：「我以前是什麼模樣？」

容懷說：「你以前，如果我敢一直這樣跟在你屁股後面吵，你會直接揍我。」

沈倦看著他：「我現在就想揍你。」

容懷立刻後退了三步，在距離他三四公尺遠的地方提高了聲音，隔空喊話：「主要是三月我們隊上真的沒人了。厲師兄出國訓練了，說趕不回來，師兄，你就當救個場，行嗎？我們就先練一次試試，反正剛開學，課也還比較簡單，也有——」

沈倦頭痛：「好吧。」

容懷還沒反應過來：「時間啊，你也可以帶著家屬……」

容懷說到一半，不出聲了，張著嘴看著他：「啊？」

「我說，練就練吧。」沈倦有點不耐煩了，靠在牆上抱著雙臂看著他，「事先聲明，就三月份錦標賽，先練幾個月試試，行就行，不行就算了，我什麼保證都不能給你。」

容懷欣喜若狂，哪還顧得上那麼多東西，一個勁地狂點頭，二話不說，上來就要深情擁抱他：「師兄——！！」

沈倦抬手，面無表情地指著他：「站在那裡。」

容懷聽話地站住了。

沈倦直起身來，一邊抽出手機，準備打電話給林語驚，連頭都沒抬：「這個話題結束，別跟我吃飯，我忙。」

第二十三章
低調少爺遭曝光

林語驚這節課是高等數學，晚了兩分鐘下課，也剛下課沒多久。

教她們高等數學的老師姓李，是個地中海，看起來六十多歲，很和藹的一個老教授，一笑起來酷似劉福江。

林語驚第一次見到他的時候還有點恍惚，高考以後她還沒去看過劉福江。她在八中時，劉福江為了她沒少費心思，應該去看看。

她走出了教學大樓，一邊往食堂走，一邊打算打個電話給沈倦，結果還沒等她撥出去，手機在口袋裡先響了。

林語驚連號碼都沒看，一邊跟顧夏說話一邊摸出來接起來，先說道：「你下課了嗎？」

『我都開始實習了。』傅明修說。

林語驚：「……」

她沉默了三秒，把手機從耳邊拿下來，看了一眼來電顯示上的電話號碼。

確實是一個不認識的陌生號碼，歸屬地A市。

傅明修大概又說了什麼，沒等到回應，嗓門開始大了起來，隱隱約約聽見他在那頭喊：『喂！喂！說話！』

旁邊的顧夏都聽見了，以為兩人吵架了，有些詫異做了個口型：「狀元？」

林語驚搖了搖頭，糾結了一下該怎麼介紹這個關係：「我……哥。」

現在應該不算哥了吧，那還能怎麼說，我朋友？

她重新把手機放在耳邊，禮貌又不失甜美地問道：「您好，請問您是？」

傅明修沉默了幾秒，開口：『林語驚，幾年沒見，妳還是虛偽得令人驚喜。』

林語驚翻了個白眼：「明明也才一年多，你擅自加那麼多年幹什麼，你從哪裡拿到我的電話號碼的啊？」

傅明修有些得意：『我想知道的，有什麼知道不了？聽說妳考了A大？』

林語驚應了一聲，一邊往一號食堂走。這間食堂離經管學院這邊比較近，沈倦有時候提早到會在門口等她。

傅明修那邊聽起來也有些嘈雜：『啊，那妳都在哪個食堂吃飯？我現在在——』他拖著長聲，似乎在看什麼，『一號食堂？』

「……？」林語驚沒反應過來：「啊？」

『我現在在你們學校，本來是來找我朋友的，結果他今天不在。』傅明修說，『我在一號食堂門口。』

平心而論，林語驚不覺得自己和傅明修有多深的交情，或者感情好到沒事敘個舊的程度。

她交朋友有些困難，來A市以前，關係好的就那麼兩個，到這邊以後，在八中和李林他們熟悉起來也是意料之外的事情。

傅明修這個人其實人品方面絕對是值得一交的，但是因為兩人從一開始就是相看兩生厭的對立關係，培養友情需要的時間相對來說就比較長。

但是林語驚得承認，傅明修確實幫了她一些忙。他這個人是少爺性格，又是個傲嬌，解釋一下就是嘴巴毒，但是心腸很好，後期兩個人關係確實不錯。跟沈倦偷偷在一起時，她晚上有時候會偷偷溜出去，傅明修甚至還幫她打掩護。

所以當他說自己在A大的時候，林語驚愣了愣，回過神來以後她還有些感慨。

她走到一食堂門口，隔得老遠就看見了傅明修。

這個人像個傻子在一食堂門口一圈一圈地走，邊走邊講電話，聲音聽起來很憤怒：「我知道上面寫的是一，這他媽就是一食堂！我問了！我又不瞎！是你說你今天在學校我才來的，你玩我？」

這個人嗓門大，看起來異常暴躁，旁邊的學生紛紛側目。

雖然他現在已經不是她哥了，但是林語驚依然有種很丟人的感覺。

她站在一食堂門口靠左邊臺階的下面，看到傅明修視線掃過來，也看見了她。

林語驚朝他招了招手。

傅明修又說了兩句話，掛了電話走過來，第一句就劈頭蓋臉地問她：「這是不是一食堂？」

林語驚眼神悲憫：「哥，兩年不見，你智商怎麼好像更低了？」

「……」

傅明修瞪著她，林語驚淡定地和他對視。

傅明修忽然笑了。

他覺得滿神奇的，第一次見到時，討厭到不行的這個畸形重組家庭來的小妹妹，真的走了以後他竟然偶爾也會想起以前有這麼一個人，在他說他發燒了的時候，讓他打一一九找消防員。

來A大找人時，他忽然想起孟偉國那天和關向梅提了一句，她也在A大，還沒反應過來，電話就打過去了。

她家裡的情況，在她走的那段時間，傅明修也了解了一點。剛剛看到她和以前一樣，還是軟乎乎地嗆得你一口老血憋在那裡的時候，他莫名其妙地鬆了口氣，緊接著就笑了。

她沒什麼變，林語驚還是以前的那個林語驚，傅明修滿高興的。

他笑得沒頭沒尾，林語驚眼神奇異地看著他。傅明修也沒介意，問道：「沒回帝都啊？」

「啊。」林語驚沒什麼語氣，現在她不歸孟偉國管了，自然也不用跟傅明修維持什麼和諧的兄妹關係，雖然他們早就互相知道對方是什麼人了，「為了男朋友毅然決然留在了這邊，可歌可泣的愛情，懂嗎？」

傅明修愣了愣：「為了妳男朋友？」

林語驚沒說話，看他的眼神像是在說「你為什麼問這種廢話？」。

傅明修是真的沒反應過來：「就……高中的時候那個？你們沒分手？」

「對啊。」林語驚說。

「不是。」傅明修愕然地看著她，「那個男的天天半夜把妳叫出去，一看就不是什麼好東西，這種人渣妳當時跟他談戀愛就算了，畢竟小年輕，就玩玩也沒什麼。」傅明修覺得不可思議：「妳竟然還沒跟這種不正經的小白臉分手！」

林語驚：「……」

剛到一食堂沒一會兒，無意間聽了牆角的沈倦：「……」

沈倦也覺得不可思議，他不知道他電話始終打不通，一直在通話中的女朋友為什麼站在食堂門口，跟這個不知道從哪裡跑出來的男的說廢話。

而這個男的在用了一系列人渣、一看就不是什麼好東西、不正經的小白臉之類的詞來形容他以後，還在不斷地慫恿林語驚和他分手？

沈倦沒有想到孫明川這傻子竟然也有一語成讖的一天，林語驚這邊還真的出了問題。

沈倦被容懷拖了一會兒，有些晚到，一過來就遠遠看見林語驚背對著他站在那裡，走過去的時候剛好聽到那句「你們沒分手？」到「妳竟然還沒跟這種不正經的小白臉分手」。

沈倦覺得自從和林語驚認識以後，他這個脾氣被她磨得確實很好，尤其是分開這一年多，戾氣磨得都快沒了。

原來是錯覺。

林語驚沒看見他，沈倦也不急著過去，就這麼站在那裡，看著這個人把那一堆欠揍的話說完。

沈倦略瞇起眼，微揚了揚下巴，冷笑。

傅明修原本還沒怎麼注意到沈倦，但是這個人一直站在那裡盯著他看，渾身上下全是冷冰冰的不爽，好像下一秒就要衝上來揍他。傅明修沒在意，他的所有注意力都放在林語驚和她那個高中開始的男朋友竟然還沒分手這件不可思議的事情上。

那個男的，高中的時候就天天半夜叫林語驚出去。林語驚那時才十五六歲，天天偷溜出去，半夜才回家。

這不是帶壞小女孩嗎？哪有這樣的，一看就不是什麼正經小夥子。

而且據傅明修幾次觀察下來，每次林語驚還都是自己回來的？大半夜，連送女朋友回家都不願意，還好意思談戀愛？

傅明修當時就覺得，這要是他親妹妹，他早就罵八百遍，再把這小男生按在地上揍一頓了。

就這種人不分手，竟然還能談到大學。

果然愛情使人眼瞎。

傅明修實在有點忍不住，還是提了兩句，但是到底怎麼樣還是要看林語驚怎麼想，他也不是喜歡管閒事的人。

但是前面這位大兄弟，你能不能不要再盯著我散發死亡冷氣了？你一直盯著我到底有什麼事？

傅明修終於抬起頭來，兩個男人就這麼在林語驚的頭頂長久地對視。

傅明修有些詫異，總覺得這哥兒們好像有點眼熟啊。

他不說話了，盯著後面看了好半天，林語驚也跟著轉過身來，看見了站在身後的沈倦。

沈狀元的表情看起來不是特別爽，虛著眼，沒什麼表情。

林語驚對他這樣子很了解，這個人在壓著火氣呢。

也不知道為什麼，她眨了一下眼，看著他：「你今天有點晚啊。」

沈倦側頭垂眼看著她，沉著聲：「過來。」

林語驚沒動，她猶豫片刻，迅速思考了一下老大忽然不開心的原因是什麼。

想不到，明明早上送早餐給她的時候還滿正常的啊。

這讓林語驚想起了高中時，沈倦也是這麼變化多端、陰晴不定，有時候忽然就不爽了。幾年過去了，這個男人還是一如既往地讓人捉摸不透。

她這一系列心理活動用的時間有點久，沒馬上動，也沒說話，然而在沈倦看來，這就跟抗拒一樣。

她拒絕過來，非得跟這男的站在一起。

沈倦唇角繃直，很不耐煩地直直走來，一把將林語驚拉到身後，看著傅明修：「你有事嗎？」

傅明修都沒反應過來：「啊？」

林語驚也沒反應過來，她站在沈倦後面側了側身子，腦袋伸出去看過去。

「你找我女朋友，有什麼事嗎？」沈倦看著傅明修，淡道，「我發現你這個人很有意思啊，趁著人家男朋友不在就勸人分手嗎？你閒得發慌？」

一邊說，一邊就像是側面長了眼睛似的，抬手抵著她的額頭，把她的腦袋重新推回去了，並微側過身，擋得嚴嚴實實。

還不讓她看。

傅明修：「……」

林語驚：「……」

林語驚覺得自己好像懂了，所以這個人……

她側身靠著沈倦站在他身後，笑得肩膀一抖一抖的。

沈倦不爽地「嘖」了一聲，終於側身垂頭看著她：「妳還很高興？」

「啊，」林語驚說，「還可以吧。」

沈倦緩聲叫她名字，警告道：「林語驚。」

林語驚毫不畏懼，笑得停不下來，還控制不住地抬手拍了拍他的背。

沈倦：「……」

沈倦沉默地看著她，須臾，垂頭壓下聲低道：「一會兒收拾妳。」

他說完，扭頭就把注意力重新放回傅明修身上。

林語驚笑夠了，又看看現在在食堂門口，眾目睽睽，生怕校霸找回了以前的節奏感，趕緊拉著他的手臂把人往後拉，側身出來看向傅明修：「我們要吃飯去了，您自便吧。」

傅明修愣了愣，難以置信地看著她：「什麼意思？妳連飯都不請我吃？妳當我不忙，來一趟跟妳玩嗎？」

「傅總日理萬機。」林語驚拽著沈倦的手臂拖著他往前走，沒回頭，轉身跟傅明修擺了擺手，「您去忙吧，以後有時間再聊。」

傅明修：「……」

傅明修氣得一口氣差點上不來。

他盯著沈倦的背影，又看了一會兒，皺了皺眉。

確實有點眼熟，可是就是想不起來在哪裡見過。

沈倦不情不願地被林語驚拖著走，一直走了老遠。她扯著他手臂，沈倦沉默地跟在後面，兩個人一言不發，直到林語驚覺得有點不對勁才停下腳步，轉過身來。

沈倦垂眼看著她。

體育館附近，中午現在大家都去吃飯了，沒什麼人。

林語鶯放開他，仰起頭來。

夏天正午太陽大，她特地走到背陰的地方，頭頂樹影搖曳，遮住了大片的陽光，但空氣還是很燥熱。

「來吧。」林語鶯看著他說。

沈倦沒反應過來：「什麼？」

林語鶯勾唇：「收拾我。」

沈倦：「……」

林語鶯很感興趣的樣子，悠悠地道：「我特地帶你來了這麼偏僻的地方——」

她略側頭，目光所及全是酷暑的驕陽和被曬得奄奄一息的樹，遠處的體育場安靜空曠。

林語鶯老神在在地道：「就是有點好奇，你想怎麼收拾我？」

沈倦：「……」

沈倦發現這個小女孩現在確實皮得有點欠教育，好像下一秒就要上天了。

他點了點頭，不動聲色地拉著她又往裡面走了一點，回身靠在樹上，然後把她拉到自己身前，一隻手扣著她的腰低聲說：「妳想要我怎麼收拾妳？」

空無一人的小樹林裡，林語鶯沒說話，墊腳湊過去親了親他。

最開始掌握主動權的人還是她，後來不知道怎麼就變成他了。最後還是她有點受不了，推開他抬起頭來。

沈倦將她抱在懷裡，親吻後呼吸不穩，聲音有些啞，還是不爽：「剛剛那個人是怎麼回事？」

他湊到她耳邊，報復性地咬了咬她的耳垂，一字一字地說：「小白臉？不正經？讓妳分手？嗯？」

林語驚條件反射地縮了縮，抬手推開他的腦袋，耳朵在他衣服上蹭了蹭，沒說話。

沈倦撤開身子，把她從自己身上拉下去，瞇起眼：「林語驚，別裝死，妳以為勾引完我就會能放過妳了？」

「沒有。」林語驚說，「我在考慮怎麼說能比較不尷尬。」

沈倦冷笑：「妳現在知道尷尬了，剛才我叫妳過來，妳還像沒聽見一樣，什麼意思？」

林語驚看了他一眼，平靜地說：「我是說，我在想怎麼說能讓你比較不尷尬。」

沈倦：「……」

「剛剛那個，」林語驚其實不是很情願，但是還是勉為其難地承認道，「是我哥。」

沈倦：「……」

林語驚還善意地補充道：「就是，我爸那邊不是再婚了？的那個哥哥。」

沈倦的表情僵住了。

沉默十秒後，林語驚又開始笑。

「我發現妳這哥哥脾氣很好啊，我那麼說他，他都沒發火？」沈倦回過神來，很無奈，「我就是看他不爽，想揍他一頓啊。」沈倦嘆了口氣，「我那難道不算是有效挑釁嗎？」

「很有效啊，不過他不擅長應付這種，可能當時還沒反應過來。」林語驚笑著說，「是我的話應該就已經和你打起來了。」

沈倦挑眉。

林語驚還腦補上癮了：「噯，這麼一說，還好我是個女孩子，我如果是個男生，我們是不是特別合不來啊？相看兩生厭，每個星期要打足三百回合那種。」

沈倦頓時莫名生出了一千兩百萬種不太美妙的想法。

他面無表情地直起身來，抬手輕輕敲了敲她腦袋：「吃飯去。」

林語驚不放過他，異想天開地道：「沈老闆，我說真的，我如果是男孩子，你會喜歡我嗎？」

沈倦沒搭理她，往食堂走。

林語驚一邊跟著他一邊說：「沈倦，如果你到時候還喜歡我，那不就說明你這個人 Gay 里 Gay 氣的嗎？」

沈倦沉默。

林語驚繼續說：「如果你不喜歡我，那就說明你本來也沒有多喜歡我。」

林語驚憤憤：「你竟然因為我不是女的就不跟我在一起了。」

林語驚皮得不行，還嘆了口氣：「沈倦，你說吧，你選一個吧，到底是會喜歡我，還是不會喜歡我？你給我一個滿意的答案，不滿意我不接受，不接受以後就不給親，也不給抱，也不給——」

沈倦終於忍無可忍，腳步倏地一頓，轉過頭來壓著聲音叫她：「林語驚。」

林語驚抬頭：「啊？」

沈倦看著她，腮邊輕動，磨了一下牙：「妳再說下去，不用等下個月，老子今天晚上就幫妳過完成人禮。」

林語驚：「……」

林語鶯的生日在十月底，過生日這種事，她懂事了以後就沒有特別喜歡了。

晚上回宿舍，顧夏碰巧問了一句，她說了日期以後顧夏眨眨眼：「天蠍座啊。」

女生對這種事最感興趣，什麼星座、運勢，小蘑菇放下手裡的高等數學作業，轉過頭來：「天蠍座是幾號啊？」

「從十月底到十一月底都是，到十一月二十幾號，我還滿喜歡天蠍座的，」顧夏掰著手指說，「愛恨分明，很剛的那種性格，比較囂張，欲望也很強烈。」

林語鶯正在喝水，聽到最後一句的時候差點嗆到。

小蘑菇興奮道：「什麼欲強烈？」

林語鶯放下水杯，轉過頭去看著她，平靜地道：「求勝欲。」

小蘑菇搖頭表示不滿，很急切地問：「我不想知道這個欲，有沒有別的欲比較強烈的？」

「性欲強烈，」顧夏輕輕咳了咳，「而且據說天蠍座的男生那方面無論是軟體還是硬體都——」

她沒說完，默默豎了豎大拇指。

小蘑菇頓時肅然，一臉「我懂了」。

林語鶯：「……」

林語鶯隱約記得小蘑菇剛開學的時候不是這樣的人。

大學校園生活真是太可怕了，僅僅半個月時間，就把一個天真無邪的小少女「噗通」一聲丟進黃色染料裡滾了一圈。

不過沈倦的生日是什麼時候，她還真的不知道，她還沒跟他聊過關於這方面的事。

那邊，顧夏和小蘑菇已經開始興致勃勃地聊起了女生宿舍的限制級話題，聊之前，顧夏還走過來掰過林語驚的腦袋，把她轉過去：「妳聽什麼聽？下面是成人時間，未成年戴上耳機，不要好奇這些，小孩子不應該知道的。」

「……」

林語驚心想我真的一點都不好奇，但是妳這麼一說，為什麼我也覺得自己好像很好奇一樣啊？

她轉過身去，拿起手機，傳了個訊息給沈倦：男朋友，你生日什麼時候啊？

沈倦估計在忙，沒馬上回，林語驚放下手機，去洗了個澡。

出來以後，手機裡有幾條新訊息。

她以為都是沈倦，隨便點開了一條，沒想到是傅明修的好友請求。

他大概是透過手機加過來的，林語驚點了通過，然後點開沈倦的對話框。

沈倦：一一一六。

林語驚：「……」

林語驚手一抖，抬起頭來，看向顧夏：「夏總，妳剛剛說天蠍座生日到幾號？」

顧夏說：「十一月，二十二號。」

「……」

喔，星座這個東西有什麼好信的，不就是騙小女孩的嗎？而且沈倦的……跟她有什麼關係？

……好像也不是沒有關係？

林語鶯淡定地清了清嗓子，當做沒發生過。

剛好傅明修的訊息跳出來，林語鶯簡直像抓住了救命稻草，趕緊點開。

傅明修：我知道了。

莫名其妙的一句話，林語鶯回：你知道什麼了？

『妳那個男朋友，』傅明修傳了條語音過來，『我就覺得我之前在哪裡見過他，我他媽想了一下午。』

林語鶯一條聽完，傅明修這個百變男孩又開始打字了。

傅明修：就前兩年，我跟我朋友去一個拍賣會，看過他一次，姓沈是吧？

林語鶯愣了愣。

傅明修繼續說：他當時買了一張畫，開口就八位數起叫。

林語鶯都沒反應過來，傅明修還在那邊馬不停蹄地打字：那一幅畫是一百萬起拍的，拍到三百萬，他上來就直接多叫了一位數。

傅明修：是不是有病？？

傅明修：妳這個對象真的不行，腦子好像有點問題，人傻錢多，不是，錢多也不是這麼敗的啊。

傅明修最後道：妳要是真的喜歡，要不然就帶他去看看是不是有精神病。

林語鶯：「……？」

林語鶯還是有點沒反應過來。

她實在是沒辦法把拍賣會、一千萬、人傻錢多——關鍵是錢多，這樣的詞放在沈倦身上。

林語驚都快忘了她是從什麼時候起，以什麼為契機覺得沈倦的家裡條件一般，也忘了後來自己為什麼對這個觀點如此篤定。

但是，林語驚因為從小到大生活在這樣的環境裡，即使不去接觸那些圈子，她對於有錢人家小孩是什麼樣也太清楚了。不到一眼就能看出來，但反正八九不離十，左右也不會差太多。

比如傅明修這種非典型有錢人家小孩，有點白目，但又不是傻，做事情或者說話不怎麼會考慮到別人。

程軼、陸嘉珩，少爺脾氣都非常明顯，沈倦和他們完全不一樣。

他太成熟了，感覺快要熟透了，大概是因為他從小在洛清河身邊長大，他的經歷，或者是很早就開始接觸到工作室裡的這些客戶，經歷社會，他的性格、說話時的腔調、思考問題的方式看起來至少比他的同齡人成熟了一倍以上。

氣質和有錢人家少爺不配，衣著方面也不挑，隨便拿一件款式最簡單的純色衛衣就往頭上套，在工作室更是常年黑T恤，據說是何松南當年用三十塊一件，批了一整箱。

沒見過對自己這麼隨便的少爺，更何況，他們一起度過了那麼多苦日子。

加三個鹹蛋黃的飯團都是奢侈的早餐，電影只能看十九塊錢的，為了幫男朋友省點錢，林語驚絞盡腦汁，又要做得不動聲色，努力不傷害到他的自尊心，林語驚覺得自己的心都要操碎了。

現在傅明修來告訴她，妳男朋友不窮，不僅不困難，人家三百萬的畫，他非得多叫一位數，是個愛好花錢的二百五。

林語鶯覺得不能接受。

她一時間有些迷茫，也分不清是該相信自己，還是該相信傅明修的親眼所見。

林語鶯放下手機，轉過頭來，看向還在那邊聊限制級的小蘑菇和顧夏，先假設了一種情況，問道：「有個問題，如果妳家很窮，妳男朋友也多少了解一些，然後有天他忽然一反常態問妳——妳們家是不是滿有錢的啊？妳們覺得他是什麼意思？」

顧夏平靜道：「反諷我，他嫌我沒錢。」

小蘑菇戚戚然：「是不是嫌我條件不好，給不了他想要的生活，所以在暗示要跟我分手？」

林語鶯：「換一個角度，不那麼喪志的呢？」

「換一個角度，積極一點。」顧夏說，「那就是他為什麼會忽然問這個問題，他是不是真的覺得我有錢，就是不想給他花？」

「我可能是怕他占我家的億萬家產。」小蘑菇憂心忡忡，擔心得真情實感，「他萬一是因為我的錢愛我的呢？」

林語鶯：「……」

林語鶯腦補了一下沈倦站在雨中悲戚咆哮：「妳根本不是真的愛我，妳只是愛我的錢！」

林語鶯打了個顫。

她正在打顫，傅明修那邊直接傳了一大堆東西過來給她。

傅明修：找朋友問了一下，叫沈倦？

A市大歸大，圈子就這麼幾個，很多時候都是有重疊的。

傅明修的狐朋狗友也一大堆，他不認識，出去問了一圈總會有知道的，十五分鐘就打聽到了沈倦這個人。

朋友就用了兩個字，低調。

從來不跟他們多接觸，自己有自己的圈子，看起來好像也沒有要接手家裡的意思，他爹媽也不管他，任由他自由生長。

傅明修問：「他家庭結構怎麼樣？」

朋友：『還行吧，兩個伯伯、一個姑姑，他爸最小，關係都滿和諧的，除了大伯沒孩子，有一個堂姊和一個堂哥……』

傅明修：「我是問他爸媽，我管他大伯有沒有孩子幹什麼？」

朋友：『……』

朋友也不明白傅明修這套操作到底是什麼意思，問題問得像是要選婿一樣：『感情很好，幸福美滿，他媽媽家那邊沒什麼背景，據說就是普通家庭，進了沈家嫁入豪門，典型的灰姑娘和……』

傅明修不耐煩：「你能不能說說沈倦這個人，有沒有談過戀愛、渣不渣，你跟我說他爸媽的愛情故事幹什麼？」

朋友忍了半天也忍不下去了，差點摔電話：『你他媽怎麼鳥事這麼多？你問人家有沒有談過戀愛幹什麼？渣不渣跟你有啥關係？你出櫃了？』

傅明修：「……」

傅明修掛了電話，一邊把剛知道的事都告訴了林語驚，一邊心情複雜地覺得自己怎麼就這麼閒得發慌呢？林語鶯願意跟誰談戀愛，到底跟他有個屁關係？

主要還是他對沈倦的印象太不好了。

高中還不知道他是誰的時候，看起來這麼不認真就覺得不是什麼好傢伙，現在還發現是一個少爺，那印象更差了。

這種紈綺他見過太多了，談個戀愛跟玩樂一樣。

林語鶯的心情也很複雜。

她看完了傅明修傳過來關於沈倦的那些，面無表情地放下了手機。

這種感覺有些似曾相識，是什麼時候？

好像是，沈倦第一次月考，考了學年第一的時候。

林語鶯服了，她發現人的適應能力真的滿可怕的。

在經歷了一次相似的事情以後，她現在想到她約會時覺得六七十塊的電影票貴，拉著人家富三代去看十九塊九的《高粱地裡的故事》，竟然都不覺得自己是個傻子了。

再想想李林當時那幾條情深意切的語音。

窮得吃不起飯？撿別的小孩不要的破鑰匙圈來用？

呵、呵。

林語鶯冷笑了一聲，二話不說點開沈倦的對話框，內容還停在最後那個『一一一六』上。

她把傅明修的聊天記錄都截圖下來，剛想傳給他過去時頓了頓，她把那些截圖又刪了，手機鎖屏，沒再理會。

時隔兩年，暴躁少女林語驚也得到了昇華。

她要忍著，然後想個辦法聽沈倦自己說，讓沈倦痛哭流涕地叫她爸爸，跟她道歉。

‡

沈倦最近覺得女朋友哪裡有點不太對勁。

雖然早餐照送，午餐照吃，晚上也一起去圖書館，但是話明顯變少了。

她不開心，明顯是憋著火氣，而且這股火還是因為他。

沈倦仔仔細細地回憶了一下這一個星期，實在想不到到底有什麼地方讓女王大人特別不滿意。

這種捉摸不透，找不到原因又說不上來，突如其來的異常讓人感覺非常煩。

這種情況在持續了不到一週以後，沈倦終於忍不住了。

九月底，馬上就是十一長假，大家的心思都多多少少有點散漫，林語驚和沈倦坐在圖書館的角落裡，剛看了一整晚的書，現在各自在休息。

沈倦坐在她旁邊，把筆丟在桌子上，一聲輕響：「妳不開心？」

林語驚沒看他，垂頭擺弄手機：「你記不記得？」

沈倦皺眉：「什麼？」

「這句臺詞，」林語驚說，「高中的時候第一次月考完，你也是這麼問我的。」

沈倦一怔。

他還沒反應過來，林語驚已經岔開話題了：「沈同學，我們十一要怎麼去？」

他們之前就說好十一要出去玩，林語驚當時閉著眼睛在地圖上隨手指了一個地方，還挑中了特別遠的。不過剛好她沒去過，沈倦也沒意見，就這麼定下來了。

十一出行肯定很緊繃，票什麼的現在訂都有點晚了。

林語驚這個問題問得沈倦有些茫然，這麼遠的地方，除了買機票，還能怎麼去？

下一秒，林語驚就解答了他的疑問。

「我們坐火車吧。」林語驚道。

「……」沈倦以為自己聽錯了：「什麼？」

「我們坐火車過去。」林語驚有耐心地重複道，「那邊太遠了，我剛剛看了一下，機票好貴，高鐵也貴，我們坐火車吧。」

「……」

沈倦沉默了。

林語驚嘆了口氣，擔憂道：「不然太貴了，現在上課這麼忙，你開學到現在只有一個週末回工作室，也沒接什麼工作，你哪裡來那麼多錢？」

沈倦張了張嘴，剛想說話，林語驚打斷他，教育道：

「我們家也不是什麼大富大貴的人家，還能今天明天到處飛來飛去旅遊嗎？尤其是我們還在讀書，這些錢每一塊都要精打細算，一張機票一兩千，我們哪來那麼多錢能浪費在機票上？」

沈倦：「……」

林語鷩死活不放過他，硬問：「你說是不是？」

「……是，」沈倦長嘆一口氣，身子往後一靠，「搭火車吧。」

林語鷩歡喜地開始查火車票，A市到滇城，軟臥八九百，硬臥五百多。

沈倦看見那個三十五小時的時候，直接沉默了。

十一一共就七天假，去掉這三十五個小時，還他媽剩幾天？

撒一個謊要用一百個來圓，他不知道自己到底是為了什麼，之前非得倒李林這桶潤滑油，導致在女朋友為了幫他省錢，死活要坐三十個小時的火車出去玩時，他連解釋一下都不能。

就林語鷩這個脾氣，知道他騙她之後，先不說之後多久能哄好，至少這次旅行肯定會泡湯。

當初物理考了個滿分，她生了多久的氣。

兩個人平時課都多，好不容易等到了七天的朝夕相處，沈倦說什麼都不會現在開口。反正是跟她在一起，多少小時也都無所謂了。

沈倦閉了閉眼，忍了。算了，都隨她，坐就坐吧。

他沒注意到，林語鷩也在偷偷摸摸地觀察他。

她看見那三十五個小時的時候，也差點一口氣沒喘上來，第一反應就是不動聲色地看了一眼沈倦，心想你還不投降嗎？

見他半天沒反應，林語鷩試探問道：「那就火車了啊。」

沈倦再嘆：「嗯。」

林語鷩像剛看見一樣，指著上面的三十五小時四十六分鐘說：「這要坐三十多個小時啊？兩天一夜的火車嗎？」

沈倦沒什麼反應。

林語驚嘆了口氣，提醒他：「十一大家都出去玩，火車肯定很多人，車廂裡烏煙瘴氣的，一待還要待三十幾個小時，」她頓了頓，「連澡都洗不了。」

沈倦一咬牙，竟然還反過來安慰起她來：「也就一個晚上，回飯店再洗也可以。」

林語驚：「……」

林語驚沒想到沈倦這麼能打。

林語驚也一咬牙，豁出去了：「硬臥也要五百多，我看硬座只要兩百塊錢，我們坐硬座過去吧。」

她閉著眼睛，視死如歸道：「反正就坐三十多個小時，能省兩百呢。」

沈倦：「……？」

第二十四章
家養鯨魚脾氣大

林語驚出生至今近十八年，就算從懂事起開始算也十二三年了，雖然始終缺愛，但是她沒缺過錢。她甚至沒刻意去了解過自己的幾張卡裡，現金加各種理財一共有多少錢，反正就是無論她買什麼，暫時都還沒遇過錢不夠的時候。

所以，當她揹著小皮包過了安檢，坐在火車站咖啡廳裡等沈倦買咖啡過來的時候，她還有點迷茫。

她發現，原來自己還沒坐過火車。

火車，聽起來這麼普通又普遍的交通工具，她居然沒坐過？

林語驚本來還是有點小興奮的，但是一想到要坐三十多個小時，她頓時就不興奮了。

「坐」三十多個小時。

林語驚同學為了逼她的男朋友投降，最終心一橫，咬牙買了硬座。兩百八十三塊一張票，比臥鋪便宜兩百五十塊。

確實是滿二百五的，她懷疑自己是不是瘋了，她也是個從小被富養到大，物質上始終很享受的少女，為什麼要讓自己受這種委屈？

而且沈倦這個人到底是什麼魔鬼？

林語驚想拽著他領子問問他，你家到底是不是真的有錢？你能受這種罪嗎？

離火車檢票還有一段時間，沈倦端著一個小餐盤過來，買了一塊草莓千層和兩杯咖啡，臨走之前他還買了一袋零食給她在火車上吃，看起來相當熟練，業務能力不俗。

十一期間的火車站，人擠著人，候車室裡被塞得滿滿當當，檢票口排著長長的隊，堪比工作日早晚尖峰時刻的地鐵站。多是年輕人成群結隊出去玩，揹著塞得鼓鼓的書包，兩兩三三地蹲在角落聊天。

林語驚沒揹書包，她帶了小行李箱，裡面放著要換的衣服、睡衣和洗漱用品，此時，這箱子交給沈倦來拿。

兩人檢票進月臺，林語驚站在月臺前，左左右右打量了一圈，看著車票上的車廂號碼，一個車廂一個車廂數過去。

這火車竟然還是什麼新空調列車，車廂的冷氣給得很足，外面悶熱，一進來的溫差巨大。但就是很吵，他們上來的時候算早，找到座位坐下沒一會兒，座位漸漸坐滿，車廂走道上擠滿了人，放行李的、找座位的、小孩鬧的聲音，吵得人有點頭痛。

沈倦側頭：「冷不冷？」

林語驚扭頭看向車窗外，一點都不想搭理他。

太氣了，氣得她差點就不想跟他出去玩。

誰家戀愛是這麼談的？沈倦是不是有病！！！

但是沒事，林語驚從小到大，最拿手的就是忍。

她就這樣跟沈倦大眼瞪小眼，坐著硬板，從早上坐到第二天淩晨五點，除了去洗手間以外，硬是屁股都沒挪一下，東西也沒怎麼吃，硬生生熬了二十個小時，中間沒睡一會兒，車廂裡吵鬧，睡得也不怎麼安穩。

淩晨五點多的時候又醒來一次，天才濛濛亮，林語驚揉了揉眼睛坐直身子，不再睡了，側頭看著車窗外。

沈倦眸色越來越沉，嘴角繃得平直，明顯心情也不怎麼好了。

他側頭看著她：「再睡一會兒？」

林語驚搖了搖頭，眼睫垂下去，無精打采地靠著窗框，眼底有淡淡青色，神情疲憊。

沈倦抿著唇，沒說話。

那天林語驚說要買硬座以後，沈倦就覺得哪裡不對勁。林語驚平時不會這麼一而再、再而三提醒他沒錢的事，她心思有點敏感，覺得他不喜歡這件事，平時都幫他省錢省得不動聲色的，生怕他看出來，心裡會覺得不舒服。再加上這一個星期，小女孩明顯有點生氣，但是不管怎麼問，她都說沒事。

這種很鬱悶，隱隱知道大概是什麼方向不對勁，可還是不明所以，就只能這麼憋著的感覺讓沈倦也不太爽。他不知道她在打什麼算盤，只覺得她既然這麼說，那就都順著她，沈倦就想看看她能演到什麼時候。

結果林語驚也很倔強，真的買了票。

小女孩平時明顯是嬌生慣養長大的，可能半點苦都沒吃過，硬座車廂裡雞飛狗跳，這一天一夜坐下來，睡不好，東西又沒怎麼吃，嘴唇都白了。

沈倦心裡莫名生出火氣，一股又一股地憋著，心疼得不行。

他又問：「餓不餓，我去餐車幫妳拿點粥？」

林語驚轉過頭來，抬眼，熬得眼睛都紅了，莫名有點委屈地看著他，搖了搖頭。

沈倦被她這一眼看得心裡直發痛，覺得自己真他媽是個畜生。

沈倦一下就憋不住了，沉默了幾秒忽然站起身來，走出了車廂。

沒一會兒，他又回來，站在走道沒坐下，單手撐著椅背彎腰，壓低身子抬眸看著她：「十分鐘後有一站，我們等等直接下車。」

林語驚沒說話，有點疑惑地看著他。她剛睡醒，人又疲憊，不怎麼想開口，看起來也沒有想動的打算。

沈倦嘆了口氣，放輕嗓子垂下眼，低聲哄著她商量：「寶貝，這破車我不坐了行不行？」

林語驚是真的沒受過這種罪，她現在充分知道了什麼叫搬石頭砸自己的腳。

到滇城中間有很多站，他們在最近的那一站下了火車，清晨五點多，現在月臺上沒什麼人，偶爾有列車員和保全沿著黃線走過去，安靜空曠。

結果目的地沒去成，來到中間不知道是哪裡的地方。

林語驚睏極了，整個人不想說話，跟在沈倦身後出站，走出火車站。沈倦攔了一輛租車，兩人上車後沈倦把箱子放進後車箱，問最近的飯店。

司機看起來五十幾歲，很和藹，普通話有些不標準，但是非常多話，他笑咪咪地問道：「火車站旁邊肯定都住滿啦，你們要什麼價位的？好一點還是便宜一點的，五星級還是快捷飯店那種？前面南山路上有一家還滿好的，也很近，有錢人都會去，不過我看你們還是學生吧，再往前有個快捷連鎖，就是稍微遠一點。」

沈倦現在只想讓林語驚舒舒服服睡一覺，也顧不上了：「不用，南山路那個吧。」

林語鶯拖著殘破的身體，依然不忘記自己的使命，她原本閉著眼睛靠在座位裡，聞言「唰」地睜開眼，迅速坐起來：「那個滿貴的吧，司機，就送我們去那個快捷——」

沈倦扣著她腦袋，一把把她按進懷裡，打斷她並淡聲說：「別聽她的，就南山路那家吧。」

林語鶯的臉被壓在他的腹肌上，觸感硬邦邦的，她掙扎地爬起來，低聲道：「你沒聽到司機說嗎？那是有錢人住的，你是有錢人嗎？」

沈倦面無表情地按著她的腦袋，又把她按回去，手臂往上一摟，壓得嚴嚴實實。林語鶯往外鑽了兩下，發現掙脫不出去，而且感覺自己像個鑽來鑽去的地鼠。

她不動了，鼻尖貼著他腹部，頓了頓，忽然隔著T恤布料輕輕咬了咬他的腹肌。

沈倦瞬間僵住了。

林語鶯沒完沒了，手指順著他衣襬往裡面鑽，指尖探過牛仔褲的褲頭，摸他腰側的肌肉。

沈倦的另一隻手隔著衣服按上來，抓著她的手不讓她動，垂頭湊到她耳邊：「妳知不知道這輛車現在是開去哪裡的？」

林語鶯動作一頓，沈倦的聲音發啞：「還敢這樣撩我？」

林語鶯不動了，悄悄抽回手，埋著腦袋裝死。

沈倦笑了一聲。

這司機開車很穩，到飯店用了十分鐘，林語鶯又快睡著了。

她實在不太想動，強撐著下了車，跟著進大廳辦入住。

林語鶯無精打采地靠在櫃臺，打著哈欠看沈倦翻出身分證辦入住，要了兩間大床房。

櫃臺小姊姊微笑確認道：「您好，兩間大床房，是嗎？」

林語驚又有精神了，湊到沈倦旁邊：「兩間房要多少錢啊？不然開一間吧。」

沈倦：「……」

沈倦忍無可忍，直接氣笑了，想了想也不放心她一個人睡，抬頭又問道：「套房還有嗎？」

林語驚低聲：「套房？套房不是更貴嗎？你哪裡來這麼多錢訂套房？」

沈倦直接不理她了，面無表情地辦完入住，冷颼颼地一手托著行李，一手拽著她進電梯，刷卡上樓。

他們房間的樓層很高，林語驚看著電梯裡鮮紅的數字一格一格往上跳。折騰了這麼一會兒，她的睡意都消失了一大半，思考著等等怎麼跟沈倦開誠布公地談一談。

沈倦刷卡開門，插好房卡，東西往門口牆邊一推，再轉身時，林語驚正像個小狗拉著自己的衣服袖子聞。

聞完，她煩躁地皺起眉：「我要洗個澡，身上全是火車上的味道。」

沈倦點了點頭，將她的行李箱推給她，林語驚拉著進了臥室。

套房臥室裡有個浴室，外面還有一個，沈倦在外面洗了澡，換了套衣服，坐在沙發裡一邊玩手機一邊等，等了好一會兒，林語驚那頭的臥室門才打開。

她換了一套睡衣，站在門口平靜地看著他：「沈倦，我們談談。」

沈倦掃了她一眼，移開視線：「先去睡覺，睡醒後，妳想怎麼聊就怎麼聊。」

「不行，我憋了一個星期了，不說清楚我現在睡不著，」林語驚累極了，坐到臥室床尾，隔空朝他喊話。

沈倦無奈地走過去，靠著門邊看著她。

林語驚盤腿坐在床上，仰著頭平靜地看著他：「你可能沒看出來，我最近很生氣，氣到我時時刻刻都像按著你揍一頓。」

沈倦沒說話。

他又不是傻子，結合林語驚這段時間的操作和神奇發言，他現在隱隱約約也知道原因了，就是不知道她怎麼發現的。

林語驚繼續道：「因為我前段時間，無意間知道你在拍賣會上用一千萬拍了張畫？」

沈倦：「……」

林語驚冷冷地說：「倦爺真是出手闊綽，據說那幅畫只值三百萬，你開口就抬了一位數。」

「……」

沈倦有點頭痛。畫這件事，他還真的不知道該怎麼說。

那時候沈家老爺子七十大壽，小老頭老了，下放權力給兒子女兒，平時也沒什麼別的愛好，就喜歡這些字啊、畫啊，家裡收集了一堆，什麼張大千、林風眠，聊起來眼睛都發亮。

沈倦那時候剛好聽朋友說，那個拍賣會上有張傅抱石的畫，屬於有價無市的那種珍品就去了，想拍下來送小老頭做壽禮。

中途去了個洗手間，一回來就看見上面開始拍畫。沈倦也不懂這些，發給他的那張單子他都沒細看，就掃了一眼目錄，以為就是這張了，想都沒想，直接拍下來就走了。

據說傅抱石的畫近幾年拍出幾千萬的價格屢見不鮮，甚至單品成交價過億，沈倦當時還覺得自己撿了個便宜，結果拍賣會把畫送來後，老頭一看，不是傅抱石的。

因為這個，沈父打了通跨洋的吼叫電話給他，他哥還瘋狂嘲笑了他一頓。

他簡單把這件事跟林語驚說了一下，林語驚都聽傻了。也可能是跟睡眠不足，腦子轉得有點慢有關係。

她盤腿坐在床尾，還沒說話，沈倦緩聲繼續道：「我明白妳生氣，但是我們說清楚，以後再有這種事，妳直接說，別這樣跟我賭氣行不行？」

沈倦越說越氣，又心疼又生氣地靠著牆看著她，瞇了瞇眼：「三十多個小時的硬板，不睡覺不吃飯，妳在折磨我還是折磨妳自己？」

林語驚也生氣，她憋了一個多星期，偏偏還要若無其事，現在說開了像火山噴發：

「意思是我的錯？我買的時候，你在想什麼？我的意思都那麼明顯了，你當時為什麼什麼都不說？你不就是也不爽了，非要跟我硬碰硬嗎？三十多個小時也不說，讓我坐就坐了？你現在還好意思發火了？」

小女孩穿著睡衣坐在床上，剛洗完澡，長髮披散著，整個人都是柔軟的，說出來的話卻又衝又硬，整個人殺氣騰騰，看起來下一秒就要跳起來揍他一頓。

沈倦看著她眼底的淡青，嘆了口氣：「對不起。」

林語驚指著他：「你自己說，你還是不是人？」

「我不是人，」他走過去，撐著床面彎腰，俯身親了親她頭髮，放低姿態，「我錯了。」

她應該是自己帶了洗髮精什麼的，頭髮上有很熟悉的玫瑰混著甜味，沈倦一直以來的疑問終於得到了解答，大概是洗髮精或者沐浴露的味道。

林語驚偏頭閃開，冷笑：「承受不起，倦爺的脾氣真大。」

沈倦抬手揉了揉她的腦袋，垂眼看著她，有些無奈：「老子對妳就從來沒有過脾氣。」

林語驚不理他，看都不看一眼，往床頭蹭了蹭，準備睡覺。

沈倦直接拉著她的腿把人拖回床尾。

她的睡褲寬鬆，長度到膝蓋，這麼一拉，褲管被蹭得全往上捲，露出一段白嫩的大腿。

林語驚想都沒想，反應過來以後另一隻腳抬腳就往他的關鍵部位踹。

沈倦「嘖」了一聲，往後閃身躲開，一把抓住她腳踝：「這麼喜歡我這裡？不是跟妳說過了，有些地方不能隨便踢？」

林語驚好一會兒才反應過來他說的是高中的時候，在女生宿舍樓下的那次。

她腳踝被他抓著，直往回抽，紅著耳朵氣急敗壞：「沈倦，你能不能要點臉！」

沈倦垂眸：「還生氣嗎？」

林語驚指著門口：「滾。」

沈倦勾唇：「人家都說女朋友生氣，上一頓就好了。」

「……我他媽。」林語驚震驚，粗口都爆出來了，目瞪口呆地重複道，「你能不能要點臉？」

沈倦不急不緩地拉著她，一點一點拖回自己身下，低聲問道：「林語驚，妳記不記得妳以前說過妳上面有人？」

林語鷲：「我記得個屁！」

「我幫妳回憶回憶。」沈倦撐著床面，俯身親了親她的眼睛，「妳現在看看妳上面是誰？」

沈倦這一個吻輕輕地落在薄薄的眼皮上，然後一抬頭，垂頭向下，親了親嘴唇，輕啄唇角。

皮膚能夠感受到唇瓣微涼的溫度，他的呼吸平緩而沉，溫柔繾綣。憐惜克制全都有，卻不染欲望的一個吻。

這個人騷話一套一套的，行為上卻有分寸，他不打算幹什麼。

林語鷲不掙扎了，就這麼平躺在床上，任由他居高臨下地俯身親她，唇瓣碰了碰，又碰了碰。

沈倦察覺到她的安靜，鬆開手，捏著她耳垂揉了揉，忽然嘆了口氣：「對不起，是我混蛋。」

林語鷲沒說話。

小女孩的睡衣款式普通，翻領領口，只是還是寬鬆了一些，剛剛一頓掙扎，領口往旁邊掀翻，露出一段鎖骨和肩頭，線條削瘦漂亮。

沈倦抬手，勾著她的睡衣領口往上拉，遮住女孩子白嫩嫩的肩。微涼指尖碰到溫熱的皮膚，林語鷲下意識縮了一下。

沈倦的手指順著睡衣肩線繞到領口，將領口第一個釦子慢吞吞地扣上，垂著眸神情專注：「讓我的小鯨魚受了這麼久的委屈。」

林語鷲看著他：「沈倦，我不是因為這個生氣。」

「我知道。」沈倦幫她扣好釦子，抬手幫她撫平衣領，「暫時不想這個，先補個眠行不行？好好睡一覺，睡醒了吃點東西，然後這筆帳妳想怎麼算，我都配合。」

他說完掀開床上被子，手撐著床面起身，看起來是要走的意思。

說實在的，林語驚對他現在的這個態度有點不爽。

她現在就是不開心，沈倦跟她吵一架、打一架她都能舒服一點。但他不要，就這樣哄著她，突然讓她覺得自己好像特別不懂事。

雖然沈倦大概就是想讓她趕緊睡個覺。

林語驚看著他起身就要站起來，忽然抬手，勾著他的脖子，把人重新拉回來。

沈倦猝不及防地被她一把扯著脖子往回倒，迅速反應過來，硬撐著身子沒壓上她。

林語驚平躺在床上，手臂勾著他的脖子看著他：「不行。」

沈倦愣了愣，還沒反應過來。

小女孩纖細修長的腿纏上他的腰，勾著他後腰往下壓了壓，手臂用力，微抬起頭親他的唇。

不是之前他的那種蜻蜓點水，林語驚明顯是打算放火。

柔軟的舌尖沿著他唇線一點一點地舔，探進口腔，空出一隻手來順著他的T恤下襬鑽進去，指尖畫著腹肌，一塊一塊往下摸。

滑到最下面，勾著牛仔褲的褲頭。

林語驚猶豫了一下，指尖順著牛仔褲褲頭往下，試探性地伸了伸。

沈倦一頓，抓住了她的手，微抬頭瞇著眼睛看著她，呼吸有些不穩：「想幹什麼？嗯？」

林語驚看著他眨眼，嘴唇濕潤，聲音又輕又軟：「摸摸我喜歡的地方。」

這一句話，沈倦整個人一瞬間繃緊。

近距離下，林語鶯清晰地看見他的咀嚼肌連著削瘦下顎的線條緊緊繃住，喉結滾動。兩秒後，牙縫裡擠出了一聲：「操。」

聲音沙啞。

林語鶯揚了揚眉。

她所有這方面的經驗其實全來自沈倦，但是兩個人到目前為止，其實也只有接個吻的程度。

當然，她現在有軍師了。

在林語鶯跟室友說了十一會和沈狀元出去旅行後，顧夏替她上了兩小時的課。中心思想：男人不能撩，妳畫根小火柴他就能自燃，必要的時候還會自己為自己添柴。

軍師誠不欺我。

林語鶯的另一條腿也纏上來，圈著他的腰，頭湊上去重新吻他。

沈倦配合著和她接吻，到深吻，女孩子的身體線條柔軟又纖細，像沒骨頭一樣靠上來，兩個人隔著薄薄的睡衣布料，觸感讓人感覺渾身都在燒。

喀嚓一聲，皮帶輕響。

沈倦腰間一鬆，他猛地連同皮帶，將她的手一起抓住。

林語鶯側頭舔他的耳廓：「不要嗎？」

沈倦的後槽牙咬合，緩了兩秒，垂頭安撫似的親她的眼睛，親她的額頭，抓著她的手沒鬆開，聲音沙啞，拒絕得隱忍又溫柔：「寶貝……」

林語鶯乾脆地抽手，纏在他腰上的腿滑下來，蹬著他側腰，往旁邊一踹——

兩人本來就在床邊，這一腳直接把沈倦踹下了床。

沈倦都愣了，完全沒反應過來，坐在地毯上傻眼地看著她。

林語驚也跟著直起身，坐在淩亂的大床上冷淡地看著他：「沈同學，別亂叫，我們從現在開始分手。」

沈倦錯愕。

林語驚瞥了一眼他皮帶鬆垮，撐著小帳篷的牛仔褲，覺得很厲害，神奇地看著他：「你們男人都是接個吻就這樣——的嗎？」

沈倦現在的身體反應處於前所未有的激烈狀態，直接導致腦子轉得比平時慢一點，不過現在也明白了——這小狐狸精明顯是故意的。

她心裡憋著火氣，一時半刻散不去，所以也得給他點一把火一起燒，不然不爽。

他手撐著身子坐在地毯上，又氣又想笑，還很無奈：「妳上來就又摸又舔的，我不能有一點反應？」

林語驚點點頭：「那你現在憋得難受嗎？」

沈倦沒說話，敞著腿坐在地上，大大方方地撐帳篷，半點掩飾的意思都沒有。

林語驚繼續道：「難受吧？我也憋了一個多星期。」

她爬到床頭，拉開雪白柔軟的被子鑽進去，蓋好，只露出一顆小腦袋，靠在枕頭上看著他，「前男友，我要睡覺了，你出去自己解決吧。」

沈倦：「……」

沈倦是真的拿她沒轍。

林語驚坐了這二十個小時的硬板車是真的累壞了，沈倦去浴室解決了一下生理問題，回來一看，她早就睡得死死的。

林語驚睡著了以後，看起來乖得不行，沒有清醒時的那種氣焰。娃娃領的薄料睡衣，睫毛長長的，低垂著覆蓋下來。皮膚白得透明，眼皮薄薄，陽光下能隱約看見上面淡淡細細的血管。唇瓣嫣紅，還有點腫，是剛剛被他親的。

沈倦抬手，指尖碰了碰她的嘴唇，從唇角沿著唇線輕輕蹭過去。

她睡得很死，半天都沒有反應，整個人陷進柔軟的床裡，呼吸很輕，身上香香的。

沈倦忽然想起自己這隻手剛剛在浴室裡幹了些什麼，莫名有股罪惡感。

他整個人一頓，一個小時前，她躺在他身下，被親得眼睛泛紅的樣子在眼前乍現。

沈倦眼皮一跳，頭也跟著發疼。

這小女孩的膽子是真的肥，什麼事都敢幹，什麼話都敢說，就篤定他什麼都不會做。

萬一他忍不住呢？就是欠教育。

他嘆了口氣，垂手抓過床頭的遙控器，把窗簾關上。

臥室裡的光線昏暗下來，林語驚微皺著的眉頭緩慢舒展開。

沈倦轉身準備出去，走之前猶豫了兩秒，他重新轉過身來，俯身垂頭，動作很輕地偷偷親了她一下。

林語驚這一覺從早上七點多，一直睡到了下午四點。

中途，沈倦補足了覺，進來看過幾次。她睡得始終很熟，直到天色快暗才打著哈欠爬起來，中間連廁所都沒去過。

醒來後才後知後覺地覺得餓，她坐在床上緩了一會兒，剛想爬下床，臥室虛掩著的門被推開。

沈倦進來，看見她醒了有些詫異：「醒了？剛想叫妳。」

林語驚看了他一眼，嗓子睡得有點啞，懶懶地靠在枕頭上：「什麼事，前男友？」

沈倦頓了頓：「林語驚，我覺得這件事情我也……」他斟酌一下措辭，最後道，「罪不至死。」

「至。」林語驚打了個哈欠，比了兩根手指：「兩個問題。」

沈倦：「妳說。」

「你為什麼騙我說你沒錢？就算最開始是我理解過度，但是後面，你也找李林騙我。」林語驚問。

「我以為，原因很明顯。」沈倦沉默了一下，平靜地看著她說，「我想讓妳心疼我。」

他抱著手臂，側身倚靠著臥室門框站著，懶懶散散的樣子、說這句話的語氣像是在問今天晚上吃什麼，沒什麼情緒。

將近一百九十公分的大男人，沒什麼情緒地站在這裡說著明明是在撒嬌的話。

這就是撒嬌！！！

林語驚心裡有點軟，火氣好像頓時沒剩下多少了。

她撇撇嘴，嘴硬道：「我還心疼你？我現在願意跟你說話你就該偷笑了吧，沈倦，你騙了我兩次。」

「嗯？」沈倦神情有些迷茫。

「以前你騙我你是個學渣，雖然你沒這麼說，但是你的行動都傳遞著這個訊息，這也是一種欺騙。」林語驚說。

沈倦：「……」

沈倦真是一點轍都沒有，這也能算一次嗎？

「行，兩次。」他點點頭，妥協道，「從現在開始，妳要讓我幹什麼都行，到妳消氣為止，行不行？」

沈倦發現他這一天裡，用哄人的口氣把他這輩子的「行不行」都說完了。

倦爺以前哪說過這種話，行還是不行，拍板就定，別人沒有商量的餘地。

自從遇見了林語驚，就全是餘地。

還是上輩子欠她的。

林語驚的眼睛亮了亮，坐直身子，有了精神：「真的？」

沈倦好笑地看著她：「真的。」

林語驚立刻說：「那你現在叫我一聲爸爸，說你錯了，你以後再也不敢了，我就原諒你了。」

「……」

沈倦一頓，以為自己聽錯了，垂眸低問：「什麼？」

林語驚也不怕他，善良地重複了一遍，還特地體貼地放慢了語速：「你，叫我一聲爸爸，說你再也不敢了，我可以勉為其難地原諒你。」

沈倦看了她一會兒，笑了。

林語驚毫無緣由地，被他這一聲笑得頭皮發麻，危機意識瞬間冒出頭來。

沈倦靠著臥室的門框，意味深長地看著她：「林語驚，妳想清楚。」

林語驚心裡有些發虛：「什麼。」

「妳真的想聽，我也不是不能叫，但是以後妳得還回來。」沈倦勾唇，拖著尾聲說，「我會讓妳哭著叫我一百聲爸爸，妳信不信？」

林語驚：「……」

一百聲，那得叫多久？

平均一分鐘叫一聲，那就得叫一百分鐘，將近兩個小時……那不會出人命嗎？

林語驚覺得有點忍不了：「沈倦，有自信是好事，但是我勸你牛還是少吹，你已經不當社會哥好多年了，謙虛做人，低調做事。」

沈倦：「……」

這番話打岔之後，林語驚都忘了叫爸爸這件事。

她從上火車到現在都沒怎麼好好吃東西，只吃了一塊蛋糕，餓得不行，換了一套衣服，兩個人走出飯店去找吃的。

在林語鶯睡覺的這段時間，沈倦查了一下，這個地方是沿海的一個小城，不大，靠近海邊有個燈塔，算是一個景點，附近還有個小島。

歪打正著，雖然沒有太多可以玩的地方，但也是個很適合假期度假的地方。

林語鶯先去吃了烤肉填飽肚子，吃完時六點多，她拉著沈倦跑去海鮮熱炒店。

這種沿海的城市，海鮮便宜，靠海邊就開著一排排熱炒店。他們挑了一家，在靠邊邊的位置坐下。

木製的室外大平臺柱子上掛滿了一串串燈串，走下木檯就是細碎的沙，現在天半黑下來，海水像是被潑了半桶墨，浪聲伴著笑聲，由遠及近，細碎地傳過來。

生活節奏慢而舒適，空氣潮濕純淨，帶著一點點海風的腥鹹味道，讓人不由自主就放鬆下來。

他們點了一桌的海鮮，全部清蒸鹽水煮，沾店家用芥末和薑末調的祕製醬料，一口咬下去汁水在口腔裡蔓延開來，滿嘴的鮮味。

林語鶯不愛吃薑，特地跟老闆要了一份沒有薑的沾料，剛端上來道了聲謝，沈倦回手一勺薑末就倒進去了。

林語鶯抬頭瞪著他：「沈同學，你能不能關心一下你女朋友的習慣愛好？我不吃薑的。」

沈倦拿筷子把沾料裡的薑末拌開：「海鮮寒涼。」

「我就……」林語鶯夾著螃蟹腿舉到他面前，「吃兩個螃蟹，我也不天天吃，牠再寒，能把我凍死嗎？」

沈倦不為所動，順手接過來，掰掉螃蟹腿掀了殼，剔掉不能吃的部分露出肉，沾了混著薑末的料遞給她。

林語驚不接，沈倦也不催，放在她的小碟子裡，從盤子裡捏了一隻蝦出來，慢條斯理地幫她剝好，沾上醬料，擺進盤子裡。

現在不怎麼忙，熱炒店的老闆坐在旁邊笑咪咪地看著他們，順便教育林語驚：「小女孩，妳老公說得沒錯，吃蟹得要有薑，而且更鮮。」

沈倦因為這聲稱呼，忍不住勾唇。

老闆都在旁邊這麼說了，林語驚不得不把螃蟹接過來，看了一眼他嘴角上翹的得意樣子，翻了個白眼，低聲道：「差不多就行了啊，沈同學，我還沒成年呢，你還想直接登記啊？」

「想，我還想直接上個高速，女朋友太小，我能怎麼辦？」沈倦垂眸剝著海鮮，沒抬頭，漫不經心地道，「十六歲就開始等，感覺等了一個世紀，才他媽十七歲。妳這年齡沒漲，撩人的功夫倒是越來越厲害了，從哪裡學來的？」

林語驚咬著螃蟹腿，腮幫子鼓鼓的，揚起眼來看著他眨了兩下。

沈倦將手裡剝好殼的蝦肉放到她盤子裡，看了她一眼：「問妳呢，小女孩，誰教妳這樣勾引男人的？還能單手解老子皮帶了？」

林語驚把蟹肉吃了，吐掉殼：「那我男朋友不教，我只能自學成才。」

沈倦一頓，點點頭，平靜地說：「等等回去教妳別的。」

林語驚嘴裡塞滿了海鮮，口齒不清地提醒他：「沈老闆，我還小，我還是個十七歲的孩子。」

沈倦抬眼看著她，故意壓著嗓子低聲道：「教妳一點十七歲也能學的。」

林語鶯：「……」

一桌的海鮮吃完，天徹底黑了下去。林語鶯本來還想去玩玩水，夜裡海水冰涼，她只來得及脫鞋淺淺地踩了幾個來回就被沈倦拉回來。

兩人回飯店後，早上時急著開房間，訂了一間套房，只有一間臥室，沈倦下午補眠的時候是在會客廳沙發上睡的。

現在，這個人不準備再委屈自己睡沙發了，回去時他去櫃臺換了一間房間，幫自己準備一間臥室。

林語鶯把箱子裡的一堆東西都拿出來了，洗手間、浴室堆了滿檯子，衣服什麼的也都抽了一堆出來。她懶得收拾，盤腿坐在床上看著他：「你為什麼不跟我一起睡床，這張床這麼大，睡不下你啊？」

她頓了頓，忽然想起什麼，詫異道：「你們男人，睡同一張床都不行嗎？」她兩隻手抬起後分開，「這張床大得能睡五個人，我們中間可以空著這麼大的距離。」

沈倦把她的箱子搬上床，一攤：「自己裝。」

兩人拖著箱子又上去一層，升等為更大的套房，這樣折騰一番又晚上十點了。

林語鶯洗了個澡。她白天睡飽了覺，現在有精神得很，出來跑到沈倦房間一看，發現這個人倚靠在床上寫作業。

林語鶯站在臥室門口，直接被震住了。

沈倦做事情的時候很專注，半天才發現她走過來，抬起頭，頭頂著床頭，揚了揚下巴。

「你在寫作業？」林語驚語氣愕然。

沈倦平靜地點頭：「你們沒有？」

「有是有。」林語驚有些無語，「沈倦，你這樣會孤獨終老的你知不知道？你出去問問，誰和女朋友出去玩，晚上回來還寫作業的？」

沈倦笑了，把手裡的東西放在旁邊的床頭櫃上，拍了拍床：「過來。」

林語驚頓了頓，走過去，踢掉鞋子爬上床。

床面隨著她的動作柔軟塌陷，林語驚跪坐在他旁邊，壓著被子：「沈倦。」

沈倦側頭，他白天沒睡幾個小時，現在垂著眼皮，神情倦懶：「嗯？」

他拉過她的手扣著。

林語驚的手被他牽著，眨眼問：「十七歲也能學的，你還教不教我？」

沈倦的動作一頓，抬眼看著她：「妳今天就老實不了了是不是？」

林語驚撐著床面湊過去：「我就是想知道你要怎麼辦。」

「妳渾身上下，從頭到腳，我全能辦。」沈倦說，握著她的手交纏又鬆開，從指根捏到指腹，漫不經心地把玩，「要我一個地方一個地方地跟妳解釋一下？」

林語驚：「……不用了。」

沈倦這個人說起騷話來一套一套的，可惜是個語言上的巨人，行動上的矮子。

他特別能忍，並且這次十一長假，林語驚發現他這個能忍體現在各個方面。

又是一個和林語驚認識的少爺人設完全不相符的屬性。

他這個年紀的有錢人家小孩，有哪個不是隨心所欲，想幹什麼就幹什麼，根本不知道克制忍耐四個字怎麼寫的，至少陸嘉珩、程軼、傅明修這幾位大爺全是這樣。

十一快結束的時候，顧夏傳了訊息給林語驚問了一下戰況。當時晚上九點，林語驚和沈倦正在飯店裡寫作業。

顧夏以為自己看錯了：飯店裡幹什麼？

林語驚平靜地重複：寫作業。

這個小城不大，好玩的倒是有很多。各個小巷子裡有不少稀奇古怪、賣手工藝品的小店，林語驚每天在飯店裡睡到日上三竿，收拾磨蹭到下午就出去玩，晚上回來竟然還能一起寫作業。

看見沒有？這就是狀元的自我修養。

我們學霸放假時出去玩，晚上都是在飯店裡開房寫作業的。狀元不止帶領著我等凡人一起寫作業，還跟我講了經濟學原理呢。

兩個人讀的都是對護髮有點阻礙的科系，作業也都不少，金融林語驚沒了解過，她們電腦系據說上一屆的學長姊們已經直接跳過了頭髮養護的問題，開始研究植髮了。

臨近開學，林語驚想提前一天回A市，準備要買票。

林語驚發現這個小城沒有機場，只有火車，而且高鐵不停。

就是說，如果要回去，她還得坐二十個小時的火車。

林語驚嚇到手都抖了，發抖地拍拍沈倦的手臂：「沈倦……」

沈倦側頭，林語鶩的眼神空洞：「我發現這個地方沒有機場。」

沈倦揚眉：「怎麼可能會有。」

「高鐵都沒有！」林語鶩崩潰，「我們怎麼回去？我們先坐車到最近一個有機場的城市？」

相比起她的反應，沈倦簡直太淡定了：「想回去了？」

「要開學了啊，我當時為什麼非得要坐火車，還在這裡就下車？」林語鶩一邊看票一邊嘆氣，自我安慰道，「不過這次我們可以睡臥鋪了，至少有個床。」

沈倦側頭，跟著看了一眼她看的車票日期，一把抽走了她的手機：「不急，一會兒我訂。」

他拎著她往沙發上一按，俯身壓下來：「林語鶩同學，簡述一下我國金融機構體系的結構與職能？」

林語鶩瞪著他：「你是不是有病？」

沈倦垂頭，隔著睡衣咬了一口她的鎖骨：「錯了。」他含糊道，「白教妳了？重新說。」

林語鶩縮了一下肩，推他：「我說個屁，我又不學金融。」

沈倦抬頭親她的唇，最後將頭靠上她的肩窩，聞著小女孩身上香香的味道懶洋洋地說：「轉系吧，妳這小腦袋瓜適合幫人挖坑，應該學金融。」

林語鶩打了個哈欠，他們今天去附近那個小海島上玩了一天，有點累：「我學什麼都不耽誤我挖坑。」

沈倦笑了一聲，頭埋在她頸間，聲音聽起來悶悶的，溫熱的鼻息弄得她有點癢。

林語鶩推開他的腦袋，調整了一個舒服的姿勢，側身躺在沙發裡：「沈倦，你別忘了買票。」

沈倦應聲：「嗯。」

林語驚半閉著眼：「我們又得坐二十個小時，你買個軟臥吧，軟臥能有多軟？」她迷迷糊糊地嘟噥，「我家這麼有錢，我為什麼還要受這個苦？」

「不用二十個小時。」沈倦笑了，像哄小孩一樣拍了她兩下，「睡吧，睡醒後，倦爺帶妳去坐飛機。」

林語驚就真的睡了。

她在沙發上睡著，早上醒來時在臥室床上，說睡醒就帶她坐飛機的倦爺正在會客廳講電話，隱隱約約能聽見他的說話聲。

林語驚隨手抓了抓頭髮，翻身下床，也不洗臉了，歪歪斜斜地穿著睡衣、踩著拖鞋就打開臥室門走出去。

外面的說話聲戛然而止。

林語驚打了個哈欠，抬眼，然後定住。

沈倦沒在講電話，他在跟人說話。

這房間裡不知道什麼時候出現了第三個人，此時這個人正坐在沙發裡，手裡端著一杯咖啡，側頭呆滯地和她大眼瞪小眼。

林語驚持續發著呆，張到一半的嘴還來不及闔上。

沈倦迅速反應過來，側身擋在兩人之間，朝她走過來，將人推進臥室後跟著進來，回手關門。

林語驚還處於早上剛醒來，反應有些遲鈍的另類起床氣裡，指了指門外，看著他：「你背著我偷男人了？」

「……我哥。」沈倦言簡意賅，「姑姑家的。」

林語驚垂頭看了一眼自己身上——睡得皺巴巴的睡衣和拖鞋，整理了一下思路：「就是說，我第一次見到你的家人，是這個形象？」

沈倦看著她睡得亂七八糟的頭髮，面不改色地道：「妳這個形象滿好的，可以直接去奧斯卡走紅毯。」

林語驚：「……」

林語驚不想再理他，進浴室洗了個澡、換了衣服，做了好一會兒的心理準備才走出臥室。

結果會客廳只有沈倦一個人，手邊的餐車上疊著一層層早餐，神祕哥哥不翼而飛。

林語驚走過去，扠了一塊馬鈴薯沙拉：「你哥哥呢？」

「怕妳尷尬，讓他走了。」沈倦把三明治推給她，「吃完我們也走。」

林語驚咬著煎蛋抬眸：「唔？」

沈倦懶洋洋地靠在沙發裡：「帶妳去坐飛機。」

林語驚：「……」

一個小時後，林語驚坐在小型飛機裡，神情有些麻木。

昨天晚上，沈倦說「倦爺帶妳坐飛機」的時候她實在太睏，已經快睡著了就沒怎麼在意，以為他是隨口騷一下。

她早該想到的，他怎麼可能隨口騷一下，這個人必須騷出實際行動才甘心。

封閉的航空艙內，前面是長沙發、酒櫃，隔斷後裝修成臥室，浴室、洗手間應有盡有。

男朋友從一個貧困家庭、半工半讀的小孩，一夜之間變成一個擁有私人飛機的富二代是什麼樣的體驗？

林語驚心情複雜，她回憶了一下林老爺子有沒有私人飛機？

好像沒有。

林語驚忽然有一種，自己拚爹怎麼很有可能不太拚得過她男朋友的感覺。

她正憂鬱著，腿上忽然一沉，有什麼東西壓上來。林語驚嚇了一跳，垂眸去看，是一隻貓。

她不認識貓，不知道是什麼品種，但這隻貓長得酷斃了，第一眼看上去像是隻小豹。

牠輕輕用爪子壓了壓她的腿，然後收回來，看了她一眼，擺著長尾巴，扭頭高傲地走了。

林語驚伸著頭看牠。

沈倦端了一盤小蛋糕給她，放在面前的桌子上，跟著她的視線掃了一眼，看見那隻貓：「我哥朋友的，幫忙帶回去。」

飛機裡只有她和沈倦兩個人，林語驚問：「你哥哥不回去嗎？」

「嗯，他要過幾天。」沈倦說，「吃東西？還是睡一會兒？」

林語驚靠進沙發裡，不滿地看著他：「沈倦，你為什麼有飛機？我什麼都沒有，我到現在連個房子都沒有。」

「我爺爺給我的。」沈倦說：「而且妳未成年。」

「我成年了也不會有飛機。」林語驚哀怨道，「我爺爺自己都沒買過這種玩意兒。」

沈倦點點頭：「那等妳成年，這個就歸妳。」

林語驚一頓，抬起頭來：「沈倦，我發現你這個人還真是個敗家子，你爸為什麼沒打死你，讓你活到這麼大？」

沈倦揚眉：「給我未來老婆的聘禮，怎麼就不行了？」

林語驚頓了頓，湊近他輕聲道：「你未來的老婆如果拿著聘禮跑了呢？都不用拿，坐著聘禮就跑了。」她啪啪鼓掌：「好棒。」

「妳記得跑遠點，別被我再抓回來。」沈倦垂眸看著她，也湊近，學她輕聲說，「抓回來就關在聘禮裡，妳怎麼跑，跳傘嗎？」

「……」

林語驚默默地看了一眼飛機窗外，綿白的雲鋪了一層一層。

沈倦沒什麼情緒地笑了起來：「林語驚，妳知不知道什麼叫叫天天不應，叫地地不靈？到時候就是。」

林語驚默默往後挪，和他拉開一點距離：「你能不能別這麼鬼畜？」

「妳能不能別老是氣我？」沈倦靠進沙發裡，沉沉地看著她，忽然嘆了口氣，「老子真是被妳跑到怕了。」

林語驚愣了愣。

她抿了抿唇，主動靠過去，起身跨坐在他身上，仰起頭來討好地親他：「那以後不說了，說點你喜歡聽的，你想聽什麼？」

沈倦調整了一下姿勢，讓她坐得舒服點：「我喜歡聽的妳都說？」他勾唇，低聲又問：「讓妳叫什麼，妳也都叫嗎？」

「……」

林語驚咬了咬他的下巴：「沈倦，你能不能往你自己的腦子裡倒一桶漂白劑，把裡面的東西漂白漂白？我在正正經經地跟你說情話呢。」

沈倦笑了笑，沒當成一回事。

家裡養著的這條鯨魚脾氣大，臉皮薄，又爭強好勝，什麼事都習慣性死不承認、強到底，沈倦這輩子沒指望能聽她真心實意地服個軟，說句情話什麼的。

沈倦也不是什麼脾氣好、愛哄人的人，林語驚那天說的也有道理。她要是個男的，兩個人估計得天天打得人仰馬翻，植物人的神話有極大的機率會再次上演。

沈倦到現在也不知道自己到底什麼時候喜歡上了這條魚，但是二十年，也只碰上了這一條，天天氣得他太陽穴緊到發痛，生完氣還得乖乖去哄。

還哄得很高興才是最可怕的。

他想著，愣了一會兒神，林語驚勾著他的脖子往上竄，忽然問道：「沈同學，我是不是還沒跟你表白過？」

沈倦回神，才來得及垂眸，還沒看清她的臉，她忽然側過頭去，整個人貼上來，下巴擱在他肩膀上。柔軟的身子壓上來，沈倦無意識地抬手扶住她的腰。

這是身體上的條件反射。

林語驚趴在他耳邊，往他耳朵裡輕輕吹了一下，故意軟著嗓子：「哥哥，好喜歡你。」

沈倦僵了僵。

林語驚頓了一下，耳朵滾燙，將臉埋在他頸間，羞恥地硬著頭皮輕聲續道：「喜歡到以後想幫你生孩子。」

沈倦炸了。

就跟談戀愛一樣，林語驚對婚姻沒什麼信心。在說出這句話時，她才恍惚地想到，她和沈倦以後大概會擁有一個孩子。

一個身體裡流著他們的血液，長得像爸爸又像媽媽，軟乎乎、圓滾滾的小朋友。

她曾經以為自己永遠不會喜歡小孩，也不會想要小孩，因為她對愛情和家庭的不信任態度。在這種不穩定性存在的情況下，她不確定自己能不能給她的孩子一個完整幸福的成長環境。

但這個人是沈倦。

是她不想談戀愛，但是想和他談，不想相信愛，但是想相信他的沈倦。

是他，就沒什麼不行的。

她沒安全感，沈倦也沒有。她怕感情會變，他怕她再跑一次。

林語驚也想給他一點安全感。

她想讓他安心，想讓他明白她的喜歡。

沈倦聽懂了。

理智因為她的這兩句話劈里啪啦地炸得精光，全部炸光了以後，他的腦子裡有一瞬間空白。

這個女孩，把因為自己的經歷和成長背景而最不安、最反感的部分，現在都許諾給他了。

她把自己最柔軟脆弱的部分剖開，擺在你面前給你看。

以這樣的方式不顧一切。

沈倦覺得自己的身體裡像是被塞進了一把匕首，在心臟上狠狠剮了一刀。

想對她好、把她揉進身體裡，一輩子都對她好。

林語驚一句話說完，幾乎是從他身上跳起來，面紅耳赤地後退了一步，還來不及站穩，沈倦就拉著她的手腕把人拉回來，手勁有點大，抓得她手腕生疼，被扯著往前，一頭重新栽進他懷裡。

沈倦翻身，壓著她陷進沙發。

林語驚有點愣地看著他。

沈倦一言不發，抬手捏著她下巴，半強迫她張開嘴，垂頭吻上去。

林語驚眨了眨眼，反應兩秒，主動攬住了他。

一個和平時一樣，好像又不一樣的親吻。纏綿而深，激烈又溫柔。

包含了他太多的複雜情緒，她分辨不出來。

沈倦沉默地親她的下巴，舔吻耳垂，咬著鎖骨向下。

林語驚閉上眼睛仰起頭，指尖繞著他的頭髮，隔著衣服摸到他肩胛處的骨骼。

沈倦忽然抱著她起身，走進艙內的隔間臥室裡，將她放在床上。

他單膝跪在床邊，彎下身去親了親她的嘴唇。

林語驚睜開眼，看著他直起身要走。她明白過來後去抓他的手，拉著他不讓他走。

沈倦回過身來。

林語驚從床上坐起來，抓著他的手仰頭：「你還打算在飛機上打飛機嗎？」林語驚都不敢看他的表情，誇獎他，「沈老闆，你真是走在時尚的最前端。」

沈倦：「……」

林語驚語出驚人這一點，真是永遠都讓人佩服。

林語驚清了清嗓子，不自在地別開眼，委婉地說：「其實我不太介意，就……十七歲、十八歲這回事……反正也只差個十幾天……」

沈倦頓了頓，垂眸看著她：「我去把貓放到貓箱裡。」

「……」林語驚茫然地看著他：「啊？」

「那傢伙會掉毛，還到處竄。」沈倦說。

……？

林語驚鬆開手，難以置信地看著他：「沈倦，你是不是有病？你親我親到一半，告訴我你要去把貓放到貓箱裡？因為牠到處跑還掉毛？」

那隻貓就蹲在床尾，此時睜著一雙貓眼滴溜溜地看著他們，好像在好奇，也不知道看了多久。

沈倦走過去蹲下，抓著牠走到牆角，塞進貓包裡關好，一氣呵成。順便還把箱子轉了方向，門面對著機艙壁。

那隻貓現在什麼也看不見了，憤怒地叫喚了兩聲。

沈倦轉過頭來，看著她說：「這隻貓才三個月，還是一個小孩，有些事不能看。」

林語驚無語地看著他，一時間竟然找不到什麼合適的話來反駁。

沈倦看著她的表情低笑了一聲，走過來，抬手捂住了她的眼睛。

林語驚的視線被阻擋，在一片黑暗裡，聽見他翻身上床，身邊床墊一陷：「妳也是，有些事不能看，不能做，也不能說，知道嗎？小孩。」

他捂著她的眼睛靠在她耳邊，啞聲說：「再有下次，老子就真的不忍了。」

第二十五章
小林老師保護你

林語驚到了A市，打算直接回學校，後天開學，她有一大堆作業沒做完。

她沒沈倦那麼有追求，根本就沒想到出去玩要寫作業這回事，一堆需要用的資料和書全沒帶，都放在學校裡，這兩天估計得熬夜敲代碼到淩晨。

兩個人黏黏糊糊了幾天，回來開始各忙各的，沈倦等等還要回工作室。

他們進市區以後先去送了貓，那隻貓也是寵物似主人，牠主子和牠一樣酷，懶懶地倚靠在路虎車頭，個頭看起來好像比沈倦還要猛一點，側臉的線條深刻淩厲，眼窩很深，每一處的肌肉線條都寫滿了荷爾蒙。

林語驚坐在車裡，吹了一聲悠長的流氓哨。

沈倦看了她一眼，拎著貓箱下車，送過去給那個人，兩人低聲說了幾句話。

林語驚撐著腦袋，順著車窗目不轉睛地看著那個酷哥拎著貓箱上了路虎，絕塵而去。

沈倦回來，面無表情：「帥嗎？」

林語驚有些意猶未盡：「我還沒見過這麼酷的。」

沈倦「嘖」了一聲，瞇著眼不爽道：「我不帥嗎？」

林語驚轉過頭來，眨了眨眼：「倦爺最好看。」

沈倦冷眼看著她：「妳第一次見到我的時候，怎麼沒見過妳有這個反應？」

林語驚不明白這個人為什麼忽然翻起了舊帳，乾脆也和他一起翻：「你第一次見到我的時候也不熱情，你還以為我是去紋身的。噯，」她忽然問：「你身上有紋身嗎？」

沈倦頓了頓，淡道：「沒有。」

林語鶯有些訝異：「你怎麼沒有？我看那些刺青師身上全都是花裡胡哨，到處都是，花臂至少得有一個吧？王一揚不是都有嗎？」

「想知道？」

沈倦打方向盤上橋。他開的是他堂哥的車，動作還很熟練，看起來遊刃有餘，林語鶯都不知道他還會開車，主要是她以前都沒想過他有車。

林語鶯點點頭。

她等著沈校霸給她來一個什麼驚天動地、炫酷又帥的答案。

沈倦的表情很淡定：「我媽不肯。」

林語鶯有點沒反應過來：「啊？」

「我媽不讓我紋。」沈倦淡道，「我舅舅做這個，她就不答應，後來也沒什麼辦法，洛清河是個很固執的人，後來也就過去了。」

林語鶯不知道該說什麼。

車子裡有一瞬間的沉默，林語鶯頓了頓，輕聲說：「沒有什麼過不去的。」

她一直是這麼告訴自己的。

沈倦注意到她的情緒，笑了一下：「而且我媽這個人很講道理，很民主，她會反對，但不會阻止，想幹就去幹，但是以後就都別回家了，也別認她了。」

「……」

林語鶯恍然大悟，心想這可真是民主的媽媽。

「而且我也沒什麼特別想紋的。」沈倦繼續道，「刺青這東西，你弄出來的玩意兒是從你生帶到死，要跟著你進墳墓的東西。」

刻進皮肉，滲透骨血，因你而生，伴著你死。

沈倦看著前面開車，沒看她：「我以前，沒有這種東西。」

林語驚笑了起來：「那你現在有了嗎？」

沈倦也跟著勾唇：「好像有吧。」

「什麼叫好像有吧，你怎麼不情不願的？」林語驚翻了他一眼白眼，突發奇想地道，「沈倦，你幫我紋個身吧？」

沈倦看了她一眼：「妳想弄個什麼？」

「不知道。」她撐著腦袋，手肘撐在腿上，認真地想了一下，「弄一個……一看見，就能想到你的。」

沈倦怔了一下。

林語驚的指尖一下一下地點著下巴，真的開始思考起來了，自顧自地嘟囔：「我弄你的名字上去吧，會不會有點太大眾了？而且就寫個名字的拼音，感覺好傻啊。」

車開到A大門口，沈倦在路邊停了車，側過頭來看著她。

林語驚轉過頭去詢問專業人士的意見：「你覺得做在哪裡比較好看？」

沈倦專注地看著她：「想紋我的名字？」

林語驚點點頭。

他解開安全帶，傾身靠過來低聲問：「不怕痛嗎？」

「怕。」林語驚也解開安全帶，湊過去，雙手撐著副駕駛座的椅邊，仰頭親了親他，「所以你得跟我一起痛。」

沈倦抬手捏了捏她的耳朵：「好。」

林語驚想了想，還是不行：「你得挑一個比我還痛的地方紋。」

「好。」沈倦順從道，「聽妳的。」

‡

沈倦回工作室待了一天，他很久沒好好弄過這裡了。自從洛清河死了以後，他感覺最後一點支撐著的什麼東西也跟著被抽走了，什麼都不想幹，什麼都不想考慮，頹廢了很長一段時間。預約被沈母退掉了一大半，回國以後一直到現在，接工作也全都隨緣。碰上了就做，碰不上就這樣混著。

沈倦坐在空無一人的工作室裡，發呆到半夜三點。

這二十年，幾乎從有記憶開始，他就被綁在這個小小、破舊的老房子裡。

他曾經試著想要扛起什麼，也試圖擺脫過，可惜都不怎麼成功。筋疲力竭地撐到現在，沈倦只覺得累，太累了。

沈倦仰頭，一片黑暗裡，看見天花板上畫著的畫。

光線太暗，看不清圖案，但是顏色對比涇渭分明，一片天堂，一片地獄。

這是在洛清河住院的那天，他一筆一筆一個人畫上去的，整片天花板畫完不知道用了幾天，他眼睛都沒闔過。

沈倦本來以為自己閉著眼睛都知道每個細節是畫什麼，結果現在，他忽然發現自己記不清楚了。

他想起林語驚今天說的話。

沒有什麼過不去的。

沈倦靠進沙發裡，手背遮住眼睛。

誰也不欠誰。

也該過去了。

‡

第二天一大早，沈倦還沒起床，蔣寒和王一揚這兩個閒人就敲鑼打鼓地來了。

王一揚這個長假無聊得都快長毛了，他在本地郊區的大學城，坐個地鐵進城要兩個多小時，公車、地鐵轉個三四次。好不容易盼了長假，飛奔回來找他爸爸玩，結果他爸爸不在。根據蔣老闆的說法，這個人好像去了A大以後迅速有了情況，交了個女朋友。

王一揚當時的第一反應就是不可能。

蔣寒比他大幾歲，早就沒在讀書了，不在十班，不知道當時林語驚和沈倦是什麼情況。

王一揚知道，甚至林語鶯走了以後，沈倦的狀態他都清清楚楚地看在眼裡。

沈倦沒理他們，睡眠不足讓他此時處於心情極度不美麗的狀態，自顧自地睡到中午才起來。

洗好澡走出臥室，他就看見王一揚坐在沙發上眼巴巴地盯著他，看啊看。

沈倦沒有要理他的意思，於是王一揚開始長久地盯著他。

沈倦擦了一把頭髮，走進工作間，出來，拿了畫板和鉛筆，無視了他十分鐘以後，終於不耐煩地轉過來，捏著鉛筆面無表情地看著他。

王一揚湊過來：「爸爸，什麼時候回來的？怎麼不告訴我們？」

沈倦打了個哈欠：「昨天。」

「一回來就畫畫啊。」王一揚琢磨著要怎麼進入正題，又不想那麼直接，沒話找話道。

沈倦對林語鶯以外的人向來缺少耐心，尤其是這二百五，於是瞥他一眼：「有屁就放。」

王一揚乾脆地問：「您談戀愛了啊？」

沈倦揚眉，抬了抬眼，沒說話。

王一揚心裡咯噔一下，完了，竟然是真的。

王一揚作為沈倦的哥兒們，林語鶯那時候離開他當然也怨過，他還把林語鶯的聯繫方式拉進了黑名單。後來想起她走的那天回來收拾東西，他們十班八風不動、波瀾不驚的小仙女，就對著沈倦的幾本書、一個空座位，眼淚像不要命似的往下砸。

王一揚又把人從黑名單裡拉出來，和她說話，所有消息全部石沉大海。

他是真的希望他們最後還是能在一起。

王一揚忽然有點悵然。他這麼沒心沒肺的人，心裡都堵了一下。好像所有事都是這樣，最開始的那個，總是走著走著就走丟了。

他點點頭：「行，滿好的，你還能再遇見自己喜歡的，哥兒們真心高興。」

沈倦用看智障的眼神看了他一眼，垂頭，鉛筆筆尖在紙上唰唰畫過。

王一揚不在意，他早就習慣這種眼神了。

他嘆了口氣，悵然道：「你說，是不是這輩子在最好的時候遇見的那個人，就是為了成為你人生裡的遺憾？」

蔣寒被他這一句話噁心得整個人一抖，受不了地看著他：「王一揚，我他媽是不是跟你說過少看一點智障偶像劇？容易變成傻子，你知不知道？」

他說著，也看了沈倦一眼。

蔣寒倒是知道暑假時，林語驚好像打了一通電話給沈倦。

這個人出去回了一通電話，後來怎麼樣、還有沒有後續，蔣寒也不知道，沈倦不說，他也不可能問。

王一揚還在那邊碎碎念，大概是十一這個長假太閒了，真的看了不少偶像劇，嘴裡非主流的愛情臺詞一套一套的，說到興起，還跑出去買了一堆下酒菜回來，從廚房裡推出一箱啤酒，跟蔣寒開始你一瓶我一瓶地聊。

沈倦戴了耳機，就這樣抱著畫板，坐在地上畫了一下午，屁股都沒挪一下。

他做起事情來就什麼都聽不見，兩人早就習慣了，蔣寒去廁所的時候往紙上看了一眼，大致掃了個輪廓，看起來像是一條魚之類的玩意兒。

夜幕將至，沈倦終於放下筆，東西放到一邊起身，過來吃東西。

蔣寒和王一揚吃了一下午，也不餓，幾個人坐在沙發前的地毯上。工作室的門開著，初秋的夜風順著門灌進來，沈倦單腿屈起，手裡捏著一瓶啤酒，仰靠著沙發，聽蔣寒和王一揚吹牛，心情很久沒有那麼輕鬆了。

手機在口袋裡嗡嗡震動，他空出手抽出來滑開，是林語驚的訊息。

『男朋友，你在幹什麼啊？』

沈倦頓了頓。

林語驚很少用這樣的語氣傳訊息給他，一般這種情況都沒什麼好事，她可能要坑你了，或者有事求你幫她。

沈倦頓了頓：閒著，怎麼了？

林語驚也早就習慣了他傳訊息時言簡意賅的習慣：在工作室嗎？

沈倦回：嗯。

林語驚沒再回覆。

沈倦以為她在寫作業什麼的，也沒在意，把手機放到一邊，也沒注意蔣寒和王一揚不知道什麼時候沒說話了。

沈倦一抬頭，這兩個人直勾勾地看著他。

王一揚說：「我爸爸剛剛是不是笑了一下？」

蔣寒接道：「你爸剛才身上怎麼好像突然多了一點人氣呢？」

王一揚興奮地道：「還傳訊息！是不是我媽！是不是！」

「哎呀，倦爺，什麼時候把嫂子帶回來給我們見見啊？」蔣寒笑聲嘎嘎嘎的，像隻鴨子。

這個東西就是這樣，無論兄弟的前女友他們是不是熟悉，過去也就過去了，既然哥兒們現在有新歡，就說明本人都過去了，那他們還有什麼好過不去的。

蔣寒也喝醉了，嘴巴有點管不住：「我是真的好奇，到底是何方神聖能把你從當時的十八層地獄拉回人間。」

王一揚說：「肯定好看，沉魚落雁、閉月羞花，我賭五毛，仙女型的，溫柔得能滴出水來，說話聲音都輕聲細語的那種，長得也得有點小仙女氣質，眼睛一定要好看，睫毛還要長。」王一揚拍桌喝道，「還得會打籃球！！」

「……」

蔣寒聽著，怎麼越聽越不對勁呢？

沈倦聽到這裡，也看了他一眼：「好奇？」

兩人一齊點頭。

沈倦這次是真的笑了：「改天吧，你們做好心理準備。」

何方神聖，當然是神。

他的神。

「爸爸，我跟你——」

王一揚興致上來了，還要再問，抬起手來，眼珠一轉，掃了一眼門口。

他的聲音戛然而止，蔣寒也跟著掃過去，動作停住了。

沈倦一抬眼，順著他們的目光側頭。

門外是皎皎月光，少年背對著月光站在門口，眉眼在屋裡暖色地燈的光線中顯得溫和無害。

沈倦一頓。

他最後一次見到聶星河還是在醫院門口。只恍惚一瞥，少年漠然地站在那裡，來見洛清河最後一面。沈倦那時候的狀態也很糟，甚至不確定是不是真的看過他。

只是那天以後，聶星河就真的消失了。

直到現在，這個人站在門口，聲音依然很輕：「這麼熱鬧。」

蔣寒一躍而起，狠狠瞪著他。

「別這麼嚇人，我沒想幹什麼。」聶星河抿了抿唇，看過來，「沈倦，聽說你要去A大的射擊隊了。」

沈倦沒說話，靠在沙發旁側頭看著他，眸光暗暗，看不出情緒。

「你真的要回去？我本來以為你放棄了，你還沒死心，你還敢回去啊？」

聶星河安靜地歪了歪頭，「你忘了洛清河是因為誰死的了？你不記得？你不記得，我記得，所以我來提醒你一下，」他平靜地看著他，「我說過，你這輩子都別想再——」

他還沒說完，王一揚直接罵了句髒話，捲起袖子衝到門口：「我靠——」

「我去你——大爺的！」

王一揚的國罵被打斷，一道女聲突然從門口傳過來，連帶著一個大塑膠袋一起映入眼簾，砰地一聲砸在聶星河腦袋上，聽起來很有重量。

王一揚衝到一半，被這震撼的場面唬住了，愣在原地，直接沒反應過來。

「你是不是有病？沈倦去哪裡關你屁事？這輩子都別想？別想什麼？」

林語驚把一袋零食全砸在聶星河臉上，裡面有一堆東西劈哩啪啦往下掉，砸得聶星河往後趔趄了兩步，直接傻住了，轉過頭看。

林語驚把袋子隨意一丟，一把抓著他領子拉到跟前，在極近的距離下看著他：「我不管你記得什麼，想說什麼，沈倦現在什麼都不記得，你最好也全忘了，安安靜靜閉上你的嘴。」

她瞇著眼看著他，放低聲音輕聲道：「你要是非想給自己找事情做、想要記點東西，你就記得你爸爸今天準備揍你一頓，記住了嗎？」

沈倦：「……」

王一揚：「……」

蔣寒：「……」

林語驚原本心情還滿好的，從昨天回去到今天晚上，終於把長假這幾天的作業全都弄完了。明天開學，想著沈倦本來說要今晚回學校，就偷偷溜出來找他了。

沈倦那邊常備啤酒，不過林語驚不太喜歡那個牌子，她都自己買，費勁地拎著一袋零食往老巷子裡走。

真的太久沒來，她站在漆黑的路口，甚至有點陌生的恍惚感。

只是這點恍惚在看見站在門口的那個人時，徹底消失得無影無蹤了。

林語鶩本來覺得自己這兩年已經被磨得脾氣越來越好了。

人生不如意十之八九，有什麼好生氣的呢？很多煩惱的來源都是因為你自己想不開，自己沒辦法放過自己。但是，假如不是跟自己過不去，是有人就是不肯放過你呢？

那就也別放過他。

林語鶩一開始沒認出來這個人是聶星河。她只見過他一次，還是在不知道他是誰的情況下匆匆一眼。

直到他把話說完，就算是傻子也猜出來了。

林語鶩是真心實意地不明白這個人到底在想些什麼。

她拉著他的領子往外拖，聶星河有一瞬間的動作，抬手抓著她的手腕，但很快就反應過來，一動也沒動地任由她拖著，表情只有最開始的一下是愕然，緊接著就變得安靜無聲。

他垂下手，打量著她，露出了一個饒有興趣的表情：「我是不是見過妳？」

林語鶩看了他一眼，回手關上工作室的門，拉著聶星河拖到鐵門口。

聶星河明明看起來是弱勢的那個，卻依然不慌不忙：「喔，是妳。」他笑了笑，溫聲道，「林語鶩？」

林語鶩不好奇他為什麼會知道她的名字，她抿著唇拽著他頭髮，「砰」的一聲把他的臉砸在門上。

聶星河一聲都沒吭。

林語驚拉著他的頭髮猛地往上一拉，看著他說：

「你剛剛是打算還手的，對嗎？你為什麼要忍著？你想激怒沈倦所以故意說那些話，然後呢？再告他故意傷害？」林語驚歪著頭，「你覺得你能告成嗎？」

「你覺得我需要告成嗎？」聶星河抬手，慢條斯理地抹了一把鼻血，袖口隨著動作往下滑，手臂上有一道紅色的痕跡，「只要有這件事存在，他就回不去了，他那個射擊隊不會要他。」

他笑了笑：「不用鬧太大，和上次一樣就行。」

林語驚來不及思考，注意力被他這一句話重新拉回來，眼神徹底冷下來，抓著他的腦袋再次按在冰涼的鐵門上。

兩個人說完兩句話不過剎那，工作室的小門被人打開，沈倦站在門口。

林語驚抬眸，側頭看過去。

聶星河說得對，只要沈倦動手，他就完了，選手打人這種事想都不用想，無論是什麼原因。

她漠然地看著他，語氣有點衝：「進去。」

沈倦愣了愣，反而回手關上門，徑直走過來。

林語驚甚至不想讓聶星河出現在沈倦的周圍五公尺以內，因此一把把人甩開。聶星河趔趄了兩步，扶著門外的電線桿穩住腳步。

林語驚看清了他手臂上那條紅色的痕跡。

像是被什麼東西割傷，傷口猙獰，血液看起來剛凝固不久，他甚至都沒包紮，一副若無其事的樣子。

她瞇了瞇眼。

沈倦已經走過來了，林語驚趕緊過去拉住他，急道：「沈倦。」

沈倦側頭。

「算了。」林語驚深吸口氣，「暫時算了，他就是故意來找你的，你不能過去。」

沈倦沒說話，林語驚仰起頭來看著他：「我們把大門鎖了，不讓他進來。」

他頓了頓，半晌，沉沉應了一聲。

林語驚過去關門，老式的大門，鐵質的門閂有林語驚的半個手腕粗。她抬手將上下兩道鎖扣得嚴嚴實實才轉過頭，走過來拉他的手捏了捏：「就假裝沒看見他，今天除了我，誰也沒來。」

沈倦回握她的手，垂眸：「好。」

王一揚此時心情很複雜。

他安靜如雞地坐在沙發裡，看看沈倦，又看看他旁邊的林語驚，一時間有些不知道該說什麼。

林語驚回來了，他怎麼也沒想到林語驚會以這樣的方式出場，在這個時候突然回來了。

但是這可怎麼辦？沈倦已經有對象了啊！！這不是在逼他兄弟在兩個人之間選擇一個嗎？

王一揚光想想都覺得發愁，他私心還是多多少少偏向林語驚一點的，畢竟大家熟，但是人家新嫂子又做錯了什麼呢？

人家談個戀愛，憑什麼半路初戀說回來就回來，那也太他媽委屈了，而且沈倦也不是這種人。

王一揚對他的人品還是很信任的，一時間只覺得遺憾，林語驚如果早回來一個月，是不是什麼事都沒有了？

他嘆了口氣，看著旁邊的林語驚和沈倦坐在沙發上，林語驚將手揹在身後，悄悄地，一點一點地伸過去，指尖輕輕撓了撓沈倦的背。

沈倦面不改色地也把手揹過去，一把抓住她的手，牽著。

林語驚往外抽了抽，沈倦不放手，兩人在背後偷偷摸摸地搞小動作。

王一揚：「……」

王一揚都無語了。

你們以為老子瞎，老子看不見嗎？

王一揚覺得這樣不太好。

他本來就是心直口快，做事情、說話都不會多考慮的人，又喝了點酒，皺著眉看著沈倦，頭湊過去壓低了聲音，以他以為只有兩個人能聽見，但是不知道是不是因為酒喝多了，聽起來就像是講給所有人聽的音量說：「我覺得你這樣不太好，你準備怎麼跟你女朋友說？」

林語驚揚眉。

對於他這個智商，蔣寒都服了，默默罵了一句：「傻子。」

沈倦沒什麼表情地看著他：「我幫你準備一個擴音器？」

王一揚沒反應過來，還壓著聲嚎：「你幫我弄個擴音器幹嘛？」

「讓你拿著，去街上喊一圈，省的還有人不知道。」沈倦說。

王一揚呆滯地看著他。

蔣寒實在看不下去了，抬手勾著他腦袋就往外拉：「好了，倦爺，您忙，這傢伙我幫你送回家去。」

王一揚和蔣寒走了，房間裡只剩下林語驚和沈倦。

林語驚坐在沙發裡，抬眼瞥他：「女朋友？」

「我想想。」沈倦說。

林語驚瞪著他：「你想什麼？」

沈倦靠進沙發裡，懶洋洋地說：「想想怎麼跟我女朋友說。」

他神情鬆懶，還有心情和她開玩笑，看起來沒因為聶星河受到什麼影響。

林語驚還是不放心，沈倦這個人不是被人堵在家門口找一頓碴，說算了就算了的性格。

她坐在沙發裡，看著他把王一揚他們吃吃喝喝的東西收拾乾淨，轉過頭來：「妳……」

林語驚知道他要問什麼，把鞋子踢掉，直接往沙發上躺，安祥得像個小老太太：「我睏了。」

沈倦好笑地看著她：「行了，又不趕妳，去裡面睡。」

林語驚睜開眼睛，橫躺在沙發上看著他：「我想睡這裡。」

沈倦說：「我發現妳很喜歡我這個沙發，每次來都搶著睡這裡？」

「我覺得你這個沙發特別有童年的感覺。」林語驚拉起他的灰色小毛毯，隨口胡說八道，「你這個毯子，和我小時候我奶奶幫我織的那條一模一樣。」

沈倦走到沙發前，居高臨下地看著她：「林語驚。」

林語驚抱著毛毯，閉著眼，懶懶地哼了一聲：「嗯？」

「妳這是在顧著我？」沈倦說。

林語驚睜開眼，她清了清嗓子，慢吞吞地從沙發上爬起來：「我有點怕你……」

「怕我晚上背著妳去找聶星河。」沈倦微微偏過頭，「我找他幹什麼，揍他一頓？」

林語驚想起聶星河手上的傷，猶豫片刻，問道：「他現在，他爸爸還會打他嗎？」

「怎麼打？」沈倦繞過茶几，在她旁邊坐下，拉過小毛毯蓋住了她的腿，「現在人還在裡面，無期。」

林語驚張了張嘴：「是因為什麼啊？」

沈倦看了她一眼。

洛清河把聶星河撿回來三天後，員警接到鄰居報警。

聶家十幾坪的破舊小房子裡，女人躺在地上，不知道什麼時候沒了呼吸。盛夏，那房子裡的氣味彌漫，鄰居才發現異常報了警。

聶星河他爸爸逃了一個月，最後還是被抓回來，認罪倒是認得很乾脆，還說最後悔的是那天被聶星河這小子跑掉了，沒一起打死。

聶星河當時的表情很平靜。

快意、痛苦或者恐懼都沒有，他就面無表情，毫無情緒起伏地站在那裡，直到所有人看過來，他忽而抿唇，垂下眼。常年的虐待導致營養不良，比同齡小孩矮上許多，身上、臉上全是傷，看起來脆弱單薄。

沈倦簡單和林語驚說了兩句，非常言簡意賅，怕她害怕。如果可以，他半點都不想讓她知道這些事。

意料之外地，林語驚特別安靜地聽完，消化了一下，平靜地問：「你覺得他精神上有問題嗎？」

「他有病，但妳能看出來嗎？」沈倦伸手去摸茶几上的菸盒，習慣性敲出一根，又頓住。

自從大學以後，林語驚沒再見過沈倦抽菸，或者是他沒在她面前抽過。

其實她還滿喜歡看的，他習慣性地瞇眼，咬著菸揚起下巴，脖頸線條拉長，又頹又性感。

他將菸抖回去，剛想把菸盒丟上茶几，林語驚就抬手接過來，敲出一根遞給他：「沈老闆，想幹什麼就幹，別忍。」

沈倦沒接下，於是林語驚垂頭，自己咬著菸抽出來。

沈倦側頭看著她。

林語驚傾身去摸茶几上的打火機，一聲輕響，火光明明滅滅，她咬著菸湊過去，猩紅一閃，點燃了。

溫暖細小的火光在細密的長睫上打了一圈的光。

「你沒跟你家人說嗎？關於他的事。」林語驚問。

「沒有。」沈倦直直地盯著她說，「沒證據的事要怎麼說？」

林語驚將打火機丟回茶几上，身體往後靠，微揚著下巴吐了個煙圈，猶豫道：「沈倦，我覺得聶星河這個人——」是不是有自殘傾向？

林語驚頓了頓，還是沒說出口。

聶星河反應很快，她在手碰到他衣領的一瞬間他就已經做出反應，而且力氣不小，不是真的像看起來一樣毫無還手之力，甚至很有可能危險性很高。

法律對不造成傷害的精神病人保護是讓病人自願入院，但是如果有證據能證明他有自殘傾向，或者已經有直接傷害到自身或他人的行為，那他就可以被強制送進精神病院裡。

但這也完全只是她的猜測，沈倦開學以後會非常忙，學業和容懷那邊兩邊肯定都要跑，林語驚不想再讓他分心。

林語驚回神，點點頭：「他確實是有病。」

沈倦沒說話，看著她。

她思考問題的時候會習慣性歪著頭皺眉，偶爾會咬一下嘴唇。

這包菸是蔣寒留下來的，很猛，她這個動作流暢自然又熟練，眉頭都沒皺一下。

沈倦抽走了她指間的菸，掐熄後丟進菸灰缸裡，側身壓下去，低聲問：「妳背著我還學會了什麼？」

他這問題問得沒頭沒尾，林語驚有些茫然：「嗯？」

沈倦瞇眼：「單手解個皮帶、抽個菸，小林老師現在好像都遊刃有餘？」

林語驚反應過來：「啊……」她眨眨眼：「我沒什麼癮的，就偶爾煩的時候。」

沈倦沉沉地看著她，半晌嘆了口氣：「我他媽在妳面前都忍著，結果妳自己不學好。」

「所以我跟你說，別忍。」林語驚笑了起來，「而且這怎麼就是不學好了？」

「尼古丁有害身體健康。」沈倦站起身來，抬手揉了揉她的腦袋，「去裡面睡吧，小女孩，不用守著我，我沒夜遊的習慣。」

‡

十一過後，沈倦確實開始忙了起來。容懷讓他參加的是世界大學生射擊錦標賽，在三月中旬，沈倦有五個月的時間訓練。

要用五個月的時間來找回丟了四年的東西，想要回到以前的手感是幾乎不可能的事情，他浪費掉的是最好的四年。

林語驚也很忙，她們大一就開始上專業課程，剛開學的一段時間，簡單的東西過去，後面只會越來越難，每天在圖書館蹲到頭禿。還有一大堆別的事情要忙，期間，她打了幾通電話給言衡，做了一點關於聶星河情況的諮詢，又找傅明修查了查。

聶星河沒在上學，高中後讀了高職，現在在某幼稚園當幼教，平時人際關係簡單，獨來獨往，沒有朋友，也從沒和人發生過衝突。他和父親那邊的親戚徹底斷絕了聯繫，母親這邊只剩下一個舅舅，聶星河每個月會去他舅舅家兩次，吃個晚飯。

他母家姓寧，有個表弟，叫寧遠。

林語驚有種「啊……」——的感覺。

所以寧遠什麼都知道，當時討厭沈倦討厭得像什麼一樣，所以聶星河也知道她，甚至知道她叫林語驚。

這麼看來，他跟他這個表弟關係滿好的，就是不知道這份好裡面摻著多少真心。

林語驚等了一個多星期，聶星河既然知道沈倦要回射擊隊以後那麼著急，他一定不會這麼簡單就放棄。他對沈倦的執念很深，是只要你過得不好我就放心了那種，怎麼可能讓他回去訓練。

聶星河不會放過沈倦，他自由一天，林語驚就一天放心不下。

於是林語驚又努力積極地變成了一朵交際花，讓李林把她拉進八中的學年群組裡，是個千人大群組，哪個班的人都有，林語驚還特地觀察了一下，寧遠也在裡面。

她披了個假帳號，頂著王一揚的名字在群組裡散布了一堆「沈倦訓練的時候真他媽帥，老子要彎了」的發言，在群組裡所有人驚恐的反應中等到了十月中。沈倦的訓練經過一個星期的調整，逐漸步入正軌時，她等到了一個陌生號碼打來的電話。

聶星河終於忍不住了。

接起電話前，林語驚嘆了口氣，心想你再忍下去，我都想主動打電話給你，告訴你放學後別走，直接去你幼稚園門口堵你了。

林語驚起身，跟旁邊的顧夏比了個手勢，走出圖書館接電話。

A市的十月下午還驕陽似火，勢頭不比夏天，但站久了也曬得發慌。林語驚走到圖書館側面背陰的地方，接起來以後主動「喂」了一聲。

「您好，哪位？」她聲音平穩而禮貌。

那邊安靜了片刻，自報家門：『妳好，我是聶星河。』

只聽到他這個聲音，林語驚實在沒有辦法把這個人和他做的事聯繫在一起。

她沉默片刻，把握著這個時候應該用什麼語氣說話，低聲說：「你還敢找我？」

『我想跟妳聊聊。』聶星河說。

「我勸你別白費力氣，沈倦現在沒空理你，我也沒有，我跟你沒什麼好聊的，他以前沒打死你是你命大，你最好從哪裡來就回哪裡去，別打聽他，別好奇，沈倦的事我一件也不會告訴你，你也別想從我這裡知道什麼。」林語驚冷聲說，「你如果再敢出現，我見你一次揍你一次。」

『我當然不好奇他的事，他的事沒有我不知道的。』聶星河幽幽道，『但妳也不好奇嗎？』

林語驚沒說話。

『他以前的事情妳不好奇，那關於妳的呢？』聶星河說，『妳高中走了以後，妳不好奇他為什麼沒去找過妳？』

林語驚一頓。

『妳高考後為了他留在A市，來A大找他。他就在這裡，妳能來找他，他為什麼就不能去帝都找妳？』

林語驚的聲音徹底冷了下來：「你到底想說什麼？」

聶星河笑著說：『如果妳對他來說真的有那麼重要，他應該也會不顧一切地離開這裡，到帝都去才對。』

林語驚沒再說話。

聶星河聲音溫和：『如果妳現在想聽了，我們可以見面聊。』

林語驚看了一眼時間，下午三點。

她深吸了口氣：「好，A大見吧。」

林語驚掛了電話，回到圖書館裡收拾東西，跟顧夏打了聲招呼。

顧夏正在看書，沒抬頭，只問：「位置需要幫妳占著嗎？」

「不用，我一會兒就不回來了。」林語驚拍了拍她的肩膀。

她的聲音有點飄，顧夏抬起頭來：「嗯，好。」

林語驚揹著書包走出圖書館。她跟聶星河約在北門，A大的正門是南門，北門那邊比較偏僻，又要繞路，一般沒什麼人走。

她不緊不慢地走過去，到的時候聶星河還沒到，林語驚等了差不多十幾分鐘才看見他。

他穿了一件薄外套，裡面是很普通的白襯衫，看起來一百七十出頭的個子，很瘦，長相無害，甚至第一眼見到他，很容易讓人產生親和力。

林語驚想到這樣的人現在在幼稚園裡工作，就一陣毛骨悚然。

她面無表情地看著他走過來，聶星河和她截然相反，看起來心情很好：「要喝點東西嗎？」

「不用，就這麼說吧。」林語驚揚揚下巴，半句廢話都不想跟他多說。

她看了一圈，往前走了一段。

這片是學校裡的荒地，平時沒人會過來，雜草叢生，一片安靜。

走到一塊空地後，四下無人，林語驚停下腳步，靠在樹下看著他，聶星河跟著走過來。

他思考了幾秒，還沒開口，林語驚率先搶道：「這邊沒人會來，說吧，你找我想幹什麼？想說什麼？有什麼目的？」

林語鶯頓了頓，說：「我事先說明，我看你很不爽，你說的話不會對我和沈倦之間的關係造成任何影響，我之所以會來——」

她抿了抿唇，沒說下去，似乎是找不太到理由。

聶星河抬起頭來，笑道：「當然，我只陳述事實，怎麼判斷是妳自己的事情，我沒辦法控制妳的想法，我還是那句話。」聶星河說：「妳應該是個聰明人，我之前說的那個問題，妳真的從來沒想過嗎？」

林語鶯沒說話，手插在口袋裡聽著，表情有些動搖。

聶星河注意到後，續道：

「我確實討厭沈倦，所以我想讓妳知道沈倦是怎麼樣的人，他沒心肝的，妳看不出來嗎？」他淡道：「妳當時如果沒回來找他，你們就沒有以後了，他不會為了妳放棄什麼的。」

他很久都沒有心情這麼好了。

他說的話，一定給林語鶯帶來了影響。沒有人會在聽完這些後半點都不會懷疑，甚至林語鶯之前肯定也想過這個問題。

——如果我不回來找你，我們是不是就沒有以後了？

人們最怕的就是一段感情裡，付出和收穫不成正比，我付出的感情要比你多，或者，你其實根本沒那麼在乎我，你可以為了很多東西放棄我。

他在暗示林語鶯，在沈倦心裡，她是可以被放棄的那個。

只是這種程度，還不夠，遠遠不夠。

「他舅舅的事情，他應該跟妳說過了。」

林語驚一頓，抬起眼來，表情看起來有些猶豫：「他也不肯跟我說太多，我也……不太了解，他只說不是他的錯。」

「當然不是他的錯，沈倦怎麼可能會做錯。」聶星河嘲弄一笑，「他舅舅很疼他，把最好的全都留給他，所有都給他，把他當成自己的親生兒子一樣對他，可他呢？他接受得太理所當然了。他甚至沒想過，這樣的好，他是不是需要回報，他想幹什麼就幹什麼，想怎麼樣就怎麼樣，他從來沒考慮過洛清河的心情。他不知道他病了，不知道他在吃藥，不知道他心情好不好。」

聶星河的聲音很輕，「沈倦不知道的事情我全知道，他說走就走，憑什麼還能什麼都有？」

「他們是血親啊。」林語驚看著他，很慢地說，「舅舅對外甥好，這是理所當然的事情，你一個沒有血緣關係的陌生人，又憑什麼管別人的家事？」

聶星河像是被她的話戳中了哪根神經，聲音倏地拔高：「哪有什麼好是理所當然的！」

他直勾勾地看著她，眼神沒聚焦：「連父母都不可能理所當然地對妳好，沒有這種好事，這種好事不能有。這個世界上沒有理所當然的好，誰對我好，我就對誰好，我對他好，他怎麼能不回報我？」聶星河看著她，眼睛發紅，「他必須回報我，難道不該是這樣？本來就應該是這樣，他做錯了，我可以糾正回來。」

林語驚沒出聲。

他的情緒有些失控，大概連自己也意識到了，他沒再說話，深吸了口氣，閉上眼睛。

林語驚等的就是他失控，連忙道：「但沈倦現在什麼都有了，你有什麼？他讀了好的大學，回到隊裡繼續訓練，你的存在沒對他造成任何影響，你沒發現嗎？」

聶星河睜開眼睛。

林語驚靠在樹上，視線掃過他的手，他左手的虎口處纏了一圈很厚的紗布。

一個星期前還沒有。

「你以前沒擁有過的，現在依然沒有，以後也不會有。」

「閉嘴……」

林語驚看著他，繼續道：「沈倦不一樣，他天生就比你幸運，他總能得到你無論多想要都是得不到的東西，是不是？他有完整的家庭、對他很好的舅舅，他輕而易舉就什麼都有了，是不是？你也想讓他痛苦，讓他嘗嘗什麼都沒有的滋味，對吧？」

聶星河咬著牙，左手抓著右手虎口，開始無意識地一下一下摳，拉著拇指用力向上掰，鮮紅的血緩慢滲透雪白的紗布，看起來觸目驚心。

林語驚下意識往後退了退，背靠著樹幹。

她算了一下時間，手伸進口袋裡，捏著手機。

聶星河忽然停下動作，煩躁地把手上的紗布扯掉了。

傷口露出來，他的虎口被直接豁開，只連著掌心的薄薄一層皮，嶄新、血肉模糊，甚至隱隱露出骨肉肌理。

聶星河垂手，抬起頭來，略歪了歪腦袋，忽然說：「妳知道沈倦在知道洛清河自殺的時候，是什麼反應嗎？」

林語驚頭皮發麻，涼意順著後頸往上竄，像陰風鑽進身體裡刮過。

「他當時的那個表情，我太喜歡了。」他勾起唇角，露出了一個愉悅的表情，一步一步，不緊不慢地朝她走過來，眼神安靜，「妳覺得這種事情如果再發生一次，沈倦會不會直接瘋了？」

‡

沈倦到A大北門的時候，門口一片熱鬧，不少學生圍著往那邊看，警車停在校門外。

林語驚坐在地上，和一個員警說話。

他訓練到一半，顧夏忽然急匆匆地闖進來，拿著手機，上面顯示著通話中，是擴音模式，正在錄音，裡面傳出熟悉的說話聲。

沈倦瞬間僵住。

顧夏氣喘吁吁地慌忙道：「林語驚之前讓我別找你，她說她有分寸，但我感覺……不太對……」

沈倦都沒聽完，直接衝出門：「在哪裡？」

「她開了定位！」顧夏說，「在學校北門那邊！」

直到看見林語驚，沈倦的腦子都是空的。

他半愣著無視旁邊員警的阻止，大步走過去。林語驚聽見聲音抬起頭來，看見他以後愣了愣，沒站起來。

沈倦走到她面前，停住。

林語鶯的左腿上有道傷口，邊緣平滑，深而長，腥紅的血像不要錢似的往外淌，牛仔褲被染了一片。

沈倦所有的意識回籠。

他身上還穿著A大的射擊隊隊服，後背的衣服被冷汗浸得濕透，耳裡有聲音嗡嗡作響，指尖冰涼僵硬。

林語鶯的嘴唇發白，眨了眨眼：「你怎麼來了？」

沈倦張了張嘴，沒發出聲音。

旁邊的員警看了他一眼，也明白過來了：「家屬來了就幫個忙，先止血，我們這裡很急。」他說完，對另一邊的員警擺擺手，「滿嚴重的，先送醫院吧。」

林語鶯此時也明白過來了，瞥了一眼人群裡的顧夏。顧夏現在也顧不上別的了，皺著眉看著她，滿臉擔憂。

林語鶯嘆了一口氣，側過頭來，仰頭看沈倦，悄悄伸手過去，安撫地捏了捏他的手，低聲說：「我一會兒要去趟醫院，你要跟我去嗎？」

沈倦緩緩開口，聲音沙啞：「要。」

林語鶯這個傷口深長，送醫院的時候，小女孩痛得眼眶通紅，嘴唇都沒了顏色，但問的第一句話還是：「這個會留疤嗎？」

醫生大概是這種情況見多了，冷酷無情地說：「妳這種肯定會有。」他看了她一眼，小女孩很沮喪的樣子，頓了頓，補充道，「不過還是要看妳是不是易留疤體質、皮膚合不合，也有可能不會留疤。」

一聽就是善意的謊言。

林語驚垂著眉眼，無精打采地說了聲「謝謝」。

林語驚什麼都沒告訴沈倦，默默地把一切都準備好了。

她沒證據證明聶星河有精神問題和自殘行為，想讓他強制入院，他就必須有暴力行為，傷害到別人，危害到他人生命安全。

她提前跟顧夏打過招呼，交代了地點，手機開了定位。她特地為聶星河準備了沒人的地方，表現出對沈倦不信任的懷疑態度，讓他慢慢放鬆下來，進入到自己的情緒裡。林語驚甚至考慮到自己可能打不過他，帶了一根電擊棒，還認真地思考過要不要在附近的草堆裡安排幾個人，但後來還是放棄了，因為她需要聶星河對她造成實際傷害。

結果沒想到這個人真的不負她所望，他隨身都帶著刀，這是什麼變態。

風險一定還是存在的，但是當時林語驚顧不上那麼多。

在聶星河這個瘋子再次出現在沈倦的世界裡以後，她簡直不安到了焦躁的地步，沒時間再去思考更多，她甚至想跟林芷說這件事求助，不過想想都覺得不可能。

林語驚也沒想到第一個來看她的，竟然是傅明修。

傅少爺看起來要氣瘋了，站在門口指著林語驚的鼻子一頓痛罵，最後罵罵咧咧地開始打電話找關係，告訴她這件事她不用管了。

言衡第二天從懷城來A市，託了一堆朋友，聶星河的心理診斷很快就出來了。

其實也不需要言衡，聶星河的渾身上下全是傷，有的是新的，有的已經很舊了，他一旦沒有辦法控制住情緒，就會用自殘來強迫自己冷靜下來，找回理智。

聶星河的自殘行為嚴重，會實施危害公民人身安全的暴力行為，且經過法定程序鑑定，屬不負刑事責任的精神障礙患者，要強制入院接受治療。

傅明修靠著牆冷笑：「接受治療？老子讓他在裡面養個老。」

林語驚眨著眼，十分狗腿地看著他：「哥，你好帥喔。」

傅明修現在一看見她就生氣，指著她鼻子又開始罵：「妳別跟我說話，誰是妳哥？這麼大的事妳不跟我說，妳自己做什麼主？我他媽真是一輩子都沒見過像妳這樣的人，看起來垂頭喪腦的，什麼事都敢幹，就妳有主意？」

林語驚：「……」

林語驚當時真的沒想到傅明修這個人。

然後，不止聶星河，她自己也被強制住院了。

跟學校請了假後，沈倦天天寸步不離地跟著她，林語驚怎麼勸都沒用。

晚上傅明修回去後，沈倦沉默地坐在病床前，頭靠著牆看著她，一言不發。

林語驚側著頭，白天的時候人多，現在只有他們，林語驚很難過地撇撇嘴：「沈倦，醫生說這個會留疤，我的腿以後都不美了。」

沈倦沒說話，彎腰湊過來，拉著她的手親了親指尖。

林語驚看著他，她吃了止痛藥，現在藥效還沒過去，她也不覺得痛，還很有精神：「你是不是特別想發火？」

沈倦的聲音沙啞，有點渾沌：「嗯。」

「憋了好久吧？」

「嗯。」

林語驚的手指被他湊到唇邊，她就輕輕戳了戳他的嘴唇：「我也不是故意不告訴你，我跟你說的話，你肯定不肯。」

沈倦沒說話，眼睛發紅。

林語驚嘆了口氣，抬手揉了一下他的腦袋，像他無數次對她做的那樣，輕聲說：「沒事了，小林老師保護你。」

‡

後續的事情除非必要，林語驚都沒怎麼出面。

她跟顧夏通著電話，又讓她把通話內容錄音下來，這樣有危險時，顧夏也會第一時間知道，錄音內容也不會出什麼差錯，相對安全一些。

沈倦將備份的錄音從頭聽到了尾。

在聽見前面聶星河的質疑，說著「他不會為了妳放棄什麼」的時候，顧夏下意識抬頭，看了沈倦一眼。

沈狀元始終沉默，頭靠著牆站著，視線長久地盯著牆角某處，一動不動。

顧夏忍不住感慨，覺得林語鷺有時候真的很厲害。至少她當時隔著手機聽見聶星河說這些話的時候都動搖了。

就像聶星河說的，這個問題一定會想，一定有想過，根本沒有辦法不在意，沒有辦法不去想為什麼。

顧夏想問問沈倦為什麼，又看了一眼一臉平靜淡定的林語鷺，最後還是沒問。

他們兩個人的事，中間肯定有很多別人不知道的情況，她一個外人管什麼管。

女孩子的想法比較細膩，男人就不一樣了，不會想那麼多。傅明修聽完錄音，對沈倦的印象簡直差到了極點。如果他是林語鷺親哥，他是無論如何都不會同意她跟這樣的人在一起。

林語鷺是不是眼瞎？這個從高中開始就對她不好、不珍惜她，天天半夜叫她出去還不送回家，分開以後聽起來好像還不主動追回來，等著她來找他，還讓她受傷的男人——除了長得帥一點，到底還有什麼好？

傅明修連肺都快氣炸了，他真是服了。

傅明修聽不下去，皺著眉擺了擺手：「行了行了，一個爛錄音有什麼好聽的？我在警察局聽三遍了。」

莫名被罵了的顧夏：「……」

「那瘋子之前待的那個幼稚園已經停辦了，這個園長估計後悔到腸子都青了，弄了個神經病進來，家長全在施壓。」傅明修說，「據說這個人在那個幼稚園人緣還很好，小孩都喜歡他。」

林語驚點點頭：「他長得就是小朋友喜歡的類型。」

「既然走了法律正規程序讓他強制入院，後面就好辦很多。」傅明修說著，瞥了沈倦一眼。

他對沈倦印象差歸差，但是這個人辦起事情來，效率還是滿高的。默不作聲地，所有事情都在他前面就安排好了，「還有那個言什麼，就妳那個心理醫生。」

沈倦在聽到這四個字的時候終於有了反應，倏地抬起眼。

傅明修繼續道：「他說這種情況，基本上不會有什麼治療效果，太晚了，基本上就相當於終身隔離監禁。」

顧夏撇了撇嘴：「真是便宜他了……」

林語驚說：「所以我準備以後隔三差五寄點照片、影片什麼的給他，標題和內容我都想好了。」就叫《沈倦的幸福生活》，主要記錄一下沈狀元的訓練和讀書日常、優秀的精彩瞬間，做個錦集什麼的。沈倦以後要是能得個什麼獎、在學校裡拿個獎學金，肯定得讓聶星河第一個知道。結婚也得寄個喜帖給他，再寄兩盒喜糖，生孩子的滿月酒不能落下吧？孩子上小學、國中、高中、大學、結婚生子都得讓他知道！

林語驚思慮周全，想得很周到，她已經為八百年後的事情做足了充分的準備和腦補。

她一邊想著，一邊看了一眼站在旁邊的沈倦。

她其實不是很想在沈倦面前再一遍一遍地反覆提起聶星河，但是有些事還是得說。

傅明修幾個人又待了一會兒才走，沈倦從始至終一直是那個姿勢站著，動都沒怎麼動過。

林語鷲清了清嗓子。

沈倦看過來，走到床邊問道：「怎麼了？」

林語鷲有點無奈。

沈倦如果跟她擺臭臉，或者像傅明修一樣直接發火她都能應對。

但是他不是，他就這麼憋著，也不發火也不罵她，每天就什麼都不說，這麼沉默著，他自己憋得不難受，但林語鷲覺得太難受了。

林語鷲嘆了口氣，仰著腦袋看著他：「你別憋著了，想發火就乾脆發出來。你天天這樣，弄得我心情也不怎麼好了。」

沈倦坐在床邊看著她，聲音有些低啞：「我不知道要怎麼說。」

沈倦一直以來，對聶星河的態度可以說是逃避的。

儘管他可以告訴自己他不欠誰，也沒做錯過什麼，但是事實就是事實，發生了就是發生了。

他沒錯，不代表他可以把自己從裡面摘出來，撇開關係。

沈倦根本想都沒想到林語鷲會做出這樣的事。當初那個不斷退縮的小女孩，現在在他捂著眼的時候，帶著滿腔的孤勇擋在他面前，幫他掃清了荊棘前路，溫柔地握著他的手，說我來保護你。

他沒辦法想像如果林語鷲真的出事了，林語鷲如果因為他的逃避、因為他的消極、因為他而出了什麼事，他會怎麼樣。

不能想。

一想到她當時的情形，沈倦就一陣後怕，渾身僵硬發冷，腦子連身體一瞬間都空了。

她那麼好，應該是要被他保護著的，現在他卻傷害到她了。

沈倦想一輩子對她好，把自己的所有都給她，但現在他什麼都沒能做到，卻先為她帶來了傷害。

沈倦閉上眼，傾身靠過去，伸手將她攬進懷裡抱著，動作輕慢，猶豫、小心翼翼的。

他覺得自己連抱她的資格都沒有，連觸碰都膽怯。

林語驚的額頭抵著他鎖骨，感受到他的手覆在她頸後，指尖冰冰涼，有些發抖。

她伸手環住了他的腰，安撫似的拍了拍他的背。

沈倦微弓著身，將頭埋在她頸間，忽然叫她：「林語驚。」

林語驚應了一聲。

「我也不是無所不能。」沈倦說。

他的嗓子壓得很低，有些模糊。

林語驚怔了怔。

「所以妳以後，別再這樣了。」他的語速很慢，每一個字的發音都艱難晦澀，「萬一妳出了什麼事，妳讓我怎麼辦？」

林語驚抓著他的背的手指收緊。

沈倦抬起頭來，額頭碰了碰她的，又分開。

他低垂著眼，眼睛發紅，近乎乞求地看著她，啞聲說：「林語驚，妳不能這樣對我。」

我也不是無所不能——

我不能沒有妳。

他沒說出口的話，她大概聽懂了，林語驚心裡驀地一酸。

她把手臂抽出來，抬起勾著他的脖子拉下，仰起頭來吻上他的唇。

他的唇瓣冰涼，也不知道在想什麼，沒反應。

林語驚軟軟的舌尖一點一點地蹭著他唇縫，勾引了好半天，這個人也沒什麼動作，只親親她的唇，下意識地抱著她往後仰，調整了一下姿勢，讓她親得更舒服點。

林語驚惱怒了，拉開一點距離瞪著他，沒好氣地說：「接吻您會嗎？得伸舌頭。」

沈倦沉默地摸了摸她的頭髮，手指穿過後腦的髮間，壓著她垂頭吻下去。

含著唇瓣，掃過牙尖往裡面一寸一寸探索，動作細膩而綿長。

良久，沈倦放開她，大拇指指尖緩慢地蹭過她沾著液體的唇瓣，低聲道：「這樣嗎？」

林語驚紅著耳朵掙扎了一下。

她的大腿上有傷，這個動作幅度有點大，拉動到腿上的肌肉，扯到了傷口，痛得她倒吸了一口氣，整個人都僵硬了。

沈倦頓了一下，也反應過來，抿了抿唇。

林語驚不想顯得自己太嬌氣，她緩了一會兒，兩隻手撐著床，若無其事地往後坐，靠在床頭，想跟他聊點別的分散一下注意力。

結果沈倦先開了口：「聶星河說的那件事，我不知道妳會在意。」他頓了頓，似乎不知道該怎麼說，微皺了一下眉，「我沒想過這個。」

林語驚反應了幾秒，才意識到他說的是什麼，愣了愣，「啊」了一聲。

林語驚其實也沒想過這個問題。要沈倦主動去帝都找她這件事，她根本想都沒想過，沒考慮過這種可能。就像言衡說的，沈倦一直拉著她、追著她，也是會累的。

不過既然他這麼說了，順著杆子往上爬這種事，林語驚最會了。

她看著他想了想，問道：「那你當時，有沒有想過要去找我？」

沈倦看了她一眼，坐上床邊的椅子：「沒有。」

林語驚：「……？」

朋友，你也太實在了，你這個回答真是誠實又乾脆啊！

這是種很神奇的感覺，本來不在意的事，被對方這麼乾淨俐落地否定後，反而真的讓人有點不爽了。

林語驚面無表情地看著他，聲音很危險：「那如果我真的回帝都了，你也不來找我嗎？」

沈倦的身子往後靠，手臂搭在椅子扶手上，撐著腦袋，聲音有點懶：「妳覺得可能嗎？」

林語驚瞇起眼：「我本來沒想過，現在怎麼覺得好像非常有可能呢？」

小女孩負傷也不影響她炸毛，好像下一秒就能跳起來揍他一頓。

沈倦有點想笑，又怕她亂動，再扯到傷口把自己痛得眼淚汪汪，還死咬著牙不說。

林語驚就是這樣，反正無論怎麼問都是不痛，高中運動會時也是。

沈倦坐直了身子，靠著床邊探過身去，抬手摸了摸她的腦袋，幫她順毛。

林語驚「啪」地把他的手打掉。

沈倦也不惱，垂眸看著她，不緊不慢地說：「林語驚，我不在乎是不是要追著妳，我可以追著妳一輩子，但是我們的關係不應該是這樣。我不知道我這樣說妳能不能明白，我一直扯著妳，妳一直推我，這樣沒意思。」沈倦耐著性子解釋，「我可以讓妳離開一會兒，給妳時間，但我希望妳能自己回來，妳得也願意抓著我。」

林語驚愣了愣。

言衡說，只有妳也願意朝他走過去的時候，你們才能開始平等地相愛。

沈倦像是想起了什麼，垂下頭，忽然笑了一下：「所以，雖然妳給我留下了一句看起來像要生離死別的詞，我還是想賭一把，賭我的小鯨魚會不會自己游回來。」

林語驚眨眨眼：「那我如果游不回來呢？」

沈倦揚眉：「那當然要抓回來。妳偷了我的東西，想往哪裡跑？」

林語驚一瞬間就有了興致：「我偷你的什麼了，你的心嗎？」

她脫口而出，毫不猶豫地嘲笑他，「沈倦，你這情話是不是太土了？」

此時此刻，她覺得自己終於占據了一點點的主導權。

沈倦頓了頓，似笑非笑地看著她說：「我說的是，我的書。」

林語驚：「……」

林語驚尷尬得想鑽到地底下，想問問他你為什麼不按照套路出牌。

她彷彿在沈倦臉上看見了七個大字——

妳自作多情什麼。

第二十六章
我的少年帶著光

沈倦對他這本書的執念之深，是林語驚萬萬沒想到的。

不過想想也不是不能理解，畢竟這個人是懶到連考卷的大題都不願意動筆多寫兩個字，卻願意在他的每本課本上都簽自己的名字，大概對這種「屬於我」的東西會特別在意。

但是這並不影響她生氣。

林語驚簡直服了，不想再理他，翻身捂上被子，準備睡覺。

她這幾天始終沒怎麼睡好，傷口不吃止痛藥就一陣一陣地疼，她睡不著，沈倦就這樣陪著，捏捏她的手、拍拍她，幫她分散注意力。

現在小女孩睡得香，沈倦臉上的笑淡下來。

他靠在椅子裡，安靜地看著她，濃密的睫毛覆蓋下來，嘴唇抿著，微皺著眉。

沈倦抬手，指尖落在她皺起的眉心，動作溫柔地從上往下揉了揉。他低嘆了口氣，垂頭親了親她毛絨絨的眼睛：「傻子。」

林語驚這小丫頭，平時看起來聰明到不行，有時候是真的傻。

他怎麼可能不想去找她？每天都發了瘋地想去找她。

洛清河離世，沈倦從國外回來以後，在很長的一段時間裡，他都不知道自己在幹什麼。

活了快二十年，沒堅持過什麼，也沒有守住什麼，沒成功保護過誰。好不容易遇見一個喜歡的人，也被他弄丟了，沒見過活得這麼失敗的人。

就這麼渾渾噩噩不知道過了多久，他去了懷城。

想知道林語驚去了哪裡不算難，懷城一中是全封閉式的管理模式，沈倦那天靠著一中的校外圍牆，蹲在牆邊抽光了一盒菸。

下課鐘聲響起，高高的牆後漸漸有學生說話的聲音。

沈倦當時在想，這些聲音裡是不是也有一個是屬於她的？夾在百千道聲音中，聲線是輕軟的，不緊不慢。

她是不是有了新的同桌，他們下課是不是也會聊天？她有求於他的時候，是不是也會撒嬌似的哄人，沒說兩句又不耐煩地冷下臉？

她一向沒什麼耐心，不知道能不能堅持到高考以後？

能不能……還記得他？

沈倦覺得自己像個神經病，明知道見不到她，依然在和她一牆之隔的地方，想著她沒有他的新生活裡的每個細節。

上課鐘聲響起，牆的那頭從吵鬧重新回歸寂靜，沈倦吸了最後一口菸，掐滅，站起身來。

再等等吧。

沒有什麼不能等的，他有耐心，也有時間，她說她會回來，他就相信她。

她自己走向他，和他把她綁回來，這兩者之間的意義完全不一樣。

反正她也跑不掉，闖都闖進來了，倦爺的地盤哪是說來就來，想走就能走的。

——這些話他都沒辦法跟林語驚說。

沈倦多少也是有點大男人主義的，他不想讓林語驚覺得他脆弱又矯情。他是個男人，有些話能說，有些話就是要放在心裡。

‡

林語驚腿上的傷說嚴重也沒到傷筋動骨的地步，是皮外傷，十幾天後可以拆線。

不留疤是不可能的，不過她皮膚天生就好，恢復得很好，醫生也說養得好，再配合去疤的藥膏就不會太明顯，就是位置比較艱難，動的時候或走路很容易扯到。

但生日是來不及了，最終她的十八歲生日是在醫院裡過的。

出院的那天，沈倦再次見到了言衡。

顧夏在裡面幫林語驚收拾東西，沈倦則靠在病房門外，等了一會兒，言衡走出來。

沈倦直起身子看著他。

言衡笑了笑：「知道你在等我，想聊聊？」

沈倦沒說話。

言衡微側過頭，他四十多歲，保養得極好，幾乎看不出什麼歲月的痕跡，氣質成熟溫和。

他想了一下，問道：「林語驚跟你說過嗎？她之前的情況。」

沈倦頓了頓，眸色晦暗：「沒有。」

「那我也要保護我的病人隱私。」言衡有耐心地說，「她既然沒有跟你說，我恐怕也不能告訴你什麼。」

雖然之前已經有了猜測，但是在確實聽到言衡親口承認，聽到「我的病人」四個字的時候，沈倦整個人還是有點僵。

言衡始終看著他，眼神溫和而犀利，半晌，他嘆了口氣。

「這些是我作為她的心理醫生能給你的答案，但是我也有私心，我很喜歡那孩子。」言衡溫聲說道，「作為她的長輩和朋友，有些事情，我還是想讓你知道。」

沈倦沒說話，過了好半天，他「嗯」了一聲，聲音有點啞：「您說。」

「林語驚去懷城一段時間以後，出現了一點點輕度抑鬱的前兆。」

沈倦的手指無意識地縮了縮，指尖掐進掌心。

「她媽媽那時候帶她來找我，因為發現得比較及時，她本人也很清楚自己的情況，很配合，吃了一段時間的藥又調整了一年，現在基本上沒什麼影響了。其實你應該已經發現了，她有時候想事情的角度比較負面，而且會習慣性逃避，這種問題不是一天兩天造成的。她以前的很多思想，包括對愛情和親情都是非常消極的。她很固執，很多她認定的事情，你沒辦法打破她的思維誤區。」

言衡看著他：「所以在我知道你的存在、知道她是為了你想要改變、修正自己某些偏執的想法的時候，我就非常好奇你是一個什麼樣的人。」

言衡說了很多，他語速不急不緩，像是在娓娓道來，講述一個故事。

沈倦倚靠著牆，近乎自虐地仔細聽他說那些細節和過程，一字一句都像一刀一刀剮在心上。

他忽然想起之前，他在病房裡提起聶星河說的那件事時，林語驚那種茫然的反應。

她根本不覺得沈倦會主動去找她。

她一個人扛了這麼多年，早就習慣了做事情不依靠任何人，她不會求助、不會依賴，也不會把希望寄託在別人身上。

在林語驚的世界裡，不存在「誰會為了她犧牲什麼」的這種可能。

所以她沒有抱怨，沒有懷疑，甚至沒有考慮過沈倦是不是會去找她。因為沒人對她好過，所以她想不到如果有一個人全心全意地對她好，應該是什麼樣子。

他在國外時，林語驚打過一通電話給他。那個電話沒打通時，她心裡該有多不安、多膽怯，多想逃避、放棄、退縮。

但她還是來了，主動努力地去找他、接近他、和他認錯道歉、哄他和好。

那個時候，她心裡可能都不確定他是不是還喜歡她。

在想到這一點的時候，沈倦覺得身體裡的最後一點血液都被人抽乾了。

他當時竟然和她發火了，他被一堆事情壓著，他等得委屈，他憤怒、他委屈，卻沒想到過林語驚這一年多是克服了什麼才走到這裡。

這個在他看來無比簡單的過程，她到底需要下定多大的決心。

他的小鯨魚，那麼那麼努力、拚命地朝他游回來。

言衡全部說完後看了他一眼，沒再說話。

這邊全都是ＶＩＰ病房，走廊裡沒什麼人，安靜無聲。

一片寂靜裡，沈倦靠在牆上，微仰起頭，閉上眼睛。

‡

林語驚出院以後沒回去學校。宿舍是上床下桌，她上上下下還不怎麼方便，所以沈倦在學校附近找了個公寓社區。

A大這邊的地段不錯，公寓也沒有便宜的，沈老闆大概挑了個最好的。

沈倦開著車，過卡進去，林語驚看這裡的綠化設計不比傅家那邊的別墅區差多少，估計晚上燈一開，也能開個燈光藝術節。

車子停進停車場，沈倦要抱她，但林語驚拒絕了，就這麼幾步路，她又不是殘廢了。

林語驚慢吞吞地下了車，看著他從車裡拿出東西。兩個人走上電梯，她忍不住看了沈倦一眼。

這個人沉默得有點不對勁，林語驚形容不出那種感覺，反正就是不對勁。

電梯門打開後是一層兩戶，玄關門開在電梯背後，隱私感極強的設計。林語驚跟著沈倦走到左邊那戶，看著他刷指紋又按了密碼。

是她的生日。

林語驚眨眨眼走進去，沈倦跟在她後面，回手關上門。

她是非常注重個人形象的人，出院也得穿得美美的，特地讓顧夏從宿舍裡拿了一雙之前新買的D家小皮靴。這時還沒反應過來，沈倦就已經蹲下來解開鞋帶，幫她脫了鞋，又套上拖鞋。

到這裡，都還滿正常的。

林語驚換了鞋進屋，看了一圈，還沒看清楚這間房子是什麼格局，剛轉身就感覺到沈倦拉著她轉回來，垂頭吻下來。

林語驚都沒反應過來。

他這動作很突然，她本來以為他會親得很凶，結果沒有。沈倦含著她溫柔地舔舐，一點一點纏繞，明明就是接個吻，動作卻細膩緩慢得讓林語驚覺得莫名有些羞恥。

林語驚紅著耳朵往後縮，推開他拉開了一點距離，仰起頭來。

一對上他的眼睛，林語驚愣了愣，抬起手來拉他的袖子：「你怎麼了……」

沈倦捂住她的眼睛，沉默地再次吻上來。

黑暗裡，林語驚聽見他們唇舌纏繞、他的呼吸。他在抖，指腹掌心貼著她的眼皮，觸感全是冰涼的。

「沈倦……」

林語驚有點不安，費力地在親吻中叫他，但他像沒聽見一樣，含糊的聲音全被含住。她沒辦法，只能拉著他袖子，喘息地含糊開口：「哥哥，哥哥，腿痛……」

沈倦的動作戛然而止，心臟像被一隻冰涼的手緊緊抓著，一抽一抽地疼。

他小心地把她抱起來，走進臥室，放在床上。

林語驚撐著身子坐起來，沈倦拉了顆枕頭立在床頭，讓她坐在床上看著他，舔了一下被親得發麻的嘴唇，有點愣：「你到底怎麼了？」

沈倦坐在床邊，長久地看著她，終於開口：「我很後悔……」他俯身，輕輕親了親她的眼睛，小心而虔誠的觸碰，聲音晦澀，很是沙啞：「林語驚，我對妳不好。」

林語驚敏感地察覺到了事情的不對勁。

沈倦身上這種極端壓抑、低沉的情緒，讓她在莫名其妙的同時還覺得有點不安，總覺得這個人好像對她有點……愧疚？

還是沉痛？

林語驚往後靠著柔軟的枕頭，眼睛一瞇，看著他：「沈倦，你跟我實話實說。」

「……」

沈倦抬起頭來，抿著唇，眸色沉沉。

他的情緒還在地表以下壓著，眼看著就要沉進地心了，沒反應過來她在說什麼。

林語驚看著他：「你是不是出軌了？」

「……」沈倦有一瞬間的茫然：「嗯？」

「我們敞開天窗說亮話，我不揍你。」林語驚的表情很平靜，「你是不是在醫院裡看中哪個漂亮小護士了？」

沈倦：「……」

沈倦反應過來了，不斷下沉的心就這麼被她一把拉住，不上不下地卡在那裡，有些複雜。

他沉默片刻後說：「沒有。」

林語驚像沒聽見一樣地喃喃：「怪不得你天天往醫院跑得那麼勤快，我還得天天被小唐僧像叫魂一樣問你什麼時候回去訓練，原來是醫院裡有妖精在勾你呢。」

沈倦嘆了口氣，單手捂著眼睛搓了搓，緩了一會兒，努力讓自己調整一下情緒。

調整到了一半，他忽然笑了出來，像嘆息的一聲笑。

林語驚瞪著他。

沈倦抬手，拉著她的手把她拉進懷裡抱著。他調整了一下坐姿，將下巴擱在她腦袋上蹭了蹭，問道：「還痛嗎？」

林語驚沒反應過來他問的是什麼，迷茫地仰頭：「嗯？」

沈倦把下巴往後挪，親了一下她的頭髮：「不是腿痛嗎？」

「……」

她的傷都已經拆線了，現在其實早就不痛了，但是沈倦剛剛的狀態太嚇人，跟著了魔一樣，讓林語驚沒轍，隨口扯了一句。

他當時估計都沒經過大腦，下意識就停了，現在應該也明白過來了。

林語驚往前欠身，躲開他：「我覺得你這個話問得很沒意思。」

沈倦笑了一聲。

林語驚側過頭，往前蹭了蹭：「你不要轉移話題啊，你到底做了什麼對不起我的事？我怎麼感覺你好像就要和我跪下了？」

沈倦從後面抱著她，把人攔腰拖回來，讓她靠在自己懷裡：「我就是覺得自己太畜生，對妳不好，讓妳受傷了。」

他的聲音懸在她頭頂，很沉啞：「林語驚，謝謝妳回來。」

林語驚愣了愣。

舌燦蓮花林語驚，無論是動手還是動嘴，隨時都能一個打五個的林語驚，在這一刻竟然有些語塞，不知道該說些什麼好。

她一向不太擅長面對這種情況，安靜了好一會兒，只小聲說了一句：「我覺得你對我好……」

一句話，讓沈倦心軟得跟什麼一樣。

她怎麼能這麼招人疼？那麼輕易就被滿足，讓人覺得怎麼疼她都不夠。

「那不算好。」他低聲道。

「那怎麼樣才算好？我要買包包。」林語驚說，「我想買一個新的包包，你買給我。」

沈倦沒猶豫：「嗯。」

「我還要買錶，你買支錶給我，J家的那個新款手錶。」林語驚繼續說。

沈倦根本不關注這些牌子，也不知道新出的那支錶長什麼樣子：「買。」

林語驚頓了頓，最後道：「你會煮飯嗎？」

沈倦沉默了。

林語驚眨眼：「怎麼辦？我也不會，那以後家裡誰下廚啊？」

「我。」沈倦直接道，「我去學。」

林語驚終於笑了，仰起頭來看他，這個人帥得沒死角，從下往上這麼毀男神的角度還是好看。

她抬手，指尖輕輕刮了刮他的下巴，開玩笑道：「倦爺，您是今天怎麼回事啊？你想騙財還是騙色？這麼疼我。」

沈倦沒說話，圈著她的手臂緊了緊，高大的身軀從後面擁著她，把她整個人小心翼翼地包裹起來，半晌才低聲說：「妳跟著我，倦爺一輩子疼妳。」

沈倦下午還要去訓練，林語驚一個人在公寓裡待著也沒事情做，乾脆就去學校上課了。她這段時間請假，課程落後了不少。

不像高中的時候學的只有那麼一點，落下幾天的課，東西慢慢就補回來了。到了大學，選修都不算，光是專業課程就讓人頭禿，圖書館從開門到晚上十點關門都坐滿了人。

每個人每天都在往前走，只有你站在原地是不行的。

學霸林同學久未謀面的危機意識終於開始冉冉升起了，她上大學以後，因為各式各樣的事情確實分散掉了不少精力，眼看著期末一步一步逼近，林語驚覺得自己的成績可能無法保住前幾名了。

全省第四名的林同學覺得這種事不太能忍，於是每天拖著殘破的身軀，風雨無阻地去上課。

‡

十一月眼看就要過半，沈倦這段時間更忙了。林語驚簡單了解了一下，那個大學生錦標賽在三月，沒幾個月的時間了。

沈倦現在的問題很多，轉體不連貫、擊發瞬間掉槍，神射手四年不拉弓，就算是后羿也沒用，除了不停加訓練習找手感、成天泡在訓練場以外也沒別的辦法。

沒什麼事情是有捷徑可走的，天才也不例外。

學業和訓練同步進行，每天晚上回家還只能睡沙發，沈老闆慘兮兮。

林語驚不知道沈倦這一間這麼大的公寓，非得隔斷全打通，還只有一張床的原因是什麼，也不知道他這段時間到底為什麼半點脾氣都沒有，把她當成女王一樣伺候著，甚至忙成這樣，還能偶爾抽出時間來陪她上節課。

她的腿都沒什麼事了，沈倦是做了多少虧心事才能讓他脾氣好成這樣？

金融一班的沈狀元，隔三差五就去電腦系旁聽專業課程的事不脛而走，知情者——比如金融一班聽過狀元夫人晚自習特地傳來那首《無敵》的諸位，知道他是去陪女朋友的，不知情的紛紛感嘆狀元就是不一樣，並不滿足於在一個經管院裡發展。

知道人家為什麼是狀元了嗎！因為人家熱愛學習！還往各個專業全面發展！他在學習的時候，內心一定是狂野而快樂的！

熱愛學習、內心應該無比快樂的沈狀元其實在來電腦系旁聽第一堂課時，心情就不是很美麗。

電腦系的男女比例讓他非常非常煩。

這個世界上為什麼會有男人這麼多的科系？

他們今天來得晚，前面的位置基本上已經沒了，沈倦和林語驚坐在最後一排。

這個教授講課一板一眼，聽起來沒什麼勁。沈倦每天忙得團團轉，自從不怎麼去工作室以後，他已經很久沒感受過這種時間全部被塞滿，甚至不夠用的感覺了，陪林語驚上課的時間就剛好用來休息。

他趴在桌子上補眠。

林語驚向來是好學生，高中的時候就是聽課聽得最認真的那個，一節課上完，筆記記得很滿，她闔上書。

前桌有一個男生轉過頭來跟她借筆記。

林語驚對他有點眼熟，但是一時間也想不起名字，她這個人一向沒什麼熱情去記同班同學的名字，在十班，除了李林他們幾個以外，剩下的同班同學她幾乎都沒說過幾句話。

林語驚看了一眼，沈倦還沒醒，隨手把筆記遞給他。

男生接過來道謝，然後拿著自己的本子轉過身來。

後排的桌子比前排高了一點，那個男生站起來撅在那裡，一邊記錄自己漏掉的部分一邊和她說話：「之前顧夏和我說妳的筆記像工藝品一樣。」他笑著說，「結果妳那段時間不在，等到現在終於看見學霸的筆記了。」

林語驚住院時，被顧夏胡編亂造了一齣搶劫案，把林語驚說成了一個路見不平、被壞人重傷的女戰士，邏輯清晰，細節真實，使人熱血澎湃的同時又不失正能量。

林語驚笑了笑，沒說話。

男生繼續道：「聽說妳受傷了，恢復得還好嗎？」

林語驚跟不熟的人一向裝得有模有樣，是個高冷又不失禮貌和氣質的仙女：「還好，本來也沒多嚴重。」

男生歪著腦袋抄幾筆，餘光掃見旁邊側頭趴在桌子上的沈倦，忍不住看了一眼，低聲說：「這是金融系的那個吧，省狀元？」

林語驚也看了沈倦一眼，視線停留得有點久。

這個男生本來就是來搭訕的，正愁找不到話題，又看見林語驚盯著這個大帥哥看了這麼久，說話不經大腦，壓低聲音道：「聽說很囂張，英語才考了第四，就在班上拿著塑膠喇叭播《無敵》。」

林語鶯：「……」

男生脫口而出的瞬間就後悔了，這不是說別人壞話嗎？

他真的不是故意的，雖然這個好像已經是眾所周知的名人事件了，應該不算壞話吧。

結果林語鶯竟然笑了。

她愣了兩秒，然後靠在椅子裡笑。

男生一喜，覺得自己找對了方向，學霸都討厭學霸，說不定全省第四名就特別討厭狀元。

他乾脆一咬牙，再接再厲道：「我本來還以為他是來學習的，結果睡了一整節課啊。」

林語鶯笑得眼淚都出來了：「對啊，懶吧，像豬一樣。」

在一旁睡得歲月靜好的沈倦眼皮動了動，睜開眼睛。

他不怎麼清醒，瞇著眼慢吞吞地從桌子上起來。男生嚇了一跳，他聲音很小，但是林語鶯的聲音大，直接把人吵醒了。

像豬一樣的沈狀元直起身來，往椅子裡懶洋洋地一靠。剛被人當面罵完，他好像也沒生氣，眼皮一垂，面無表情地打了個哈欠，神情困倦漠然。

哈欠打完，他的長腿往前一伸，手臂搭在林語鶯的椅背上，偏頭看向那個看起來還沒反應過來的男生。吊兒郎當的散漫樣子，像古裝劇裡每天什麼都不幹，只往梨木雕花椅裡一癱，開始聽小曲的廢物王爺。

沈王爺剛睡醒，聲音有點低：「我不是來聽課的，我來陪我女朋友。」

男生很尷尬，又尷尬又慌張，都沒消化掉他說了什麼，也不知道該說些什麼，結結巴巴地道了個歉，還不忘捎上林語驚：「不好意思啊，我們、我們沒有別的意思……」

「……」

沈倦發現這個人怎麼一點求生欲都沒有呢？

他看著他，平靜地說：「你能不能，別當著別人男朋友的面，和小女孩說是我們？」

男生終於反應過來了，看看林語驚又看看沈倦，目光渙散地又道了個歉，匆匆跑走了。

林語驚笑得整個人趴在桌子上：「你什麼時候醒的啊？」

「他跟妳說話的時候。」沈倦說。

林語驚笑著擦了一下眼角：「那你怎麼不起來？」

沈倦「嘖」了一聲：「我不就是想聽妳護著我嗎？」他不高興，又不好發火，沉悶地看著她，「想聽妳說一句這是我男朋友。」

結果不但沒聽到，還聽見她跟別的男人罵他罵得很開心，笑到停不下來。

小沒良心的。

沈倦不太爽，單手扶在她椅背上，忽然傾身湊過去，咬了咬她的嘴唇。

力氣有點大，林語驚吃痛地叫了一聲，整個人往後竄。

他們坐在靠牆的最後一排，林語驚背貼著牆，手指碰了碰被咬得生疼的唇瓣，瞪著他：「你是狗嗎？」

「我不是豬嗎？」沈倦說完拉著椅子靠過去，抬手勾她下巴，指尖碰到她的唇角，「咬疼了？我看看。」

兩個人湊得極近，姿勢曖昧，沈倦的指尖碰了碰她下唇剛被咬過的地方，很紅潤，溫熱柔軟。

他眸色暗了暗，側頭就親上去。

還沒碰到，林語驚就抬手抵著他腦袋，一把推開：「你滾遠點啊，有攝影機。」

沈倦有點無奈，垂手，拉開距離。

女朋友太害羞怎麼辦？

他起身撿起她桌上的幾本書，放進她書包裡，拉好拉鍊拎在手上，走到後門門口：「走吧，回家了。」

林語驚跟在他後面：「今天不訓練了？」

「嗯，休息一天，張弛有度。」

公寓離學校不遠，走路過去差不多十分鐘，林語驚自從腿沒什麼事以後就每天走路回去了，今天忽然想起來，側頭：「沈老闆，我下個星期就回宿舍住了啊。」

沈倦的腳步頓了頓，垂眼：「怎麼了？」

「我現在也沒事了啊，爬上爬下都沒什麼影響了，可以回去了。」林語驚自然地道。

沈倦沒說話，林語驚也沒說。

他們非常有默契地保持著沉默，進了社區，上電梯，進門，換鞋，林語驚進洗手間去，打算洗個手。

沈倦跟在她後面進去。

林語驚打開水龍頭，沈倦就在她前面擠了泡沫洗手液，捉著她的手拉過來，包裹著、細細搓她的手指。

綿密的泡沫沾滿兩個人的手，沈倦調了水溫，拉著她的手到水龍頭下面沖乾淨。

「下週就走？」他沒看她，目光落在她的手上沖水，神情專注。

洗個手還要黏糊糊的，林語驚有點彆扭，抽了抽手，沒抽出來：「房子你可以退了。」

「不退了，買下來送妳。」沈倦抬手抽了毛巾，擦乾後掛上去，這才垂下手來後退兩步，「這樣妳週末就能直接回來住。」

林語驚轉過身，歪著頭看著他。

沈倦靠著廁所的玻璃門站著，注意到她的視線，垂了垂眼：「怎麼了？」

「我在想，」林語驚慢吞吞地說，「沈倦，你最近為什麼開始當人了？」

「……」沈倦：「？」

林語驚靠在洗手台邊，覺得有點神奇，瞇著眼探究地看著他：「說話也變得正經了，接吻也不動手動腳了，忽然一下就不禽獸了，脾氣好得簡直有點詭異。」

林語驚涼涼地說：「你果然還是被外面哪個小妖精迷住了。」

沈倦啞然：「我……」

「你現在都不摸摸我了。」林語驚打斷他，目光幽幽地看著他，「沈倦，你不騷了。」

沈倦：「……」

不知道為什麼，林語驚說著這句話的時候，沈倦總覺得她在暗示他。

——沈倦，你是不是不行？

這是屬於男人的敏感區，冥冥之中，總有種自己某方面遭到了質疑的錯覺。再加上她走到哪裡，屁股後面都跟著一堆男的讓他不爽，以及要搬回宿舍住的不情願，疊加疊加以後——

「好。」沈倦點了點頭，平靜地朝她招了招手，「來。」

林語驚靠著洗手台，沒動：「幹什麼？」

「摸摸妳。」沈倦懶聲，「不是想讓我摸嗎？」

「……」林語驚移開視線：「我不是那個意思，我就是打個比方。」她看著他眨了一下眼，小聲說，「你以前不是總喜歡摸摸我嗎？我都成年了……」

「……」

沈倦眼皮一跳。

林語驚確實沒什麼不敢說的，給她根火柴，她就能燒掉整座山頭。

總是捨不得她，睡了半個月沙發，連床都不敢蹭一下的沈倦連火柴都不敢遞給她，怕她還沒接過去，自己已經先燒起來了。

結果她反倒先遞過來了。

沈倦覺得有點忍不了，他垂著眼看了她一會兒。林語驚綁著辮子，薄薄的耳廓露出來，說完這句再明白不過的暗示以後，耳朵紅成了一片。

沈倦走過去，將她圈在自己和洗手台之間，抬手捏了捏她的耳朵：「喜歡？」

林語驚清了清嗓子，想讓自己的聲音聽起來儘量鎮定一點：「什麼？」

沈倦單手撐著洗手台檯面，垂頭含著她耳垂輕輕咬了咬，在她耳邊問：「喜歡我摸妳？」

「……」

這句話就不在林語驚能回答的範圍內了，她抬手抵著他：「你能不能……」

沈倦扣著她手腕扯下去，往上又貼了貼，舌尖掃過她耳垂上軟軟的肉，舔了舔，低聲繼續問：「喜歡我摸妳哪裡？」

林語驚的頭抵在他身上低低垂著，徹底不抬起來了。

沈倦扣著她腦袋抬起來，逼她看著他，側頭親著她的唇角，唇瓣貼合著，又問：「喜歡我怎麼親妳？」

「……」林語驚實在忍不了了，惱羞成怒：「你能不能閉嘴？」

沈倦笑了一聲，半強迫地扣著她往上壓，和她接吻。

和以前的都不一樣。

他的手、他的動作、他的喘息聲，以前從未有過的觸碰都帶著陌生的欲望。

林語驚被他壓著，後腰碰到洗手台冰涼的大理石邊，涼得往前縮了縮，就好像主動貼在他身上一樣。

兩個人緊密地靠在一起，她能明顯感覺到他的生理反應和身體上的變化。

一點一點，緩慢地，不容置疑地貼上來，存在感十足。

林語驚徹底僵住了，唰地睜開眼睛，下意識咬了一下他掃蕩進來的舌尖。

沈倦感覺到她的僵硬，動作都沒停下來，甚至將下身緊貼著她，動作幅度很小地往前，輕輕頂了一下。

我，靠。

林語鶩有點沒反應過來，在羞恥、慌亂、呆滯中，喉嚨裡溢出一聲很輕微的聲音。

直到她感覺自己快憋死了，沈倦才放開她，抓著她手腕，引導著往下拉，聲音沙啞地喘息：

「寶貝……摸摸它。」

一直到林語鶩覺得自己的手要斷了時，沈倦終於放開了她。

手一被放開，林語鶩蹬著地，逃命似的竄到床邊，生怕他還沒結束。

沈倦撈著她的腰把她勾回來，聲音帶啞：「跑什麼？」

「你還沒結束嗎？」林語鶩簡直服了，「你夠了沒有！」

「夠了。」沈倦說完，側身從床頭櫃上抽了一堆紙巾，「手黏不黏？幫妳擦擦。」

「你他媽……」林語鶩簡直想把他直接踹下床去，「閉嘴行不行？」

她的腳蹬在他身上，沈倦也不惱，坐在床上點了床頭的燈。

本來以為在洗手間一次就結束了，結果並沒有，她剛洗完手，又被拉進了臥室。

到最後，林語鶩的手臂已經完全痠得抬不起來，在他一聲聲讓人難以啟齒的教學指導下，任由他把著她的手胡作非為。

沈倦拉著她手腕，把人拉到自己面前來。小女孩白嫩嫩的手心有點紅，手上的東西順著指縫滴滴答答地落在床單上。

那畫面讓林語鶩整個人都不太好，急著想抽手：「我自己擦。」

「我來。」沈倦抓著她手腕不放，他垂下眼睫，柔軟的紙巾仔仔細細地擦乾淨她每一根手指，動作不緊不慢，「畢竟是我的東西。」

「……」林語驚閉上眼睛，忍無可忍：「沈倦，你要點臉吧，你的東西怎麼不自己弄出來！」

沈倦把那一堆紙團丟進床邊的垃圾桶裡，從後面抱著她靠在床頭：「妳不是喜歡我這樣嗎？」

林語驚也實在懶得動了，軟趴趴地靠在他懷裡，把他當沙發，找了個舒服的姿勢：「我什麼時候喜歡你這樣了？」

「不是說自己成年了，勾引我？」他親了親她的側臉，「這就喊累了，以後怎麼辦？」

外面天黑了一大半，光線昏暗，林語驚看了一眼牆上的鐘，也對自己未來的生活有些擔憂。

「我覺得……」她努力地思考了一下，怎麼說才能顯得這個話題唯美又清新，絲毫不下三路。她慢吞吞地說，「那件事應該沒有這麼累，因為我是不需要動的。」

沈倦笑了起來，胸膛震顫：「隨便妳，妳不想動就不動。」

摸也摸了，碰也碰了，他的子孫都跟她友好地握了手，雖然還是很……羞恥，但林語驚現在也不想矯情了，她轉過頭來，仰著腦袋看著他，忽然叫了他一聲：「沈倦。」

沈倦靠著床，聲音懶洋洋地說：「嗯？」

「我說我成年了的意思是，你想對我幹什麼都行。」林語驚說。

他一頓，垂眼看著她。

沈倦有點燥，如果不是剛才次數多了點，林語驚這一句話就夠讓他再燒一次了。

沈倦嘆了口氣：「妳今天是不是想榨乾我？」

林語驚仰著脖子咬他下巴：「我在跟你說正事。」

「沈倦，你不虧欠我，我願意做的事就是因為我想這麼做，這跟我傷到哪裡一點關係都沒有，我覺得談戀愛總是去關注這些就會不對勁。」林語驚說：「你不用覺得愧疚什麼的，不然我會覺得你對我好都是因為愧疚，這麼說你明白嗎？」

沈倦沒說話。

怎麼不明白。

林語驚如果真的覺得他外面有什麼，她肯定會直接走人了，根本不會跟他廢話，走之前可能還得揍他一頓。

她在提醒他。

沈倦沉默半晌，嘆道：「林語驚，我不會因為愧疚就對誰好。」

他抱著她，手指碰了碰她大腿上細細小小的疤，指腹摸過去，動作輕而小心：「想對妳好是因為喜歡妳。」

他摸得林語驚有點癢，笑著去捉他的手。

沈倦順勢握著她的手，十指相扣，舉到唇邊親了親：「想對妳好一輩子，是因為有比喜歡多更多的東西。」

林語驚的心不受控制地猛跳了一下。

她放開他的手，忽然撐著床面轉過身，跪坐在他面前捧著他的臉，直直地盯著他：「是什麼？」

沈倦沒說話。他不是擅長說這種情話的人。

林語驚知道，但還是抿了抿唇，固執地重複問了一遍：「比喜歡多更多的東西是什麼？」

她的聲音很輕，有些不穩，像是迫切又不安地想抓住什麼。

沈倦看著她，低聲說：「是我愛妳。」

林語驚沒動，就那麼跪坐在那裡，安靜了一會兒，她閉上眼睛，湊過去抱住他。

沈倦抬手一下一下地輕輕撫著她的背，像哄小孩一樣。

林語驚把頭埋在他懷裡，聲音悶悶的：「沈倦，我長這麼大，沒人愛過我，他們都不要我。」

沈倦抱著她的手臂收緊。

「你得一輩子愛我，說好了。」林語驚吸了吸鼻子，抬起頭來看著他，眼睛有點紅，聲音很小地重複，「說好了，你不能不要我，你得疼我。」

沈倦心疼得想把心挖出來給她。

「說好了，」他啞聲說，「妳想要的，我都給妳。」

‡

十一月進了十號，日子開始過得飛快。

自從兩個人有了一點點新的進展以後，沈倦簡直像是脫了韁的野馬，不只終於有床睡，還不把她的手當手，不把她的腿當腿了。

林語驚發現，逼他說了一句我愛你以後，代價付出得好像有點多。

她開始後悔了。

沈倦用實際行動、身體力行告訴林語驚，他十一時說的那句「妳從頭到腳我都能幹點什麼」這句話真的不是吹牛的。林語驚不知道這個人哪來這麼多花樣，也不明白他為什麼占盡了便宜，卻依然不往下一個階段多走上哪怕一步。

但她還是累，每天晚上都肝腸寸斷的累，乾脆火速搬回宿舍裡，雖然沈倦那天看起來心情不怎麼好，但是還是沒阻止，幫她把東西都搬回去了。

林語驚回去的那天，宿舍裡三個人還開了演唱會。

小蘑菇的表情又羞澀又激動：「你們……省狀元是不是各方面都是省級的？」

「……」

林語驚心想，別的方面不知道是什麼感覺，但是省級好像可能大概有點屈才了。

她沒說話，她也是有點自己的小困惑，但是又不能就這麼說。

總不能說我們實質性的那種事，從來沒做到最後一步吧！

她明明都同意了，也成年了，也暗示過他自己完全ＯＫ的，甚至還主動了，沈倦到底是因為什麼？他難道有什麼前戲以及各種花樣都可以很猛，但是不能做到最後一步的難以啟齒的隱疾嗎？

這會是什麼樣的隱疾？

林語驚實在是有點看不明白，顧夏在旁邊看了她一眼。晚上，她趁著兩個室友都不在的時候問了一句：「你們那什麼……不太和諧？」

林語驚：「……」

林語驚猶豫再三，還是委婉，簡單兩句話跟她說了一下這個問題。

顧夏也很茫然：「啊？」她回過神來：「你們一起住了這麼久，就算最開始是顧忌著妳的傷，後面是為什麼啊？」

林語驚面無表情地看著她：「妳這個問題問得太有價值了，直接把問題拋回來了。我覺得他是不是有點什麼情節？就是那種，講究儀式感的男人。」

顧夏的想法比她的「難以啟齒隱疾論」樂觀很多：「比如他想挑比較有紀念意義的日子？就是節日之類的，顯得比較隆重一點，正規一點？有紀念價值一點？」

「……」林語驚都愣了，順著她隨口胡扯道，「比如國慶、中秋、端午、元旦？」

顧夏接道：「五一勞動節、六一兒童節、八一建軍節？」

「……不是，為什麼啊？」林語驚覺得這個解題思路超出了她的理解範圍，難以置信地道，「這種事難道成了以後，他還得先放五百響掛鞭，然後舉國歡度、普天同慶、奔相走告一下嗎？」

她們聊到一半，小蘑菇從圖書館回來，這個話題停留在「狀元上個床是不是得有儀式感，擇良辰吉日，放掛鞭普天同慶？」的階段，沒能繼續進行下去。

說不定還得要兩個人的生辰八字呢，再翻翻老黃曆，林語驚有一搭沒一搭地想。

她也不是非得跟沈倦發生什麼實質性的關係才會比較有安全感，就是覺得這件事水到渠成，很自然而然地發展，實實在在地不是很明白沈倦到底還在顧慮什麼。

連顧夏都覺得神奇，某天下午在圖書館，低聲和她咬耳朵：「別人家的情侶好像都是男方比較積極，你們可好，正好反過來，狀元對這檔事怎麼好像不怎麼熱情呢。」

林語驚「唰唰」寫著筆記，沒抬頭，嘆了口氣，心想：沈倦對這檔事真是不能太熱情了，再熱情一點，她的手可能得裝個義肢什麼的。

林語鶯也低聲道：「我已經打算選修課選個心理學什麼的了，研究一下異性行為心理。」

整理完今天專業課上的最後一點東西，她闔上筆記和書，裝進包包裡起身：「我先走了。」

「找你們家狀元去啊？嗳——」顧夏抬頭，攔了她一把，「人可以走，筆記留下。」

林語鶯把筆記本抽出來給她，抬手拍拍她的腦袋：「沐浴在全班第一的光芒下，好好學習吧，少女。」

現在下午五點多，她晚自習準備翹掉。沈倦要訓練，林語鶯走出圖書館去買了一點喝的，往射擊館那邊走。

十一月份天氣轉冷，射擊館這邊人本來就少，又背陰，林語鶯從圖書館一路走過去都打了個冷顫，在門口碰見了拎著外賣，正準備進去的容懷，男生站在門口，朝她招了招手。

林語鶯跟著他一起進去，往訓練室走。

她手裡拎著一堆飲料，青茶、奶茶、咖啡都買了，推門進去，幾個沒在訓練的隊員看見她都熱情地跟她打招呼。

沈倦進A大射擊隊的這段時間，他八面玲瓏的小女朋友比他本人受歡迎。

用隊裡一個師姊的話來說，小沈同學每天練習的強度高得跟自閉一樣，話都沒時間說兩句就算了，還天生長了一張「你們這群菜雞」的群嘲臉，在隊裡的人緣全靠女朋友幫他維持。

林語鶯把飲料分給大家，靠在牆邊看著沈倦訓練。

沈老闆這點還是很讓人佩服的，他無論做什麼事情，一旦進入狀態就會非常無我，外界所有事物全被遮罩，啥都看不見、聽不見、感覺不到，專注的最高境界。

林語驚後來了解了一下他這個項目，二十五米手槍速射，一共六十發子彈，每組五發，按照八秒、六秒和四秒的順序，兩組一輪，一共兩輪，最後看總成績，和她印象裡的那種瞄準半天才射出一槍的不一樣。

林語驚覺得好神奇，怎麼能在八秒，甚至四秒內開出五槍，還能保證每一槍都中？她瞄準一分鐘，打出去每槍都脫靶。

林語驚咬著吸管，看著沈倦單手插著口袋站在那裡，手裡握著槍，手臂抬起又放下，槍口在檯面上點了一下，修長漂亮的手，大拇指習慣性地微微抬了抬。唇角微微向下撇，側臉看起來傲慢又冷漠。

明明是個速射的標準姿勢，不知道為什麼放在這個人身上就像是在耍帥。

林語驚「嘖」了一聲，叼著吸管搖了搖頭。

她旁邊不知道什麼時候竄出一個腦袋，隊裡的一個師姊跟著她搖頭：「芳心縱火犯啊……」

林語驚嚇了一跳。

師姊捏著一杯咖啡，也靠著牆看著沈倦：「是不是很帥？唉，我這輩子能當這個小帥哥的師姊也算是上輩子修來的福氣了，不過應該也當不了多久，估計再兩場比賽吧，國家隊就會來要人了。」

林語驚笑了起來：「他未必會去的。」

師姊看著她，也笑了：「怎麼可能不去，練這個的，沒人不想去國家隊，不想去，那他回來幹什麼？」

林語鶯不置可否，沒再接下去。

這師姊姓朱，據說也是個厲害人物，外面大廳的展櫃上，掛著的獎牌有三分之一都是她贏回來的，性格也好，跟誰都能聊上兩句。

兩個人你一句我一句地聊了一會兒，朱師姊看著沈倦，忍不住感嘆了一句：「我說實話，沈倦剛來的時候，我真的不覺得他有什麼可能。空了四年才回來，想拿成績根本是不可能的事。尤其是我們射擊這種東西，練的都是童子功，小學、國中，十幾歲就得開始挑人了，手感這東西根本沒辦法一朝一夕就練出來。」

朱師姊嘆道：「怪不得容懷把他當神仙一樣供著，我真的沒想到他的狀態能恢復得這麼快。」

林語鶯捏著奶茶杯子，仰頭靠在牆上：「沒什麼他不行的。」

他就是無所不能，沒有不可能，沒有做不到。

她有種說不清楚的感覺，那種無比驕傲的感覺，心情比她考試考第一還要好。

我的少年他帶著光。

沈倦接到沈瀾電話的時候剛結束訓練，夜幕低垂，林語鶯趴在後面，已經睡著了。

晚上降溫降得厲害，訓練室的空調溫度不高，小女孩縮著肩膀，把自己蜷成一團睡著，睡得還很熟，幫自己戴了耳塞。

沈倦一邊接電話一邊找了一圈遙控器，聲音壓低：「喂。」

沈瀾大吼：『下週你生日啊！』

沈倦掃了一圈，沒找到遙控器在哪裡，把身上的隊服外套脫下來蓋在林語驚身上，淡道：「怎麼樣？」

『大魔王讓你回來過，要幫你辦個生日趴——原話，生日趴，這是老太太學的新詞。』

沈倦皺了皺眉：「明年吧。」

『明——』沈瀾一口血沒吐出來，『你這一竿子就把我分到明年去了是什麼意思？老太太說你今年不回來，她就打電話跟你哭。』

沈倦看了林語驚一眼，坐上她旁邊的椅子裡：「我沒時間，有安排了。」

『什麼安排啊？』沈瀾問，『和你那個小女朋友？』

沈瀾瞬間就來了興致：『是不是我上次見到那個？是不是那個？帶回來，帶回來！』他說到一半，忽然扯脖子大喊，聲音由近到遠：『奶奶！阿倦有女朋友了！！！』

沈倦：「……」

那邊嘰哩咕嚕地說了些什麼，過了半分鐘，沈瀾的聲音重新出現，興高采烈地說：『大魔王說你這個生日趴你不用回來了，讓你女朋友來。』

沈倦：「……」

沈瀾學著沈奶奶的語氣，繼續說：『你們家派出一個代表就行了，你愛去哪裡就去哪裡吧。』

「……」

沈倦有點頭痛。

沈家老宅那邊，沈倦很久都沒回去一趟，最多過年的時候拜個年，兩老生日時回去看一眼。自從他花一千萬拍了一張自以為是傅抱石，其實是某路人甲的畫以後，他連門都不怎麼進了，回去一次，沈瀾就笑他一回。

他生日這天剛好是週六，林語驚本來說這週不回來了，結果前一天晚上十二點整，拖著她的小行李箱噠噠噠地跑回公寓來，手裡還提著一個蛋糕，笑咪咪地祝他生日快樂。

沈倦從打開門看見她的那一瞬間起，目光就開始發沉。

林語驚沒注意到她現在處於很興奮的狀態，整個人被成功的喜悅籠罩著，有點得意。

她今天成功做出了人生中的第一個生日蛋糕。

從頭到尾，從第一步到最後一步，全都是她自己弄的，那個ＤＩＹ蛋糕工坊的師傅都服了，估計沒見過她這樣的，麵粉、澱粉分不清楚也就算了，連雞蛋都不會打，但是她還是做出來了！

小林老師果然也是無所不能的！

林語驚跳著進屋，把蛋糕放在桌上，雙手撐著桌邊，眼睛亮晶晶地看著沈倦。那表情就像是在催他：你快點打開，快點打開。

沈倦幾乎沒見過她喜悅這麼外露的時候，開心起來像個小朋友。上一次見到還是幾年前，她站在夜市遊樂園，一邊倒退走一邊看著他，眼睛亮亮地問：「沈同學，我可愛嗎？」

沈倦走過去，手指捏著蕾絲帶。她綁得很嚴實，寬寬的絲帶一圈一圈地繞著方形的盒子，最後打了個漂亮的蝴蝶結。

沈倦拉開蝴蝶結，腦子裡面已經開始湧進了別的東西，他想像著蝴蝶結的絲帶綁在林語驚身上的樣子。

白膩的肌膚，纏繞著鮮紅的綢緞絲帶。

沈倦解開蛋糕緞帶，打開盒子，把蛋糕從裡面抽出來。

沈倦這輩子都沒見過這麼醜的蛋糕。抹得凹凸不平的奶油、歪歪扭扭的花，上面用巧克力醬畫了一條小小的鯨魚，鯨魚的身上寫了個二十。

林語驚撐著桌面，笑咪咪地看著他：「好看嗎？」

「好看。」沈倦沒猶豫。

林語驚往前湊了湊，看著他輕聲問：「那我好看嗎？」

沈倦一頓，抬起頭來。

她畫了妝，眼尾挑著，媚氣又勾人，紅唇嬌嫩，直勾勾地看著人的時候，像是下一秒就要勾走你的魂的狐狸精。

大概還用了香水，一靠近，就帶著一點脂粉味的玫瑰香，和她沐浴乳的牛奶香味混合在一起，奇異又讓人上癮。

狐狸精看著他笑，聲音溫軟：「二十歲了，倦爺，想要什麼禮物？」

沈倦清晰地感受到了生理上的衝動。

他伸手，將掌心擱在她腦後，扣著她壓過來，舌尖掃蕩著闖進來。

林語鶯手抓著他的肩，仰起頭。

國慶、元旦、中秋，不知道沈倦喜歡哪個，非要說的話，儀式性的日子眼前就有，沈老闆快過生日了。

林語鶯想，沈倦果然是一個在生活上很注重儀式感的人，所以她也打算重視一回。

兩個人親著親著、摸著摸著就摸進了臥室，又從臥室摸進浴室。林語鶯被壓在洗手臺上擺弄，到最後，她都顧不上重不重視、為什麼又回到之前的發展趨勢了，靠在他肩膀上有氣無力地吸著鼻子，直抽手：「手痛……哥哥，哥哥，別繼續了。」

沈倦體貼地放開她的手，啞聲跟她商量：「那用腿？」

「……」

林語鶯真是無語了。

沈倦感受到她的僵硬，笑著抱著她，緩慢地磨：「我看妳今天本來是想幹點什麼的意思啊，不幹了？」

「不幹了不幹了，就這樣吧。」林語鶯靠在他懷裡，服軟道，「睡覺，我們去睡覺。」

沈倦垂頭，親了親她：「洗個澡。」

林語鶯動都不想動，任由沈倦把她塞進浴缸裡洗了香香，套上睡衣爬上床，然後看著他再次把浴室門關上。

林語鶯坐在床上，聽著裡面嘩啦啦的水聲，真心實意地想給沈倦一拳。

是個狠人，這真是一個讓人猜不透的男人。

林語驚想不到還有哪天能比他的生日更有儀式感了。

但是他還是不上。不僅不上，他甚至猜透了她的想法，故意折磨到她哪裡都累，讓她徹底、至少在今天，什麼想法都不再有了。

難道不是因為儀式感嗎？

林語驚想，要不要乾脆直接問他算了？

沈倦，你為什麼不願意跟我來一發？？

……算了，還是自己查查吧。

林語驚看了一眼錶，她現在對沈倦的時長已經了解得很透徹了，沈老闆倔強的子孫們至少要再過個十幾二十分鐘才會願意出來跟他握手相認，林語驚想去客廳裡拿一下她的手機。

但是她真情實感的累，腿都是軟的，只想癱在床上一動也不動地躺著，她覺得真的幹點什麼以後的感覺大概也不過如此。

林語驚掃了一圈，看見沈倦的手機放在床頭。

沈倦這個人沒什麼祕密，手機都不設置密碼鎖的，她平時有時候在訓練室等他，等到手機沒電也會拿他的玩，裡面還有一堆她下載的小遊戲。

林語驚伸手拿過來，翻了好幾頁，找了半天才找到搜尋引擎的那個APP。

林語驚一邊點開，一邊思考了一下這個問題應該要怎麼問，還沒忘記一會兒查完以後要刪一下搜索記錄，不然萬一被沈倦看見得多尷尬。

雖然這個人看起來就不是會用搜尋引擎的人，他只差在臉上寫——我，一個全知全能的神。

林語鶯一邊想一邊點進搜索框，剛要打字，下面一排搜索歷史同時跟著跳出來了。

——小女孩只有十八歲，第一次會不會太早？

——發育完全了嗎，會不會影響發育？

——會不會影響身體健康？

——對身體有傷害嗎？

林語鶯：「…………」

原來。

如此。

林語鶯覺得，沈倦真是操碎了心。

林語鶯沒想到自己想為自己解個惑，還來不及付諸行動，這個千古難題就這麼迎刃而解了。

也不知道腦子裡是不是哪根線搭錯了，她手一抖，竟然點了一下下面的搜索記錄，點進去看了看。

還真的有不少人問這個問題，答案五花八門，有說十八歲確實有點小的，也有說不會有什麼大影響的，兩邊各有各的道理，爭執不下，林語鶯一時間竟然有些茫然，陷入了一種從未有過的疑問當中。

她之前從來沒考慮過這個問題，就覺得既然已經成年了，那就沒事了，結果沈倦竟然是往這方面想，林語鶯有些啞然，誰家男朋友會考慮這種問題？

浴室裡的水聲漸止，她退出了軟體，刪掉ＡＰＰ，將沈倦的手機重新放回床頭，還擺了擺角度和位置，讓它和之前一模一樣，然後拉起被子鑽進去。

沒一會兒，沈倦從裡面出來，低垂著頭，單手扣著毛巾隨意擦了兩下半濕的頭髮，下手臂肌肉的線條乾淨流暢，身上隨便套了件白T恤，衣襬有一邊紮進了褲頭，勾勒出的腰胯部位看起來結實有力。

林語驚將被子拉高，捂住了眼睛。

誰說只有男人看女人會有欲望，女人對男人也是有的。

沈倦那邊的聲音窸窸窣窣，不知道在幹什麼，大概幾分鐘以後，林語驚感覺到他走到床邊，緊接著旁邊一沉。

她將被子拉下來，轉過身看著他。

沈倦靠坐在床頭，垂眸：「還不睡？」

「我在幫你計時。」林語驚說著，看了一眼錶，「我發現你這次比較久？」

沈倦看了她一眼：「不一樣。」

林語驚翻身趴在枕頭上：「怎麼不一樣？」

沈倦從床頭拿了一本書過來，翻開。他現在每天訓練占掉了大部分的時間，專業課的部分基本上都是見縫插針地找時間來看，比如每天晚上睡前的半個小時。

他將林語驚那邊的燈關掉，開了自己這邊的，平靜地說：「妳幫我弄和我自己動手，當然不一樣。」

只聽著她的呼吸和聲音就夠讓人衝動的了，更別說看著她，感受著她的觸碰。

「……」

林語鶯覺得自己這個問題就是多餘的。

男人這種生物，全都是能把這麼不要臉的話說得這麼面不改色的嗎？

她白了他一眼，重新把被子往上拉，蓋住臉，琢磨著怎麼跟沈倦探討一下十八歲上床對身體到底有沒有傷害的這個問題。

沈倦笑笑，俯身親了親她露出來的半個額頭，問：「明天帶妳去一個地方，好嗎？」

「什麼地方？」林語鶯把臉都埋在被子裡，聲音悶悶的。

「我家。」沈倦說。

「我現在不就在——」林語鶯的腦子裡還在想別的，一時間沒思考，隨口說了一半才反應到，把被子拉下來，「你哪個家？」

「我爺爺奶奶家。」沈倦說。

「……」

林語鶯張了張嘴，有點發愣，好半天才憋出來一句：「見家長啊……？」

沈倦笑了：「嗯，想見嗎？妳不想我們就不回去。」

「我不是不想，」林語鶯忽然坐了起來，看著他，還有點呆的樣子，又有些手足無措：「我如果見了，那你是不是也要……」

她後面的聲音很小，沈倦沒聽清楚，湊近了一點：「嗯？」

林語鶯看著他，半晌才小聲道：「沈倦，我不想讓你見我的家長。」

沈倦愣了愣。

「我們家……」林語驚說得有些艱難，「你家人會覺得，我們家家庭不太健康什麼的，不喜歡我嗎？」

不少父母或家裡其實都會在意這個，林語驚是知道的。家長會覺得，扭曲的家庭會對孩子的性格造成影響，隱患比較大。

林語驚知道沈倦有個很幸福的家，有愛他的爸爸媽媽，但是她沒有。甚至一開始，她一直都非常非常不想讓他知道她家裡的哪怕一點情況。

林語驚抿著唇角，一點一點垂下去，剛想說話，沈倦把手裡的書放下，湊過去抱住她：

「沒事，妳是從石頭裡蹦出來的都沒事，沒人會不喜歡妳。」

林語驚的頭被按進他懷裡，眨了眨眼。

「妳是人見人愛林語驚，是不是？」沈倦低聲說，「怎麼會有人不喜歡妳。」

林語驚安靜了幾秒。

「你說得對。」林語驚說，她從他懷裡鑽出來，仰頭看著他，伸手捧住他的臉，「我是不是萬人迷？」

沈倦任由她捧著，點點頭：「妳是。」

林語驚繼續問：「你快被我迷死了吧？」

沈倦握著她的手拉過來，輕輕咬了咬她指尖：「快了。」

林語驚又不滿意了。她抽出手，隔著薄薄的衣料摸他的腹肌、小腹，沿著衣襬鑽進去，指尖碰到人魚線。

她本來以為，男人的喉結和手指就夠性感了，但自從被沈倦打開了另一個世界的大門，她發現不是。他的小腹從人魚線開始，蔓延著一路往上，情動時小腹緊緊繃著的肌肉線條，有股性感又勾人的力量感。

林語驚的手指沿著人魚線摸到他的小腹肌肉，乾淨得不帶任何欲望，純欣賞似的觸碰：「沈小倦，你是不是背著我天天偷偷健身啊？」

身材和體力都這麼好。

沈倦「嘶」了一聲，按著她的手，暗示性地往前拉了拉，虛眸低聲警告道：「林小驚，妳要是今天不想睡了，我們就通宵幹點別的。」

「……」

林語驚整個人靜止了兩秒，然後淡定地抽手，拉著被子一直蓋到下巴，轉過身去，後腦勺對著他：「晚安。」

第二十七章
釘進耳洞的答案

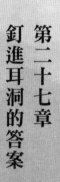

睛了。

林語驚確實是滿累的，前一天晚上玩到半夜，第二天一覺睡到上午十點，醒來時沈倦還在睡。

他應該滿累的，平時要比她忙得多，不過睡得很淺，林語驚從床上坐起來，一動，他就睜開眼睛了。

這兩人都有點起床氣，林語驚剛睡醒的時候得緩一會兒，不愛說話，也不愛動，還不喜歡別人碰她。沈倦閉著眼睛，手臂剛伸過來摟她，她就一巴掌直接拍到他臉上，聲音還很清脆。

「我靠……」沈倦聲音很低，啞著嗓子罵了句髒話。

這一巴掌直接把他拍醒了，低氣壓又不能發火，進了洗手間，出來才平復。

他出來時林語驚已經醒了，坐在床上，神情恍惚：「沈倦。」

沈倦拉開衣櫃，隨便拉了條牛仔褲出來：「嗯。」

「我是不是要見家長了？」林語驚有些緊張。

沈倦看了她一眼：「好像是。」

「好，我要化一個十二個小時的妝。」

林語驚一個鯉魚打挺，從床上翻下來，光著腳蹬蹬蹬地往洗手間跑，沒跑兩步就被沈倦一把抓回來：「把鞋穿上。」沈倦俯身撿起拖鞋幫她套上，「妳再多化兩個小時湊湊，我生日就過完了。」

林語驚難得沒接話。

她確實有點緊張，八風不動林語驚，高考的時候都平心靜氣到沒有任何波瀾，現在終於感受到了什麼叫忐忑。但是她的忐忑是看不出來的，她淡定地跟著沈倦回去，一直到沈家老宅的門口前都是平靜如水的。

直到車停下來。

沈家爺爺喜好古風，不喜歡西洋玩意兒，畫愛山水畫，宅子也一樣，磚牆琉璃瓦，九曲長廊大盆栽，建築風格低調、奢華、有內涵，一切看起來都滿有格調的。

如果忽略掛在門口的那個迎風飄舞、獵獵作響的紅底黃字大橫幅，以千來號黑體大字，在上面清晰地寫著——熱烈慶祝沈家子孫沈倦二十歲生日快樂！！

後面兩個感嘆號發揮了強調語氣的作用。

最下面一排還有兩個破折號，字型很小，林語驚瞇著眼睛才看清楚寫了什麼——全家人送給你的生日禮物。

林語驚都看呆了，一時間有些不知道該作何反應，抬手啪啪鼓掌，真心實意地說：「我從來沒見過這麼用心的生日禮物，一個橫幅，多好。」

沈倦一臉平靜到麻木的表情，拉著她進去了，穿過長廊和前院進門。

裡面倒還是偏現代的裝修風格。屋子裡很熱鬧，幾個人坐在沙發上聊天、看電視，旁邊搖椅上坐著一個老太太。

老太太最先看見他們進來，老花鏡往下勾了勾，看著他們走過來。

沈倦把手裡拎著的東西遞給傭人，一樣樣接過去才走過去，叫了聲奶奶，林語驚也跟著叫了一聲。

沈倦和沈奶奶長得很像，老太太看起來七十幾歲，很有精神，眉眼間都能看出年輕時的影子，是個美人，氣質有點冷。

沈奶奶表情冷淡地對林語驚招了招手。

林語驚有些緊張，面上安靜乖巧地走過去了，心則提到了喉頭，時刻準備回答問題。

她站住，老太太看著她，等了幾秒，見她沒動靜了，朝她勾勾手。

林語驚俯身湊過去。

老太太神祕地看著她，問道：「妳有扣扣嗎？」

「……」林語驚有些茫然：「啊？」

「妳平時上不上網衝浪？」老太太又問。

「啊，」林語驚恍惚地回過神來，試探性道，「我……衝一點？」

旁邊沙發裡，沈瀾「噗哧」一聲笑出來了。

沈倦靠著沙發站著，看著這邊，勾起唇角。

「衝就是衝，不衝就是不衝，還能衝一點？」老太太一邊說一邊掏出手機來，瞇著眼睛又把老花鏡勾上去，滑著手機螢幕翻了好半天，「來，妳跟我加個好友，妳掃我還是我掃妳？」

林語驚這回是真的愣住了，她還真不知道QQ的好友還能用掃的。

她半天沒動靜，沈奶奶等了一會兒，抬起頭來，懂了：「妳是不是不會掃，這個還要我教妳？妳一看就是不經常衝浪。」老太太慢悠悠地說，「我找找啊……」

「……」

林語驚扭頭，求助地看著沈倦。

沈倦靠在沙發邊，笑得肩膀都在抖，他直起身子走過去：「奶奶，我們才剛到，您讓她坐一會兒吧？」

沈奶奶看了他一眼，不情不願地放下了手機，林語鶯在旁邊坐下，老太太不滿意，又朝她招了招手：「妳離我近一點，我跟妳說說話。」

林語鶯靠過去，老太太笑著看著她，小聲說：「我小孫子長得很好吧？」

林語鶯點點頭：「像您。」

「就是脾氣大，」老太太說，「他對妳好不好？」

林語鶯再點：「好。」

沈奶奶湊過頭去，跟她說悄悄話：「他們沈家男人的遺傳，對自己的女人都好得跟什麼一樣，那個叫什麼？氣管病。」

林語鶯笑了起來：「奶奶，妻管嚴。」

老太太笑咪咪地拖長了尾聲：「對——是這個。」

沈奶奶是個很潮的老太太，求知欲旺盛得像十萬個為什麼，而且特別愛說話，從中午吃完飯就一直拉著林語鶯聊天。

兩人一直待到下午三點多，沈倦準備走人，說是還有重要的事。臨走之前，老太太拉著林語鶯的手，從手上拿了一串鐲子下來，四下瞧了一圈，偷偷摸摸地幫她套上。

林語鶯一愣，要推拒：「奶奶，這個——」

「噓，」老太太像做賊似的，聲音很小地打斷她，「別讓別人看見。」

林語鶯：「……」

直到走出院門，林語驚跟著沈倦上車，坐在副駕駛座上，眼睛亮亮地看著沈倦說：「我表現得好嗎？」

沈倦笑了：「林語驚，妳是長官，現在是妳來視察。」沈倦說，「怎麼樣，還讓妳滿意嗎？能不能過審？」

「太能了。」林語驚靠上副駕駛座，「我現在已經開始嫉妒你了。」

沈倦看了她一眼，岔開話題：「剛剛在門口，妳跟老太太說了什麼？」

林語驚眨眨眼，袖子往上拉：「奶奶給了我這個。」

她剛剛都沒看，只瞥了一眼，現在在車上仔細看了看，是翠綠翠綠的一個鐲子，在陽光下看起來像要滴出來了。

林語驚眨眨眼，她不太研究這些東西，但是因為家庭環境也見過不少：「這個多少錢？」

沈倦瞥了一眼：「不知道，反正這個鐲子她一直戴著，沈瀾帶了好幾個女朋友回來過，她也沒給。」

林語驚看著他，舉著手腕在他旁邊晃了晃：「沈倦，這個可能比你的飛機還值錢。」

沈倦笑：「喔。」

林語驚嘆了口氣：「我感覺這個禮物一收，我以後就算想跟你分手都開不了口了。」

「這跟妳收不收沒關係，」沈倦打了方向燈，「我勸妳想點能實現的事情。」

林語驚對A市不太熟，沈倦走的這條路也不是回家的方向。他沒說要去哪裡，在一個藝術園區門口停了車。

A市有很多這種一片一片的藝術園區，裡面開著各種小店，做油畫的、金屬工藝品的，還有展覽館，各式各樣全都有。

林語鶯沒多想，就以為這個人是來帶她玩的，覺得沈老闆不虧是搞藝術的人，生日約會都選在這種——不是真的耍帥技能點滿都不好意思來的地方。

兩個人下了車，沈倦一路往裡面走到一個單開的小門前，推門進去。

林語鶯仰頭看了一眼，是木製的牌匾，上面只有一個點。也是一個不知道幹什麼的，很有性格的店。

她跟著進去，裡面走性冷淡的工業風格，一樓有一條窄長的走廊，旁邊有個樓梯往上。

林語鶯跟在沈倦後面上了樓，看見一排排放著色料的架子和熟悉的工具，才意識到這也是一家刺青店。

一個很酷的小姊姊坐在沙發裡玩手機，聽見聲音抬起頭來，看見沈倦，又看看他身後的林語鶯，吹了聲口哨，往裡面揚揚下巴：「自己弄？」

沈倦「嗯」了一聲，拉著林語鶯的手往裡面走。

她就這麼迷迷糊糊地跟著他，看著他推開裡面的小門，走進裡間，到旁邊的水池前洗了手。然後打開櫃子，從裡面拿出了一個耳釘槍，消毒。

「……」

林語鶯看著他一連串流暢的動作：「不是，沈老闆，你帶我來幹什麼？」

「打耳洞，」沈倦把手裡的耳釘槍遞給她，「妳先？」

林語驚沒接下，沈倦點點頭，朝她走過來：「那我先。」

他的手指擦過她左邊的耳朵：「右邊可以？妳左邊有點多。」

林語驚傻住了：「沈倦，你等等，你生日就帶我來打耳洞嗎？這就是你說的重要的事？嗳——涼涼涼涼！」她縮著脖子，拖長了尾聲，「你別揉我耳朵，你急什麼？」

沈倦用酒精棉擦過她耳垂，手指捏著她薄薄的耳垂，緩慢有力地揉捏了一會兒，看著它一點點變紅，跟她說話：「林語驚，看著我。」

林語驚轉過頭來。

四目相對的瞬間，一聲輕響，右耳一瞬傳來尖銳的穿透感，帶著刺痛，林語驚「啊」地一聲慘叫。

她還以為他會讓她先做一下準備什麼的，聊一下天、說說話、放鬆放鬆，結果沒有。

這個人啪嚓一槍就下來了！

林語驚抬腳就踹他：「你不能等我準備好嗎？」

沈倦放下耳釘槍，低垂著眼，看著她的耳垂緩慢地滲出血珠來。

晶瑩剔透的，小小一粒，從被穿透的地方滲出，然後緩緩滑下去。

他垂頭，舌尖滾過耳廓，將滴落的血珠舔掉：「妳之前說過，生日時和妳一起打耳洞的人，下輩子也會陪著妳。」

林語驚眼睛都紅了，他這一下太突然，痛感雖然沒那麼強烈，但是來得毫無預兆，耳朵火辣辣的，想去摸又不敢碰。

林語驚現在只想揍他一頓：「我下輩子還喜歡你個屁！我要跟別人談戀愛，滾，快滾！」

沈倦垂眼，從旁邊的瓶子裡夾出酒精棉，冰涼的棉球碰上耳垂，刮掉血珠。

「林語驚，我不管妳下輩子喜歡誰，」沈倦盯著她，低聲說，「無論喜歡誰，妳都得陪著我。」

倦爺還是你倦爺，這一句像霸道總裁愛上我的情話被他說出來，像是一句攸關生命的威脅，尤其是這個人的黑眸沉沉看著你，故意壓著嗓子說話的時候，存在感和壓迫感都極強，校霸氣質不減當年。

但林語驚不管這個，她現在火得有點不太能忍，她沒洗手，又不能碰，只能抬手在耳邊搧了兩下，面無表情地指著他：「分手，沈倦，馬上分手。」

沈倦不為所動，從旁邊的櫃子裡拿了紅黴素軟膏，擠出一點來，在醫用棉花棒塗在她耳垂和小銀釘上，仔仔細細地都擦了一遍以後才垂眸：「妳想要我打左邊還是右邊？」

林語驚有了一點精神。

她想像了一下沈倦打耳洞、戴著耳釘的樣子，忍不住盯著他，舔了一下嘴唇。

沈倦看著她的表情，微揚了揚眉。

「我在想，」林語驚慢吞吞地說，「你一個耳洞打下去——」

會更騷啊。

林語驚及時閉上了嘴，後面的話沒說出來。不過無論如何，她還是很有興趣的，她跳下床，走到洗手池旁仔仔細細地洗了手，回來時，沈倦把消毒好的耳釘槍遞給她。

林語驚接過來，看著他坐在床上，眼睛都發亮。

她覺得自己平時的戰鬥力還滿強的，但是在沈倦這裡，她打不過他，性別上的差異帶來力量上巨大的不平等，導致她連每天晚上幹那點破事的時候，都是被他壓著欺負到連話都說不出來。

林語驚不爽很久了。

這是他第一次，能在她手下，任由她擺布。

「沈倦。」她叫了他一聲。

沈倦應聲：「嗯？」

「我現在好興奮啊。」林語驚說。

沈倦：「……」

林語驚繼續道：「我現在什麼都想幹。」

「……」

沈倦直接笑出聲來了。

他單手撐著床面，身子往後仰，懶洋洋地看著她，意味深長地笑得很不正經：「來吧，幹。」

林語驚不理他，她打過很多耳洞了，也見了很多次這個玩意兒要怎麼弄，但是實際操作起來還是很不熟練，擺弄研究了一會兒，也學他擠了一點紅黴素藥膏在指尖，然後揉了揉他的耳朵：「左邊吧，好像有說法是，男人耳洞只打右邊的人是GAY。」

「……」沈倦看了她一眼：「這些亂七八糟的東西，妳都是從哪裡聽來的？」

「我第一次去打耳洞的時候，那個姊姊告訴我的。」林語驚緩慢地捏了捏他的耳垂，湊近他耳畔，「說，愛不愛我？」

沈倦微側了一下頭：「愛。」

他話音落下的同時，林語驚手裡的耳釘槍穿透他的耳垂，那手感有點說不出來，彷彿順著指尖都能感受到那種銀釘刺穿皮肉的穿透感。

「沒流血，是不是我的技術比你好一點？」林語驚放下手裡的耳釘槍，側過身來看著他，「會痛嗎？」

「沒什麼感覺。」沈倦說。

林語驚點點頭，指尖輕輕點了點他微紅的耳廓，低下身看著他深黑的眼睛，輕聲地說：「沈小倦，你的答案被我釘在裡面了，你得一直記著。」

打個耳洞沒花太久的時間，他們磨蹭了一會兒以後出來時，那個很酷的妹子還是以剛剛的姿勢坐在沙發裡玩手機，聽見聲音抬起頭，視線落在兩個人的耳畔，嘖了兩聲：「一個夠嗎？我再幫你們串一對在別的地方？」

林語驚很感興趣：「別的地方？」

酷妹畫著煙熏妝的大眼睛一揚：「是啊，免費的，妳喜歡哪裡？」

沈倦警告地瞥了她一眼：「陳想。」

小姊姊閉嘴了，站起來送他們下樓。

十一月深秋，天黑得很早，溫度也比白天低了幾度，沈倦去開車，林語驚在門口等著。

她邊等邊跟這位小姊姊說了幾句話。這家店不單純是刺青店，這女孩叫陳想，還是個穿孔師，性格和她的職業一樣有個性。

兩人邊聊邊等，陳想從全是口袋、看起來像是一塊布圍在身上的黑褲子裡掏出了一盒菸。黑盒白字，俄羅斯的牌子。

陳想很自然地敲了一根出來，遞過來。

林語驚也跟著自然地接過來咬著，等她從口袋裡又摸出打火機，幫她點燃，含糊地道了聲謝。

陳想有點詫異看著她，本來不覺得她會接，就想試試看，畢竟是能拿下沈倦的人。

很精緻的女孩，看起來不像會抽菸，結果這自然又流暢的動作和反應，紅艷的唇，細白手指夾著菸，眼一瞇，氣質瞬間就從維納斯變成了蘇妲己。

陳想笑了：「我真喜歡妳。」

林語驚笑得眼彎彎：「我也喜歡妳。」

「嗳。」陳想也抽了根菸，點燃，湊近她，「我覺得，妳要是還沒那麼喜歡沈倦，就趕緊跟他分了吧，脾氣太差。我把我哥介紹給妳，妳當我嫂子吧，妳喜歡什麼樣的？」

林語驚還真的很認真地想了想：「酷的。」

陳想豎起了大拇指：「我哥特別酷，我這輩子還沒見過比他酷的，他連他家貓都是社區裡最酷的。」

沈倦一回來就看見兩個女孩蹲在門口吞雲吐霧，他下車推門進去的時候，一個還在跟另一個說他的壞話：「妳考慮考慮，沈倦這個人真的不行。」

「……」

沈倦靠著門站在門口，居高臨下地垂眼，語氣沒什麼起伏，平靜的陳述句：「沈倦這個人怎麼不行？」

「……」

陳想的聲音戛然而止，兩人一起抬起頭來。

林語驚「啊」了一聲，看著他，好像也看不出表情：「走了嗎？」

「走吧。」沈倦說著往外走。

林語驚站起身來，跟陳想打了個招呼，跟在後面走出門。剛出門，沈倦直接抽走她手裡的菸，嘆了口氣：「我發現妳還專挑濃的抽？」

林語驚眨眨眼。

她還沒來A市的時候雖然多多少少會抽一點，不過對這些東西沒什麼興趣，基本上不怎麼碰，抽得很凶的時候還是在懷城。

她任由沈倦抽走她手裡的菸，掐熄後丟進旁邊垃圾桶裡。兩人上了車，一直快到家門口，路過一個小便利商店，沈倦忽然停了車下去，沒幾分鐘又回來。

手裡拎著什麼東西，外面天黑著，林語驚瞇著眼辨認了好一會兒，才認出來是什麼。

一桶棒棒糖。

滿滿的一大桶，紅色的蓋子、透明的桶子，裡面全是五彩繽紛的各種水果棒棒糖。

沈倦上車，把一桶糖甩進她懷裡，拉上安全帶。

林語驚捧著一桶糖，提起來轉著圈看了一會兒，側頭看著他，有點傻眼：「你買這麼多糖果幹什麼？」

「戒菸。」沈倦把手放在方向盤上，眼睛看著前面。他唇角微垂著，看不出什麼情緒，「我陪妳戒。」

林語驚都沒反應過來：「你要戒菸啊？」

「嗯，」沈倦抬手，揉了一把她的腦袋，「不能給我家小女孩帶來負面的影響。」

在聽到言衡跟他說過那些話以後，他基本上能夠猜到林語驚是怎麼習慣這玩意兒的。

沈倦心裡不怎麼好受。

在知道她這一年半是怎麼過來的以後，林語驚每暴露一個陌生的小問題出來，就有一根針在他心口上紮一下。

他在意的不是她抽菸，而是她為什麼習慣了抽菸。

林語驚本身沒什麼菸癮，或者說，她其實之前就已經戒掉了，只會偶爾抽幾根，但沈倦有。

這個人在這之前，從來都沒想過戒菸這回事。

沈老闆帶著一堆棒棒糖回宿舍的時候，孫明川都驚呆了，跟在他屁股後面走到他桌前，捏起一根對著陽光看了半天，確定確實是貨真價實的糖，轉頭問：「我就說我感覺你最近好像甜了不少，戒菸？」

沈倦還來不及說話，孫明川又「我靠」了一聲。這一聲比剛剛那聲震驚多了，沈倦轉頭。

孫明川指著他耳朵，腦袋往前湊：「你這是真的啊？你打耳洞了？」

他那表情就像是見了鬼一樣，眼珠都快突出來了，沈倦有點好笑地看著他：「我不能打？」

「那也不是這個意思。」孫明川思考了一下措辭，「沈老闆，你都是有女朋友的人了，就給兄弟留條活路吧。你這個耳洞一打，比之前騷了八百個檔次啊。」

「……」沈倦一頓，看著他平靜地說：「我脾氣現在好多了，你要是高中時認識我，估計會是個植物人。」

孫明川樂了：「不過有一說一，我發現這個玩意兒真是得看顏值，我估計明天，就你從宿舍到教室的這一條路上，來搭訕的小姊姊會翻一倍。」

「行了，閉嘴吧。」

沈倦懶得再搭理他，隨手抓了一把棒棒糖丟給他，自己也撿了一根，扯開包裝紙，塞進嘴裡叼著，一邊抽了一本專業課本，眼睛一行一行地迅速掃過去，進入狀態。

他這個週末所有的時間都和林語驚待在一起，快樂的時間就總是比較短暫，短暫到他一眼書都來不及看，週日也沒去訓練，抱著女朋友在家裡黏糊了一天，接到了容懷幾十通轟炸電話。

沈倦的腦子裡刷過一行行字，忽然開始理解起了商紂王和周幽王，明白了什麼叫作從此君王不早朝。

還早個屁的朝，只要看著她，就什麼都不想幹。

‡

今年的秋天格外得短，一場雨下完，氣溫驟降，冬天踩著十一月的尾巴追上來。

期末考將近，所有人都忙得馬不停蹄，沈倦的時間緊到幾乎見不到他，林語驚乾脆直接把複習的地方從圖書館挪到了訓練室。

射擊館的訓練室不講究安靜，耳邊全是砰砰的槍聲和說話聲，好在林語驚這個人也不怎麼挑環境，沉下心看書複習的時候，周圍的聲音都會一點一點跑遠，習慣後也就什麼都聽不見了。

這種集中注意力的能力，基本上也是學霸的必備技能，更何況林語驚的學習態度是很堅定的。她一個以全班第一名考進來的人，期末考萬一真的考砸了怎麼辦？

而且也不單單只有這個原因。

她跟林芷吵了不知道多少架，最後把林家老爺子都搬出來了，好不容易才能回A市來念大學，當時也放了話，她的成績只能是班上第一。萬一真的沒做到，林芷會說些什麼？會不會又把沈倦搬出來，說她受到了影響？

林語驚忍不了這個。

她點燈熬油地複習了半個月，直到期末考考完才終於鬆了口氣，這感覺跟高考時都有得比。

最後一科考完，林語驚一邊抽出手機一邊走出考場下樓，準備打電話給沈倦，結果走出教學大樓一抬頭，就看見他站在樹下。

這是林語驚在A市度過的第一個冬天。和帝都那邊不一樣，這邊不會下雪，寒氣裹在潮濕的風裡，沈倦穿著一件深灰色的長版大衣，低垂著眼，懶散地靠站在樹下，像團溫暖的火。

林語驚勾起唇角，朝他走過去。

沈倦像是感覺到了什麼，抬頭看著她走過來。

林語驚走到他面前，站定，剛要說話，手裡的手機就響起，震動的聲音嗡嗡作響。

她垂眼看了一眼來電顯示，表情頓了頓，沒接。

沈倦察覺到她的異常，垂眸，也跟著看了一眼來電顯示。

——林芷。

很少有女兒的手機裡，媽媽的電話號碼備註就是一個全名。

一個名字，足以說明很多問題了。

手機不停地在響，兩個人誰都沒說話，還是沈倦先開口：「接？」

林語驚看著他，有些猶豫，她不太想當著沈倦的面接這通電話，但是避開他又顯得太過刻意。

沈倦嘆了口氣：「妳想跟她聊聊嗎？」

林語驚張了張嘴，不知道該怎麼說。

「妳不想的話就不說，我來跟她說。」沈倦低垂著眼看著她，淡聲說，「林語驚，以後妳不想做的事、不想見的人、不想說的話就都不做、不見、不說，妳不用藏著，也不用忍，全都交給我，我都替妳做。」

林語驚自從開學以後，沒怎麼和林芷聯繫過。

中間打過幾次電話，兩個人越來越沒話說，林芷大概也感受到了其中氣氛的尷尬，後來再也沒打給她過，只是每個月的錢不斷。

那通電話響了半分鐘，林語驚始終沒接，直到林芷那邊掛斷。

考場裡陸陸續續有人出來。期末考最後一天結束，寒假正式開始，偶爾有迫不及待回家去的學生拖著巨大的行李箱從旁邊走過去。

林語驚不知道怎麼地，突然就想到沈倦這個人還是那樣。他這種和他人設完全不符合，偶爾倏地冒出來的溫柔神經，無論多少次都會讓人猝不及防，幾乎想要溺死在裡面。

林語驚把手機揣進口袋，然後特別特別鄭重地抬起頭來，看著他：「沈倦，謝謝你。」語氣太過鄭重，就差對他九十度鞠躬了，甚至還叫了全名。

沈倦的眉一挑。

林語驚抬眼繼續說：「我不太想寫寒假作業，你能不能替我寫？」

「……」

沈倦覺得這小丫頭還是欠教育。

「不能吧？」林語驚笑了笑，一邊往前走，「這不是同樣的道理，畢竟是我媽，我還能一輩子不跟她說話，你始終當我的經紀人嗎？男朋友，以後無論什麼事情，我都願意跟你說。」

她頓了頓，繼續道：「但還是得由我自己做，你別小看人啊，小林老師也是萬能的。」

沈倦沒說話。

林語驚的話沒完全說出來，但是意思很明確。

——我現在願意依賴你了，但是我不會依附於你。

沈倦垂下頭，唇邊的弧度一點一點擴大，最後還是沒忍住，很低地笑了一聲。

她一直在變，又好像從來沒變。

林語鶯回宿舍的時候打了一通電話給林芷，她那邊大概在忙，也沒接。

考試考完，室友都在整理東西準備回家了，兩個外地的已經訂好了車票和機票，而顧夏一考完試就像一隻飛揚的小鳥，馬不停蹄地拍著翅膀、提著箱子飛走了，臨走之前送了一份禮物給她。

看起來很高級的包裝紙，柔軟的十字絲帶，拆開來，裡面是黑色的盒子，有巨大的阿拉伯數字001，最上面的一排字母——OKAMOTO。

還有一個玫瑰色的盒子，人體工學設計，配上光雕浪漫玫瑰花紋。

「……」

還兩盒。

顧夏托著箱子站在宿舍門口，拋了個飛吻給她：「不知道你們家狀元是什麼型號，我買的黑色是常規的，寒假快樂。」

「……」

林語鶯已經習慣到有些麻木了。

什麼型號都無所謂，什麼玫瑰、薔薇、百合花紋，這玩意兒都用不上，她們家狀元的道德素質極高，得等她到三十歲可能才會確信對她的身體沒什麼傷害了，願意跟她上個床。

沈倦下午還是在訓練。

寒假一到，他正式進入了每天泡在訓練室，除了上個廁所，可能門都不會出的狀態。兩個人黏糊了很長一段時間，林語鶯本來也不是特別喜歡黏人的人，所以沒有再陪著他的打算，先拖著行李回公寓。

晚上將近六點鐘，林芷的電話再次打過來。

林語驚正窩在沙發裡看綜藝，她下午出門買了一堆零食回來，手裡隔著包裝袋捏著雞爪，滿嘴膠原蛋白，接起來的時候半天都沒說出話。

林芷的風格不變，萬年的開門見山冷靜語氣：『下午我在忙，妳中午怎麼沒接電話？』

林語驚把嘴裡的雞爪咽下去，面不改色地道：「考試還沒考完。」

林芷那邊很安靜，偶爾有一點聲音，車笛聲離得很遠，應該是在開車：『什麼時候回家？』

林語驚沒說話，有些猶豫。

她覺得自己回不回去都無所謂，過個年也只是看一眼兩老，沒了。

她沉默片刻，林芷說：『不想回去了？』

「年前吧。」林語驚漫不經心地說，「反正我現在回去，家裡也只有我一個人。」

這次輪到林芷沉默，最終掛了電話，也沒再說什麼。

電視裡的綜藝還在播，是個婚姻體驗節目，幾對年紀稍長的明星夫婦結婚十幾年，打著找回初戀感覺的旗號。林語驚很喜歡看這種綜藝，總覺得看著這些，就能多相信一點人間還是有真愛的。

她直勾勾地看著電視裡面的畫面，有些走神。

小時候，她最想得到的就是林芷的肯定，所以她偶爾忍不住會反駁孟偉國，但是從來不會頂撞林芷。她說什麼就是什麼，她讓她幹什麼她就幹什麼。

但過了青春期最渴望親情的那段時間後，林語驚發現，她心裡好像也沒什麼太大的感覺。沒什麼習慣不了的，甚至覺得因為自己從來沒得到過，所以接受起來反而容易得多。

林清宗說，林芷的命不好，她這輩子沒碰到那個能帶她往對的那條路走的人，受了不少傷。到底是唯一的女兒，還是心疼，林清宗希望以後有一天她能原諒林芷，原諒那些她做錯的事、走錯的路。

林語驚當時沒說話。

無論林芷需不需要，她以後可以贍養，也會負責，這是她為人子女的義務。

但是她要怎麼原諒？

林語驚從來不是以德報怨的人，她的人生信念就是誰對我好，我就願意對他好一百倍，誰對我不好就下地獄吧。

林芷走錯了路，受了傷，這跟她有什麼關係？

遇見沈倦之前，也沒人告訴她怎麼走是對的、怎麼走是錯的，也沒人帶著她走，沒人跟她說妳放心大膽地往前走，我來保護妳。

誰的路不是自己摸索，一步一步慢慢試探過來的？誰的路上不是艱難險阻，沒有溝壑萬丈？

誰的傷不是傷？

她憑什麼要成為那個犧牲品，憑什麼得為林芷失敗的婚姻、為她走錯的路買單？

‡

除夕前幾天，林語驚訂了回帝都的機票。

沈倦那天請了假，把她送到機場。自從知道她要走以後，這個人的表情始終不怎麼爽。

林語驚剛開始兩天還會哄哄，後來也懶得理他了，您想怎樣就怎樣吧。

她沒拿太多東西，本來也不打算在那邊待太久，來來去去都是那一個行李箱，從高中到大學，用了三年。

到家的時候是下午，林語驚打開家門一抬頭，就看見客廳裡正在講電話的林芷。

林語驚愣了愣，她是實實在在沒想到林芷會在家。

母女倆半年沒見過面，兩個人一個站在門口，一個人坐在客廳沙發上，腿上放著筆記型電腦，對視幾秒，愣是沒人說話。

林語驚有時候也覺得滿好笑的，明明血濃於水的兩個人，竟然能搞成這樣。

傭人過來提行李，林語驚進屋換鞋：「妳怎麼回來了？公司不忙嗎？」

林芷將手機扣在茶几上：「後天回去。」

後天是年三十剛過完。

林語驚點點頭，沒再說話，正要上樓。

林芷轉過頭來，忽而冷道：「妳那個男朋友，膽子還真大。」

林語驚腳步一頓，轉過頭來：「什麼？」

「那男孩來找我聊過，」林芷看了她一眼，「他沒跟妳說？」

說個屁。

林語驚的神經緊繃，近乎是質問的語氣：「妳跟他說什麼了？」

「能說什麼？說我不同意你們在一起，說你們以後不會有什麼好結果。大學的愛情我見多了，最後能走到一起的又有多少，還不是都畢業就分手了？就算最後走到一起，能幸福的又有多少？」林芷垂眸看著螢幕，「只要不影響成績，我不反對妳談戀愛，妳完全可以和妳不喜歡的人談戀愛，我反對的是他，反對的是妳陷入到這段戀愛裡。」

林語驚覺得有些好笑：「我是不是有病？我和我不喜歡的人有什麼好談的？」

林芷抬眼，眼神冷而靜：「你們現在相愛，妳覺得他能陪妳一輩子，但他能愛妳一輩子嗎？」她輕聲說，「不會，根本不可能。」

林語驚聽懂了，「妳這是一朝被蛇咬，十年怕草繩。」

「妳還小，根本不了解男人。」林芷說，「男人都是追求新鮮感的東西，你們在一起久了，他就覺得沒意思了。」

林語驚腦子裡最後的那一點耐心在沸騰，她閉了閉眼，忍無可忍地道：「我看妳了解的也不是男人，是雄性吧？畜生也分公母。」

話音落下，客廳裡一片安靜。

林芷都沒反應過來，愣住了，有點難以置信地看著她。

林語驚抿了抿唇，長長吐出一口氣，平靜地看著她：「您不能用自己的失敗來衡量全天下所有的感情，因為妳自己遇人不淑，就覺得這個世界上沒有良人了，難道我這輩子都不能結婚了嗎？」

「因為事實就是這樣，妳可以有婚姻，但是愛情是很脆弱的。」林芷的語氣冷靜而冷漠，「這麼跟妳說吧，妳現在覺得你們是真愛，十年、二十年以後呢？妳還愛他，但是妳老了，他身邊漂亮的女孩子比比皆是，妳拿什麼保證他真的不會變心？」

林語驚沒說話。

林芷難得有耐心地說：「小語，我是在保護妳，因為我經歷過，所以我不想讓妳也體會一次。」

「沒有人像妳這樣保護人的，妳只是覺得妳在保護我。」林語驚直接打斷她，「妳在自我安慰妳說這些，是因為怕我受傷害，其實妳只是為了滿足自己的控制欲吧？妳覺得妳就是真理、妳說的都是對的，我從小到大都聽妳的，所以這件事我也應該聽。但我沒有，我反抗了，所以妳受不了，妳非得要說服我，讓我承認妳是對的。」

林芷沒說話，眼神有點冷，無意識地碰了碰茶几上的手機。

林語驚忽然覺得有點難過。

她覺得自己和林芷的感情應該已經很淡了，但是在此時此刻，她還是覺得有點難過，一股悶到讓人鼻子眼睛都發酸的委屈毫無預兆地衝上來了。

鋪天蓋地的。

林語驚垂眼，聲音低了低：「媽，沒有誰會這樣教育自己的孩子的。別人的媽媽會對自己的孩子說，你儘管去吧，如果受傷了就回來，媽媽都在這裡。我從來沒奢求過妳能對我說出這種話，但是至少——至少，能別每次都在我馬上就快要相信自己也是值得被人珍惜時，妳就硬生生地把我圈回來，告訴我沒人會愛我嗎？」

林芷頓了頓：「我不是——」

「妳不愛我、不要我，妳還要一遍一遍地告訴我，這個世界上也沒人會一直愛我。」林語驚垂眼看著地面，努力地睜大了眼睛，抬手按住眼角輕聲說：「妳怎麼能這樣？妳不能這麼對我。」

林芷怔住了。

一千公里以外的A市，沈倦手裡捏著手機，站在窗前，聽著電話裡女孩的聲音，一句一句，微弱又清晰地傳過來。

到最後是委屈的，帶著一點點不易察覺、強撐似的哽咽：『我就是想相信一次，我也……沒那麼不堪，我其實也有資格能被愛……』

林芷還記得林語驚出生的那年格外得冷，十月底一場雨下完溫度驟降。

那天孟偉去國外出差，林芷一個人在家，疼痛來得突如其來。生產的時候身邊只有傭人在，折騰了十幾個小時，小女孩呱呱落地，皺巴巴的一團，醫生說是新生兒裡很漂亮的了，林芷看著也覺得不怎麼好看，像個小蘿蔔頭。

她那時候也想過，小蘿蔔頭長大以後會是什麼樣子，會像爸爸多一點還是像媽媽多一點，喜歡爸爸多一點還是喜歡媽媽多一點，她會穿著漂亮的裙子，奶聲奶氣地跟在她後面叫媽媽。

孟偉國的工作忙，一個星期後才回來，那時候林芷不在意，她那麼全心全意地愛他，她能理解能接受、能包容他的一切。

那時候的她還是相信愛的。

她將自己最天真、最好的歲月裡，全部的赤誠和真心毫無保留地給了一個人，換來的卻是那個人的欺騙和背叛。孟偉國紅顏無數，婚後秉性不改，選擇她不過是因為可以少奮鬥幾年。

她是天之驕子，家境殷實、容貌能力出眾，追她的人排著隊，要什麼有什麼，有順順遂遂的人生，本以為在大學遇到了自己的真命天子，然後嫁給愛情，從此會一生平安喜樂。結果一顆滾燙的心被人踩在腳底下，連帶著尊嚴和驕傲還不夠，十幾年相互折磨和煎熬，像是淬了毒的刀，一刀一刀戳破了她最後的一點奢求。

她驕傲了一輩子，沒辦法接受自己在這上面輸得一敗塗地，連帶著和孟偉國有關的一切都讓她不能接受，無法釋懷。

看見她，就想起他。

她不知道該怎麼面對林語驚。

孩子當然無辜，但是想法從來沒辦法受理性的控制，林芷不知道該怎麼接受她身體裡的那一部分，有屬於孟偉國的基因和血液。

即使這是她的孩子，她甚至還記得她第一次在自己肚子裡踢出來的小小腳印，她出生時的第一聲啼哭。

但她同樣也是最簡單、最直接的見證。林語驚的存在讓她一次次地想起那些一敗塗地、那些殘破不堪、那些鮮血淋漓的——那些她最隱祕的難堪，她從未有過的失敗。

每一分鐘都是一種折磨。

在決定做子宮切除的那天，醫生曾經勸過她，她的病不算嚴重，發現得也早，其實是可以只將腫瘤部分切除的，不需要把子宮全切掉。但林芷幾乎沒猶豫，她不需要這個，她這輩子都不會再跟另一個男人孕育第二個孩子，刻骨銘心的教訓有一次就夠了。

林芷沒辦法對林語驚說妳放手大膽地去愛吧，妳一定會遇見一個人，他會始終愛妳。

這種她骨子裡就不相信的話她說不出口，她只能依仗著她們之間僅剩的一點血緣上的聯繫，試圖說服林語驚她從現實裡領悟的東西。

妳這麼奮不顧身地付出自己的真心，最後受傷的只會是妳自己，就像當年的我一樣。

妳要聽我的，我說的話一定是對的。

林語驚的性格她太了解了，她將愛情裡最現實、最殘酷的東西剖開在她面前，她一定會動搖，因為她也不相信。

她跟她太像了，她甚至連那通電話都沒掛，因為她穩操勝券。

在聽見林語驚說出那些話以前，林芷都是這麼覺得的，但是這一刻，林芷忽然有些無措。像是她心裡的那座一層一層疊起的積木高樓，從最底層被人抽掉了一塊，有什麼她始終堅持著、相信了十幾年的東西在搖搖欲墜。

她想扶，想阻止，想將那塊積木重新塞回去，卻忽然間發現自己早已無從下手。

林語驚回憶了一下，她上次哭是去Ａ大找沈倦的時候，是九月初，掰著手指頭算一算，距今竟然只過了五個月。她一直覺得自己的眼窩深得像萬丈深淵，現在看來，她對自己的認識有偏差。

自從認識了沈倦這個人，她變得越來越矯情。

林語驚用指尖按著內眼角，強逼回眼眶裡的澀意，至少在林芷面前，她不能脆弱得這麼不堪一擊。

林芷始終沒說話，傭人站在廚房門口看看這個，又看看那個，一句話都不敢說。

林語驚也不想說話，她轉身上樓，進房間坐在床上，發了好長時間的呆，這時才後知後覺地反應過來應該打電話給沈倦，告訴他自己到了。

她抽出手機想了想，怕自己聲音和情緒的不對勁被聽出來，改傳了一條訊息。

沈倦回得很快：傳個定位。

林語驚隨手傳了位置過去給他。

沈倦沒再回覆，現在他大概回去訓練了。林語驚放下手機躺在床上，看著天花板眨了眨眼，忽然嘆了口氣。

萬一林芷徹底火了，從此和她斷絕關係，不讓她繼承家產了怎麼辦？到時窮的就不是沈倦了，而是她，她得抱著男朋友的大腿過活。

以林芷的性格、脾氣，林語驚越想就覺得越有可能，腦子裡已經彩排了一場三萬字的劇本，要嘛分手，要嘛妳以後改姓吧，林家的錢妳一分都別想要。

林語驚趴在枕頭上，半垂著眼皮，快睡著前還迷迷糊糊地覺得自己的犧牲實在太大了，為了區區一個男人，竟然放棄了萬貫家財。

‡

林語鷺一覺睡醒過來是五個小時後，天黑得徹底，大落地窗外的月光隱約浮動。

她是被餓醒的。

白天在飛機上只吃了一點飛機餐，回來就跟林芷吵架，上樓倒頭就睡，現在胃裡的那點東西早就空了。

林語鷺坐起身來緩了一會兒，白天睡太久，忽然坐起來還有點迷糊。她打了個哈欠，抬手用手背抹了把眼睛，起身下床洗了把臉，打開房間門下樓，準備找點吃的。

路過二樓書房時，房門虛掩，明亮的光線順著門縫投在走廊的深色地毯上，裡面隱隱有說話聲傳出來。

林語鷺愣住，差點以為自己幻聽了。

她走近，實實在在地聽到裡面的人說話的聲音。

「我這個人脾氣不太好，也不怎麼尊老愛幼，敬您一聲是因為您是我女朋友血緣上的母親，我感謝您給她生命，也謝謝您當初放棄她，讓她去了A市而已。我不知道您有什麼身不由己，有什麼有苦難言，也不關心您見過的男人或吃過的鹽比我走過的路多多少，那是您自己的事，什麼樣的經歷都不能成為傷害別人的理由。」

林語鷺靠在門邊，還是有點沒反應過來。

沈倦說話的時候不緊不慢，隔著門板聽起來有點悶，聲音比平時更沉，淡聲道：

「您自己不心疼自己的女兒，想說什麼就說什麼，為了刺激她，多狠的話都說得出來，但我不行，我聽都聽不得。我捧在手裡的寶貝被自己親媽這樣說，我忍不了，我捨不得讓她自己一個人待在這種環境裡，天天聽別人像邪教一樣洗腦，說些沒人愛你之類的屁話，對不起，我不願意。無論您同不同意，人我今天肯定要帶走，留不下。」

最後頓了頓，還禮貌地送上了自己最誠摯的祝福：「祝您新年快樂。」

他語氣很淡，卻讓人明明白白地能聽出來是憋著火氣的。

「……」

林語驚目瞪口呆，幾乎懷疑自己是不是在作夢。

沈倦這個人還真的是操天操地操空氣啊！不是，兄弟，你來告訴我，你為什麼誰都敢嗆？？

她還一臉呆滯地站在書房門口，下一秒，書房的門被人拉開，沈倦看見她，也愣了愣。半秒後回神，垂眸看著她：「醒了？」

林語驚喃喃：「我是不是還在夢裡？你是誰？你為什麼和我男朋友長得一模一樣？」

沈倦抬手捏了一把她的臉：「是妳老公。」

「……」林語驚一噎，耳朵發紅，瞪著他：「要點臉吧。」

沈倦微揚了揚下巴：「去，拿行李。」

林語驚眨眨眼：「幹什麼？」

「回家。」

說是回家，但現在是晚上近九點，得坐淩晨的飛機，到A市是半夜了，會折磨死人。兩人最後還是買了第二天的機票，晚上找了間飯店。

林語驚都沒反應過來，她根本沒想到林芷會放她走。

她本來以為自己八成走不了，沈倦可能也走不了。畢竟遠在帝都，不是他的地盤，兩人是一對苦命鴛鴦，她可能會被綁在柱子上看著沈倦被一堆黑社會圍起來、瘋狂毆打，在瀕死邊緣時，這個人會抬起頭來，虛弱地對她說六個字——別管我……妳快跑……

林語驚靠在飯店的電梯裡，看著緩慢地往上跳的樓層數字，笑得停不下來。

沈倦瞥了她一眼。

之前她剛睡醒，反應本來就遲鈍，一時間沒緩過神來，現在也明白了他為什麼會在這裡，側頭看他：「男朋友，你是不是跟我媽通電話了？」

沈倦也沒否認：「嗯。」

林語驚問：「就……下午的時候？」

沈倦頓了頓，沒說話。

她期末考結束時，沈倦打了一通電話給林芷，見了一面。

他一個男人談個戀愛，連丈母娘都要女朋友自己去搞定，那還談什麼戀愛。

這件事林語驚不讓他管，所以他本來是想瞞著她的。他拿出了自己這輩子從來沒有過的禮貌和誠意，心甘情願地當了一回孫子。

林芷怎麼說他都可以，但她對林語驚說的那些話，沈倦沒辦法接受。他就那樣在電話裡聽著她委屈、哽咽、強撐著的聲音，沈倦心疼瘋了，恨不得一秒就能過去。

他那麼寶貝的女孩，憑什麼這麼被人欺負。

親媽也不行。

親媽更不行。

他沒想到林語驚剛才會在書房外聽著，她自尊心高，肯定不願意被自己聽到這些。

他沉默，林語驚也就確認了。

一聲輕響，電梯門打開，沈倦拉著她的行李箱往外走，林語驚跟在後面。兩人穿過走廊，柔軟的地毯藏著腳步，安靜無聲。

沈倦刷卡進門，將房卡插好，林語驚跟在他後面，喀噠一聲輕響關上了門。

他轉過身來，還來不及開口，林語驚直接往前兩步靠過去，抬手拉著他的大衣領子往下拉，唇瓣貼上來。

沈倦反應了半秒，摟著她垂頭，張開嘴，任由她闖進來急切地舔舐，和她接吻。

喘息纏繞間，林語驚迷濛地睜開眼，手指捏著他的大衣釦子，一顆一顆解開。沈倦垂手一瞬，配合著她的動作脫掉外套，落在地上。

林語驚的手指下滑，摸上他的皮帶，喀嚓一聲輕響，指尖落下來。

沈倦垂手按住了她的動作，輕咬她的唇瓣，啞聲說：「髒的。」

林語驚親了親他唇角，細白的一根食指勾著他的褲頭往浴室裡拉，媚得像個妖精：「那洗澡。」

浴室裡光線明亮，林語驚一進去，直接抬手抽掉他的皮帶，垂眼，動作猛然頓住。

他的褲頭邊緣露出了一點黑色的弧線。

林語驚愣了愣，拉著他的褲頭，連裡面的那條一起拉下來了一點。

她動作很急，蹭著那塊皮膚，沈倦「嘶」了一聲，輕笑：「這麼急？」

林語驚沒說話，只垂著頭，長睫覆蓋下去，看不清表情。

沈倦的小腹左側，靠近人魚線的地方多了個紋身，是嶄新的，邊緣還泛著紅。簡單的黑色勾勒出一條鯨魚的模樣，不是那麼工整寫實的圖案，線條鬆散，有些淩亂卻又細膩精緻。

林語驚一動也不動，就那麼看了一會兒，抬起頭來，眼睛有點紅：「你今天弄的？」

「嗯。」沈倦說，「沒想到能這麼快就見到妳，我以為怎麼樣也得等到年後。」

林語驚沒說話。

她第一次見面的時候就問過他，紋身弄在哪裡最疼，沈倦說脂肪薄的地方。

小腹上只有薄薄一層皮，肌肉線條都清晰，林語驚平時用手指刮蹭一下這塊，他呼吸都能重上幾分，這地方有多敏感可想而知，肯定要比其他地方痛上許多。

林語驚抿了抿唇：「我發現你這個人連紋身都很有個性啊，你就不能紋別的地方嗎？」

「妳不是喜歡這裡嗎？」沈倦笑了一聲，「平時就喜歡摸。」

林語驚仰頭：「你偷偷紋身，我也要，你為什麼不帶我去？」

沈倦抬手，捏了捏她的耳垂：「捨不得妳疼。」

林語驚推著他往前走兩步，抵在瓷磚上，低聲道：「我想為了你疼。」

沈倦的肌肉緊繃，喉尖滾了滾，扣著她的腦袋輕輕往上壓，轉身將兩人調換了位置，抵著她，壓在浴室玻璃的把手上，另一隻手拿起蓮蓬頭，溫熱的水流嘩啦啦地灑下來，將緊緊貼合著的兩個人從頭澆到了腳。

浴室裡的溫度不斷攀升，水珠滑過潮濕的玻璃，一個澡洗完，林語驚被抱出來壓在床上，頭羞恥地埋在他肩窩，感覺到他的手在動。

她縮了縮，嗚咽了一聲，很重地咬了一下他的肩膀。

沈倦抽手，手指上沾著東西，是透明的。他隨手從床頭抽了兩張紙巾抹在上面，又去抓她的手腕往下拉。

林語驚迷迷糊糊地感覺到不對勁。這個程序為什麼又回到了原來的發展軌跡？

她從他的肩窩裡抬起頭來，紅著眼睛看著他：「沈倦……」

沈倦舔吻著她的耳尖，把著她的手，手指一根一根，含含糊糊地應了一聲：「嗯？」

林語驚被燙得一抖，手指無意識地用了一點力。

沈倦的喉嚨裡發出悶悶的一聲，仰起頭，脖頸的線條拉長，喉結滾動。

林語驚像是被蠱惑了一般，忽然仰頭含著他的喉結輕輕舔了舔：「我不想這樣……」

他垂頭親她，聲音含糊：「妳想怎麼樣？」

林語驚握著他，輕輕往下拉：「這樣。」

他閉上眼，咬著牙說了句髒話，啞著嗓子：「林語驚，妳別惹我。」

林語驚像沒聽見似的，耳朵通紅地將頭湊到他耳邊，叫了他一聲：「哥哥……」

她頓了頓，舌尖刮蹭著他左耳上的黑色耳釘，又說了兩個字。

轟的一聲，沈倦腦子裡所有的理智全都被炸成了廢墟。

林語驚不知道自己到底為什麼要惹沈倦。

他這種之前手動擋明明開了二十年，折磨起人來卻依然花樣百出的選手，一看就是知識儲備十分豐富的，應該是看了不少小電影。林語驚本來以為自己曾經開啟的那一半大門已經是做這件事的極限了，就算真的進一步發展下去，估計也不會比用手什麼的更累。

林語驚覺得自己還是太年輕了。

黑夜漫長無邊，沈倦義不容辭地用實際行動告訴了她：倦爺的「妳別惹我」這句話是有分量的。

到最後，林語驚腿軟到站都站不穩，求饒撒嬌全都無濟於事，她徹底崩潰，完全不幹了，靠在他身上哭著罵他：「沈倦，你根本不愛我，你就是為了得到我的身體。」

沈倦像沒聽見一樣。

「我才十八歲，十八歲，你禽獸不如。」她抽噎著道：「你還說你會一輩子疼我，你一點也不疼我，你把我從家裡騙出來，就是為了把我幹死在——啊！」

沈倦扣著她手腕翻上去，壓在冰涼的玻璃上，啞聲叫她：「寶貝，叫兩聲好聽的，哥哥疼妳。」

‡

早上九點，沈倦將餐車推到床邊，紅豆粥燉得稀爛，滷煮炒肝香味彌漫。

沈倦去洗手間洗漱回來，坐在床邊拿了個水煮蛋，敲開蛋殼，仔仔細細地剝。剝了兩顆放在碟子裡，他拍拍被子裡的人：「起來吃點東西。」

林語驚迷迷糊糊地垂著眼皮，瞥他一眼，像沒聽見一樣扭過頭，把腦袋紮進枕頭裡，繼續睡。

她實在太累了，渾身上下沒有一塊不疼的地方。

沈倦昨天晚上像嗑了藥一樣，她不過就是大著膽子說了兩個字，這個人直接瘋了，最後逼她說了一大堆破廉恥的話，才終於肯放過她。

林語驚發誓，她再也不會主動惹沈倦了。

飯店房間裡的空調溫暖，她趴在床上，整個人陷進柔軟的床裡，漂亮的蝴蝶骨和肩頭全都露在被子外頭，手腕上有一點點他握出來的印子。

沈倦側身靠過去，垂頭親了親她的耳朵：「吃點東西再睡？」

林語驚的耳朵紅了，開始了事後新一輪的羞恥。

睡也睡不著了，她睜開眼睛轉過頭來看著他，叫了他一聲，聲音很啞：「沈倦。」

沈倦將溫水遞給她，脾氣好得不行，男人飽食饜足後溫柔又耐心，鼻音低而輕：「嗯？」

林語驚接過水杯，坐起身，人一動，扯動著腰和腿全都痠疼，她幽怨地看著他：「你應該去當鴨子。」

「……」

沈倦瞇起眼：「妳是不是還沒被操夠？」

林語驚嚇得往後縮：「夠了，真的夠了。」

沈倦沉默地看了她一會兒，身子往後靠，嘆了口氣：「老子忍瘋了都捨不得碰妳，妳非得不要命地來惹我，林語驚，妳說妳是不是自找的？」

林語鶯點點頭，沒再說話，到處摸了一圈，又看向他：「我的手機呢？」

沈倦起身走到門口，彎腰撿起丟了滿地的衣服，從她外套的口袋裡摸出手機，拿過去遞給她。

林語鶯接過來，垂頭擺弄了半天。

沈倦瞥了一眼，上面是某購物APP的介面。

他慢條斯理地舀了碗紅豆粥出來，攪拌著散熱，隨口問：「買什麼？」

「鞭炮。」林語鶯頭都不抬，「紀念一下這個重大的日子。」

「……」沈倦：「？」

林語鶯的指尖在螢幕上滑動著，繼續道：「我琢磨著五百響都配不上你的業務能力，得買個兩千的。對了，」她說著，忽而抬頭，「你不去敲敲隔壁客房的門嗎？」

沈倦有些莫名：「我敲人家隔壁的門幹什麼？」

林語鶯看著他，平靜地說：「通知他們一聲，你不是處了。」

沈倦：「……」

沈倦差點以為他昨晚真的弄得太狠，把林語鶯欺負到發燒了，腦子不太清醒，結果小女孩說完又懶洋洋地把自己塞進被子裡，估計也只是在吐槽他，雖然沈倦也不知道她到底在吐槽他什麼。

本來沒想要幹這種事的，所以他買的是中午回A市的機票，現在這麼一看，林語鶯像完全黏在床上似的，整個人都懶懶的，沈倦也捨不得她再折騰了。

他把機票改簽，延後了兩天。他們在帝都過了個年，兩個人在除夕夜那天晚上，還跟何松南視訊了一下。

何松南打視訊過來的時候林語驚剛洗完澡，穿著浴袍、擦著頭髮走出來，從沙發後面繞過去，浴衣也不綁好，大片的皮膚露出來，細腰長腿，半濕的長髮披散著。

其實只是一晃而過的一個影子，沈倦第一時間就直接把手機扣在沙發上。

何松南在那邊「我靠」了一聲：『倦爺？？』

何松南沒想到沈倦的速度有這麼快，他追個女孩從高三追到了大二，人家半點反應都沒給他，沈倦這邊分了一年半，剛回來半年就一起過年了。

何松南轉頭就發了個動態：『倦爺厲害（抱拳）（抱拳）』

蔣寒、李林、王一揚他們其實不知道發生了什麼事，但是這並不耽誤他們一秒迅速加入戰場，在刷到這條動態的時候，第一時間瘋狂回覆——

蔣寒：倦爺最強。

宋志明：倦爺英明神武。

蔣寒：倦爺舉世無雙。

王一揚：倦爺博學多才。

李林：倦爺萬古流芳。

何松南：……

這幫高中國文考試連八十分都不到的一幫人，吹起牛來詞彙量簡直高到讓何松南嘆為觀止，甚至好像還有韻腳是什麼意思？

沈倦這邊還不知道動態裡已經騷起來了，他直接把視訊掛了，抬眸看著林語驚。

林語鶯也愣了愣：「你在視訊？何松南？」

沈倦「嗯」了一聲。

林語鶯傻了：「那我剛才——」

「沒看清楚，就是一個影子晃過去。」沈倦看著她露在外面的白皙皮膚，胸前還有兩塊他弄出來、沒褪掉的印子，眼皮一跳。

他放下手機走過去，抬手拉著她浴衣的腰帶，垂眸，「怎麼了，浴衣太大？」

到底還是心疼捨不得，沈倦這兩天都沒再碰過她。他抽掉浴衣帶子，像拆禮物一樣把人從裡面拆出來，親了親摸了摸，溫柔地伺候了她一回後抽手。

林語鶯的眼睛還有點紅。

沈倦低垂著頭俯身，親了親她的疤。

林語鶯一抖，不知道為什麼，沈倦在要流氓的時候極其喜歡這裡。這個人大概是個腿控，通常會從腳踝玩起，到這條疤結束。

非一般情況，林語鶯一點都不想回憶。

她推著他的腦袋坐起身來，拉過被子藏進去，看著他：「沈倦，我知道我的腿長得美，但是這不是你變態的理由。」

沈倦笑著咬了咬她的唇角，隔著被子抱著她。

林語鶯抬頭，忽然叫了他一聲：「沈倦。」

「嗯。」沈倦閉著眼睛應了一聲，聲線慵懶。

她隔著被子摸了摸他小腹人魚線的那塊：「你什麼時候幫我紋身？」

沈倦頓了頓，睜開眼：「不怕痛？」

「肯定還是怕啊。」林語驚撇撇嘴，翻了個身，撐著腦袋看著他，另一隻手從被窩裡伸出來，手指勾著他喉結玩，「那你為什麼會紋這個上去？阿姨不是不答應嗎？她如果真的生氣，你是不是要洗掉啊？」

沈倦笑了笑：「既然做了，就是打算要帶到死的。這個圖我很早就畫好了，弄的時候其實也沒想那麼多，就是想打個記號，在自己身上留下一點妳的印子什麼的。」

林語驚愣了愣。

沈倦抓著她的手輕咬了咬指尖，低聲說：「以後無論我生我死，林語驚，我都屬於妳。」

‡

大年初二那天，林語驚和沈倦回了A市。

大學生世錦賽在三月上旬，今年在多倫多舉辦，沈倦過年休息的這幾天已經是奢侈，一回去就被容懷抓回去訓練。

林語驚每天在家裡待著，寫寫作業、敲敲代碼，和兩個學姊合夥接了小公司的專題網頁製作的工作。本來是想試試，最後也分到了一點小錢。

二月底，A大開學，沈倦的專業課程已經請假、不去上了，每天專心待在訓練室裡，一待就是十幾個小時。

一個星期以後，沈倦跟著A大射擊隊的幾個前輩一起去多倫多。

他們走的那天是週六，林語驚前一天滿堂。晚上，沈倦直接堵在她宿舍樓下，林語驚跟顧夏下課一回來，就看見這個人站在樹下，仰頭靠著。

沈倦餘光一瞥，側眸。

林語驚走過去，眨眨眼：「咦，這是誰家的男朋友？」

沈倦笑著抬手捏她的臉：「小沒良心的，我不找妳，妳也不來找我？」

林語驚毫不遲疑地打掉他的手：「東西都整理好了嗎？」

沈倦：「嗯。」

林語驚問：「你要去幾天啊？」

「十天吧。」沈倦說，「十九號結束。」

「啊，」林語驚看著他，「啊……」

「怎麼？」沈倦微揚起眉，湊近了一點看著她，「已經開始想我了？」

「是啊。」林語驚低聲配合著他說，「一想到十天見不到我男朋友，我簡直心如刀割、痛不欲生，十天，夠不夠我發展一段驚心動魄的豔遇？」

她說完，又想到什麼，一頓，側頭面無表情地說：「多倫多應該很多漂亮小姊姊吧。」

沈倦勾唇：「是吧。」

林語驚點點頭，四下看了一圈，確定周圍沒人，壓著聲音憤然道：「沈倦，我今天晚上打算跟你上個床，用盡渾身解數勾引你，讓你徹底痴迷於我的身體，然後去多倫多以後也無暇看其他小女孩一眼，腰帶一鬆就能想起我來。」

「……」

沈倦徹底憋不住了，直接笑出聲來，他後仰起身，笑得肩膀直抖。

女朋友太可愛。每一天，都覺得她比前一天更可愛，沒轍。

林語驚說要用盡渾身解數勾引一下，其實也只是說說，她對沈倦沒什麼不放心的，晚上還打算回宿舍。但沈倦沒讓她如願，兩個人晚飯吃完，沈倦抱著她直接丟到床上，開始了他的正餐。

第二天一早，沈倦早早就走了。

他走的時候林語驚睡得很沉，側臉埋進枕頭裡，呼吸輕緩平穩，眉頭微微皺著，不知道夢見了什麼。

沈倦抬手，指尖輕輕揉了揉她的眉心。她昨晚被折騰得狠，沈倦看時間還早，把手伸進被子裡輕輕捏了捏她的腿，揉了揉她的小腹。

下一秒，小女孩臉蹭著枕頭，迷迷糊糊地微睜開眼睛，從睫毛的縫隙掃了他一眼，而後皺著眉抿起嘴巴，往被子裡縮了縮，躲開他的手指，一巴掌清脆地拍在他臉上。

「……」

隔三差五早上就被女朋友甩巴掌的沈倦，覺得自己現在的脾氣已經好到可以去當聯合國和平大使了。

比如說，他現在被甩完巴掌，還能當作無事發生過，無奈得半點火都發不出，耐著性子哄她。

他垂頭親了一下她的唇，低聲道：「別動，幫妳揉揉。」

林語驚不願意，眼睛還閉著，半睡半醒間躲開他的手，聲音黏糊糊：「不要了，我不要了……我要睡……」

沈倦：「……」

沈倦懷疑自己現在在林語驚的心裡是不是色魔的形象。

林語驚睡醒時，沈倦的飛機都起飛了。多倫多和這邊有十三個小時的時差，等沈倦落地，國內已經淩晨了。

難得不用早起、不用自習、不用上課的雙休日，林語驚賴在床上不想起來，賴了半個多小時，計畫了一下今天要做點什麼。

她腦海裡迅速列出了最近的計畫表，排在前面的是她的紋身。

沈倦的身上是一條鯨魚，只勾勒出了形狀，底部有一排很漂亮的英文，是她的名字，也是組成鯨魚的一部分。字體和線條融合在一起，和諧得像一體。

但林語驚要弄什麼，她自己一點想法都還沒有。

她用手機查了查網路上的一些紋身圖案，覺得沒有一個比得上沈倦的，沈倦工作室裡的那些廢稿或者隨手畫畫的玩意兒，隨便拉一個出來都比這些好看。

林語驚覺得，好像直接去他工作室裡挑一個也行。

她傳了訊息給沈倦，跟他說了一聲就掀開被子下地，準備起床洗漱。

腳一沾地，大腿肌肉用力就痠疼，林語驚扶著床邊「嘶」了一聲：「我靠靠靠……」

沈倦這禽獸。

沈倦給了她工作室的鑰匙，林語驚沒急著去，上午先把這週的作業做完，又看了一下午的書，晚飯過後閒下來，抓著鑰匙出門往地鐵站走。

她很久沒去過那邊了，下了地鐵往工作室走，打開鐵門和裡面的單扇小門進去。

屋子裡還是跟以前一樣沒什麼變化，蔣寒每個星期都會來上幾天，用他的話來說──倦爺，你這地方不應該是什麼束縛，是歸宿，你想幹什麼就放手去幹，什麼時候忽然想家了就回來看兩眼、待幾天，不也滿好的？

也是那天，林語驚對蔣寒的印象徹底從他們第一次見面時，那個抱著抱枕、露著花臂的傻子形象裡淡出。

很多人看起來是一個模樣，骨子裡又是另一個模樣。

林語驚摸著燈打開，走到裡面工作間的長木桌前。沈倦不怎麼注意這些，大把隨手畫的圖就隨意亂七八糟地丟在桌上，旁邊的書架上橫七豎八地插著幾本速寫本。

林語驚嘆了口氣，像老媽子一樣幫他整理東西，將他桌上的那些畫紙全都整理在一起，又走到書架前，一本一本把那些胡亂放著的速寫本抽出來，疊在一起在桌面上整理了一下。

本子豎著一立，紙張鬆動，最上面的一本裡飄出一張車票來。

林語驚撿起來，也沒看，剛要把它重新塞回去時餘光掃了一眼，頓了頓。

她垂眸，視線落在那張車票上──A市到懷城。

林語鶯怔了幾秒，幾乎是下意識翻開最上面的那本速寫本。

裡面有幾頁隨手畫了一些東西，有些就是一片空白，唯一不變的，是左下角那一個個小小的，用鉛筆寫出來的阿拉伯數字。

89、90、91……

林語鶯對沈倦的字太熟悉了，他寫數字也有這個毛病，最後一筆會習慣性地微微往裡面勾。

直到她翻了十幾頁以後，第二張車票夾在裡面掉出來。

——A市到懷城。

林語鶯手指發僵，腦子裡有一瞬間的空白。

她忽然意識到了這些數字是什麼。

是天數。

是點滴流逝的時光裡，他們分開以後的每一個日夜。

那天晚上，林語鶯坐在地上，將所有堆在架子上的速寫本都一頁頁翻了一遍，她找到了幾十張往返A市和懷城的車票。

第二十九章
白日夢盡頭的你

——加拿大，多倫多。

機票是代表團統一訂的，經濟艙，座位與座位之間間隔狹窄，沈倦長手長腳地縮在裡面十幾個小時，下飛機的時候耐心已經見了底，垂著眼皮，一臉「誰都不要跟我說話」的表情。

代表團一共三十幾個人，帶隊的是B大的教練，有A大的五名選手，除了沈倦以外，還有朱師姊和容懷、兩個臥射的。

他們在機場折騰了幾個小時，提取行李以後做槍械檢查，又存放到靶場，到飯店的時候已經是這邊的下午，教練和帶隊的學長在櫃臺辦理入住，剩下的人在大廳裡等。

朱師姊到哪裡都是最活躍的那顆星，在飛機上已經和從其他學校來的女孩們混熟了，等熟悉得差不多，女生的話題一轉，問到了沈倦。

女孩偷偷地掃了一眼靠站在大理石柱旁，正在跟容懷說話的人。

他身上穿著中國代表團的紅白隊服外套，拉鍊敞開著，仰著頭垂著眼皮，腦袋頂在柱子上，左耳有一個黑色的耳釘。不知道容懷說了些什麼，他的唇角勾起一抹笑，懶洋洋的，有點痞。

似乎是感受到了這邊遞過來的視線，他側頭瞥來一眼，黑眸沉淡，沒什麼情緒。

女孩偷看被抓包，臉有點紅，匆匆移開視線，低聲說：「我以前覺得，男生有耳洞好非主流，但是……」

朱師姊太懂了，沈倦這個人從頭到腳都無法讓女孩子不注意，尤其是和同齡的男生放在一起比較的時候，不光是那張能出道混演藝圈的臉，他的性格、氣質、氣場全是吸引力，年輕小女孩現在都喜歡這樣的。

而且現在的女孩，哪有什麼不追人之類的說法，喜歡就大膽上了，先下手為強，等能等出什麼結果，能等到對象嗎？

朱師姊跟林語鶯關係很好，瞬間有一股責任感油然而生，她決定為林語鶯和沈倦的這段愛情保駕護航。

「但是我們沈師弟戴，就帥得把持不住是吧？」朱師姊意味深長，「他這個耳洞是和女朋友一起去打的，一人一個，耳釘也是情侶款。」

「啊。」女孩愣了愣，反應過來，「他有女朋友了啊？」

「感情很好。」朱師姊說，「兩人談了滿久的吧，好像是高中同學，他女朋友在我們隊比他受歡迎多了，我們都是看他老婆的面子才願意和他玩的。」

「那長得肯定好看。」帥哥有女朋友，也就沒什麼想法了，女孩嘆了口氣，憂鬱道，「現在好看的人果然只會和好看的人談戀愛。」

朱師姊覺得，應該不是長相的問題。她要是男人，她也喜歡林語鶯那樣的。

三月的多倫多比A市的氣溫低上近十度，他們提前兩天到，房間分好以後各自回去休息，補眠調整時差。

沈倦和容懷一個房間，他一下飛機就看見了林語鶯傳的訊息：沈同學，跟你打個報告，我去你工作室裡找找靈感，看看要給自己弄什麼圖啊。

沈倦當時就回覆了，結果小女孩到現在都還沒回他。現在國內已經是淩晨了，林語鶯的作息一直很規律，十二點前準時睡覺，沈倦也就沒再打擾她。

結果一個澡洗完出來，林語驚回覆了，時間還是兩分鐘前。沈倦看了一眼手錶，是國內淩晨四點半，再過一個點，天都亮了。

他「嘖」了一聲，走到床邊坐下，打了一通視訊給她。

林語驚那邊過了一會兒才接，「喂」了一聲。

「林語驚，幾點了，妳還不睡？妳自己看看幾點了。」沈倦架著批評人的語氣，滿是不爽，「我不在，妳要上天了是不是？」

林語驚抬起頭來，看向鏡頭。視訊雖然不是很清晰，但還是能看出來她眼睛有點紅。

沈倦愣了愣，語氣瞬間一百八十度回暖：「怎麼了？」

林語驚靠在枕頭裡，抱著被子，沒說話。

沈倦挑眉笑，故意說：「想我？」

林語驚就很安靜地蹭了一下枕頭，輕輕「嗯」了一聲：『想你。』

沈倦心裡一軟，都快就地融化了。

她幾乎不怎麼用這種語氣跟他說這些軟乎乎的話，除了不懷好意勾引他和在床上求饒的時候，她從來不服軟。

沈倦賽也不想比了，恨不得馬上就飛回去，抱著他的小女孩揉揉親親哄哄。

她這個狀態明顯有些不對勁，他低聲：「這是怎麼了？受什麼委屈了，跟我說說？」

林語驚不想讓他操心，也怕他想太多影響發揮，撐著床面坐起來，隨口道：『就是今天看了一部電影，男女主角虐戀情深，最後全死光了。』

沈倦看了她一會兒沒說話，半晌，人往床上靠，一笑：「林語驚，妳知道妳現在像什麼時候？」

林語驚眨眨眼：『什麼時候？』

「妳第一次月考不吃中飯，跟我說妳複習得太投入，忘記吃的時候。」沈倦說，「跟現在的表情一模一樣。」

林語驚想起來，那次孟偉國突然來學校找她，她嚇得不行，還放了沈倦鴿子。

她笑了起來：『不是，沈同學，這件事你記到現在嗎？』

「怎麼能不記得，氣得我一下午心氣都不順。老子這輩子頭一回關心一個女孩，還天天隨口就糊弄我。」

林語驚笑著倒在床上。

他這麼一提，高中時那幾個月的事全都一樁樁、一件件地閃過腦袋，林語驚倒在枕頭裡和他聊天。

以前的事一件一件提起來，開頭都是「你記不記得」。沈倦當然都記得，沒問她怎麼忽然開始回憶這些，安靜地聽她說，偶爾插兩句。

她把頭埋在枕頭裡，說著說著，聲音越來越低，到後面還帶上了鼻音，間隔時間也變長，低聲叫他：『沈倦。』

「嗯？」

『我做錯了，如果我那時再勇敢一點，再多相信你一點就好了。』林語驚迷迷糊糊地說，『你最難過的時候，我就可以陪著你……』

他們都覺得自己做錯，覺得自己應該對彼此更好一點。

沈倦愣了愣。

他想起之前的那條訊息，隱約察覺到她不對勁的方向，瞇了一下眼：「林語驚，妳是不是——」

「啪噠」一聲，手機往旁邊歪。

林語驚睡著了，她枕著的是他的枕頭，手機靠著自己的枕邊，就那麼斜立在那裡，螢幕裡的小女孩睡顏安靜，閉著眼，似乎隱約能聽見她均勻的呼吸聲。

沈倦就這麼聽著、看著她，好半天都不捨得掛掉。

他抬手，指尖落在螢幕裡的人眉梢、眼角上，滑著螢幕，緩慢地勾勒了一圈。他嘆了口氣，壓著嗓子：「晚安，寶貝。」

‡

調整了時差，第二天槍械試調，然後正式開始賽前訓練，隔天是第一場比賽。

射擊在國內其實沒什麼人關注，比起其它項目，人氣非常低，尤其是加了「大學生」三個字以後。

何松南在他走之前，說聽起來像個國際青年友誼交流賽，意思就是看不出什麼含金量，這比賽的存在不是搞運動競技的，沒什麼人知道。

沈倦不在意這個，他的目標也不在這裡，這次本來也就是來試試水溫，看看他這幾個月的復健做得怎麼樣，順便刷刷成績。

他瞄準的是九月的世錦賽。

沈倦的比賽在第三天，分兩部分，資格賽和決賽。

資格賽沒什麼難度，決賽取資格賽的前六名，全部四秒射擊，末位淘汰制，以命中和脫靶計分，命中計一分，脫靶零分。從第四組結束開始，積分最低的人淘汰，之後每組淘汰一個人。

到第八組，只剩下沈倦和一個俄羅斯男孩。

決賽的站位是按照資格賽排名站的，俄羅斯男孩在第三。他長了張娃娃臉，碧綠的漂亮眼睛，側頭看了一眼。

沈倦面無表情地站在左起第一位，身上穿著中國代表隊的運動服，單手插在口袋裡，下顎線條緊繃，唇角微抿著。看起來冷酷而無情，光從氣勢就夠讓對手感受到壓力了。

沈倦此時的總積分是三十分，排在第一名，綠眼睛是二十七分。

容懷坐在後面觀眾看臺上，一臉興奮地拍著朱師姊的大腿，壓低聲音喜道：「我說過什麼！我說過什麼！我就說了，只要我師兄在，金牌就沒有別人的份！」

朱師姊被他拍得腿痛，一邊狂點頭一邊安撫著小朋友。她是真的不懂，容懷平時看起來是很高冷的一個小正太，怎麼一涉及到沈倦，就像失心瘋一樣。

「好了好了，我知道了，金牌金牌。」朱師姊哄著他說。

綠眼睛現在和沈倦差了三分，也就是說第八組除非沈倦有三槍脫靶，不然他想不拿個金牌都不行。而這個可能性基本上不存在，沈倦比賽時的狀態比訓練時穩得多。

朱師姊嘖了兩聲，將手機往上抬，給了冷酷無情的神射手一個特寫，傳給林語驚。

林語驚遠在萬里之外，捧著筆記型電腦，咬著手指看直播，鏡頭剛好對準沈倦一點一點推進。

和他在一起的時候都注意不到，在鏡頭裡就顯得格外明顯，他身上的少年氣不知道什麼時候一寸一寸褪去，男人的背脊挺拔筆直，肩膀寬闊。她看見他垂著頭，握著槍的手指習慣性地微微翹了翹，忽然頓了一下。

沈倦回過頭來，遠遠望向鏡頭的方向。

安靜看了幾秒後，他忽而勾起唇角，懶洋洋地笑著從口袋裡伸出手來，食指和中指併攏抬起，輕輕點了一下眉梢，而後指尖向上揚。

也不知道是做給誰看的。

林語驚愣住。

從這一個瞬間起，時光開始迅速倒退，畫面一幀一幀地往回拉，他和某個藏在回憶裡，穿著紅色球衣，站在明亮的籃球場上垂眸看著她，一步一步倒退著的桀驁少年重新交疊重合。

酒旗風暖少年狂。

他沒說話，話卻都含在眼睛裡。

他笑著，眼底藏了光。

沈倦這個金牌拿得意料之中，也意料之外，所有人都沒想過他可以用五個月的時間來填滿這四年的空白。

但是拚也是真的拚，學業訓練兩頭跑，連顧夏都看出來了，問林語驚你們家狀元最近是不是瘦了。

這個大學生世錦賽雖然知名度不高，但還是會有很多教練和團隊關注，跟團過來的體育週刊就有兩家。

沈倦這種顏值高、業務能力強的新生代實力小將是最容易製造話題、掀起迷妹狂潮的。賽後，同行的體育雜誌記者小姊姊拉著他做了採訪。

沈倦之前已經做過了簡單的幾句採訪，這次這個不是特別正式的，趨近於專欄採訪，帶點娛樂性質。小記者看起來二十歲出頭，應該大學剛畢業也沒多久，甚至問問題的時候還有點緊張。

沈老闆像王爺一樣大咧咧地敞著腿，靠進休息室的椅子裡，抬了抬手，甚至還好脾氣地安撫起她來：「沒事，妳有什麼就問什麼，放輕鬆，不用緊張，要不要喝點水休息一下？」

非常體貼。

小記者深吸一口氣，平靜下來開始提問。問題都比較常規，沈倦三兩句回答完，並且對自己的答案非常滿意。

比如——

記者：「你覺得在訓練過程中，給你最大動力和支持的人是誰？」

沈倦平靜道：「我女朋友。」

記者：「你現在最想感謝的人是誰？」

沈倦淡聲說：「我女朋友。」

記者：「……」

記者決定放棄所有關於「誰」的提問，她垂頭，迅速掃過面前本子上列出來的一個個問題，跳了三四個，終於找到了一個。

記者欣喜地問：「你這次成績亮眼，九月的世錦賽會爭取名額參加嗎？」

沈倦看了她一眼，像是完全明白了她在想什麼，勾唇：「不一定，我問問我女朋友。」

「……」

你是不是一句話都離不開你女朋友？秀個屁啊。

記者已經放棄了，麻木地繼續問：「你曾經在省隊的時候放棄了射擊，四年沒有再接觸過訓練，是什麼讓你重新回到曾經的戰場？畢竟四年的空白，幾乎是一個運動員所有的黃金時間。」

她本來以為下一秒，沈倦就會說「是我女朋友」。

但是這次沒有，男人仰起身子，抬眼，似乎思考了一會兒，才語氣認真，慢條斯理地說：「我師弟勸我回來的時候曾經說，他覺得是我的話，就算空白這幾年，回來或許也可以爭取一下、拿個獎牌什麼的。」他一笑，「這番話我當時聽到覺得有點不舒服，所以我來糾正一下他的話——只要我站在這裡，金牌只能是我的。」

容懷問他，你都沒上去看過就不再上去了，你甘心嗎？

沈倦當時說，沒有什麼好不甘心的。

那是假話，怎麼可能甘心。

誰沒做過意氣風發、鮮衣怒馬的夢？他少年狂氣，天賦極佳，從最高處一把被人拉進深淵，縛上枷鎖，將光芒嚴嚴實實地沉下去。

怎麼會甘心。

他甚至怨過洛清河，沈倦自覺自己從沒畏懼、逃避過什麼，無論遇到什麼事情，倦爺都是所向披靡的。唯獨在洛清河這件事上，他的勇氣和堅持全都是林語驚一片一片幫他重新撿起來，然後拼湊起來的。

林語驚說，她當時應該更勇敢一點，沈倦卻覺得自己遠沒有她勇敢。

採訪的最後，記者笑著開始搞事：「一直聽你不停地提起女朋友，看得出你們感情非常好，她是你的最愛嗎？我是指除了家人以外所有的。」她開玩笑道，「這個世界上的所有人和事，包括射擊和瑪麗蓮夢露。」

沈倦垂下頭，很淡地笑了一下。

和採訪到現在的所有笑容都不同，他唇角緩慢又自然地一點一點翹起，眼神溫和而寵溺，那一刻，桀驁不馴的雄獅變成了一頭溫柔的野獸。

「不是，」沈倦笑著低聲說，「她就是我的全世界。」

後來，這篇專欄的內容和影片被放出去，這本不太紅的體育週刊雜誌當月銷量直接翻了一倍，小蘑菇嗷嗷叫著，把自己SNS的所有簽名都改成了「她就是我的全世界」，並且每天樂此不疲地跟顧夏演戲。

小蘑菇深情款款，她比顧夏要矮上一截，仰著腦袋看著她：「寶，我和射擊你更愛哪個？我是你全世界的最愛嗎？」

顧夏也鬨得慌，願意配合她：「不是，妳就是我的全世界。」

「……」

林語驚從一開始的尷尬、羞恥到哭笑不得，到後來直接面無表情地隨手從桌上抓了一包零食丟過去：「能停一會兒嗎，妳們兩個？」

‡

一個星期後，沈倦從多倫多回來，他回來的那天晚上，林芷來找了林語驚。

沈倦晚上九點落地，林語驚是準備去接他的。看了一眼時間，也還來得及。

地點還是林芷選的，一家新開業的私房素食館，不大，一共只設六張桌子，環境清幽，禪意冥冥。

兩個人上次直接不歡而散，鬧到這種程度，林芷也依然沉得住氣，開場三句話是她的老三樣，就像是沒事發生一樣。

林語驚和她比起來還是太嫩了一點，她不行，渾身上下都難受。

她不知道這是不是林芷在商場這麼多年養成的習慣，但是這種「對方不說，我就假裝我們之間沒有矛盾存在」的態度讓她極其不舒服，然後一旦她先開了口，主導權就掌握在林芷手裡，節奏完全被她主導著。

沈倦九點下飛機，林語驚得提前一個小時去機場。她不想浪費時間，夾了塊素雞，不緊不慢地吃完，放下筷子抬起頭來：「我知道過年的時候沈倦冒犯您了，您今天是來興師問罪，還是再提醒我一次沒人會愛我？隨便吧，都可以，您也別憋著了，有話直說。」

林芷看了她一眼，也放下筷子，捏起旁邊的紙巾：「我沒打算興師問罪。他跟我道過歉了，我也沒有跟小孩計較這個的時間。」

這件事沈倦也沒跟她說過，林語驚很快就反應過來，露出一個短暫的笑容：「是啊，您一直都很忙。」

林芷單手撐著腦袋，指尖輕輕揉了揉：「我年前聯繫了認識的朋友，本來打算把妳送去美國留學。」

林語驚用兩秒消化，然後差點跳起來：「什麼意思？」

「就是我打算把妳強行送出去，已經聯繫了學校。」林芷說。

林語驚能感覺到自己手指發僵，指尖冰涼，但是腦子裡卻異常平靜，思路意外清晰。

「勸您別浪費這個精力了。」林語驚平靜地看著她，「您覺得我還會像高中的時候那樣，說走就走嗎？就算您把我送到天涯海角，我也會回來。」

「所以，」林芷說，「我放棄了，這件事我以後不管了。」

林語驚愣了愣。

「妳十八歲了，不是小孩子。我像妳這麼大的時候，已經在幫妳爺爺處理公司的事了。」林芷風輕雲淡地說，「妳個性倔強，有自己的想法和堅持，我說服不了妳。我在工作上每天跟人鬥到夠累了，也沒什麼精力和必要跟妳一直鬥下去，鬧成這樣誰都不好看。妳畢竟是林家的孩子，是我的女兒。」

林語驚都沒反應過來，她是帶著滿滿的戰鬥欲望來的，甚至腦子裡都打好草稿要怎麼說了。

「就是說，妳不反對了？」

「是。」林芷放下紙巾，繼續道，「但我依然不覺得男人可靠，感情一定會變，沒有什麼愛情的保質期是一輩子。我不贊成，但我不管了，很多事情，時間和現實都會讓妳明白我說的是對的。」

林語驚明白了，沒有什麼能說服她。

林芷的驕傲讓她無法低頭服軟，讓她永遠不可能被說服，永遠都不會承認自己是錯的。無論她是不是覺得自己錯了，她都不會承認。

林語驚不在乎這個，隨便吧，就像她說的，時間和現實以後會證明一切。

這頓飯吃得比林語驚想像的還更風平浪靜。結束之前，林芷沉默地看著她站起來，沒馬上動，只嘆了口氣，聲音裡有疲憊，也有茫然：「無論妳相不相信，小語，媽媽把妳從妳爸那裡接回來，是想對妳好的。我也盡力在做我覺得對妳好的事了，我不知道為什麼事情會變成現在這樣。」

林語驚動作一頓。

她捏著外套釦子的手指收緊，轉過身來：

「我相信您是想對我好的，但是媽，有些事情是沒辦法彌補的，時間過去了，就永遠都找不回來了。我兩歲的時候想要一根棉花糖、想去遊樂園、想讓我的父母看我一眼、想讓媽媽抽出哪怕十分鐘的時間陪陪我、為我講個睡前故事、哄我睡覺，但沒人給我，沒人看得到我。」

林語鶯肩膀塌了塌，眼神安靜地看著她，「現在我快二十歲了，我還會想要嗎？」

‡

沈倦的飛機誤點了。

林語鶯等到整個人都沒了精神，去星爸爸買了一杯拿鐵，續了三次杯，跑了兩三次廁所，最後星巴克的小姊姊看著她的眼神都充滿了內涵，林語鶯彷彿看到她寫在臉上的「妳要不要這麼窮」。

沈倦還沒出來，語鶯不好意思再坐下去，靠在機場柱子旁等。

沈倦晚了兩個小時又提取行李，快十二點時，一行人才風風火火地出來。

他們人很多，又都穿著國家代表隊的隊服，非常惹眼，一出來林語鶯就看見了沈倦。

他走在最後一排，和旁邊的一個女生在說話。那女生不知道說了什麼，沈倦淡淡地笑了一下。

兩人身上穿著一模一樣的隊服，此時看起來像情侶裝一樣。

嗯？嗯嗯？？

林語鶯直起身子，沒馬上走過去，看著他出來，抬起頭，四下掃了一圈。

林語鶯站的那個位置正對著出口，沈倦一眼就看見了她，拖著行李箱，腳步頓了頓。

那個女生也跟著停了下來，站在他旁邊，說了句什麼。

林語鶯的眼睛一瞇，表情很危險。

沈倦大概是看清了她的表情，忽然笑了。

那女孩愣了愣，順著他的視線看過去，看見站在那邊的林語驚。

林語驚也不動了，她重新靠回柱子上，沒什麼表情地看著他。跟沈倦待在一起久了，她把他的這個姿勢學得十分像，微揚著下巴，神情淡漠慵懶，像個高傲的女王，臉上寫滿了「我不去接你，你自己滾過來」。

沈倦心情很好地勾著唇，走過去跟帶隊的教練打了招呼：「韓教練，我不吃飯了，先走了。」

沈倦是這次比賽的主力，站主位的，韓教練當然不答應放人。沈倦笑了笑，揚起下巴：「家屬等到著急，不高興了，我得哄哄。」

韓教練都愣了，實在沒有辦法把這個平時臉上寫滿了「你們都是我孫子」、「這屆對手為什麼這麼菜」的人，和此時說著「我得哄哄」的他聯繫起來。

不過這次比賽，尤其是採訪過後，所有人都知道平時屌到飛起來的大魔王其實是個女朋友即全世界的戀愛腦，對這個能馴服大魔王的傳說中的女人充滿了好奇。

韓教練順著看過去，看見站在那邊的林語驚。也不能多說什麼，是家屬重要還是和隊友吃個飯重要？就趕緊放人了。

沈倦拖著行李箱，無視身後那群人亂七八糟地議論著什麼，大步走過去，站定，垂下頭，然後將行李立在一旁，抬手抱住了眼前的女孩，扣著她的腦袋按進自己懷裡。

在後面圍著看戲的某女隊員叫了一聲，猛拍朱師姊大腿：「怎麼回事啊！魔王談起戀愛來畫風和平時不一樣啊！」

她一邊拍，一邊目不轉睛地看著，那個小女孩都沒回抱他，從他懷裡鑽出來，依然一臉冷淡的樣子說了些什麼。

沈倦抬手揉了揉她的腦袋，小女孩高冷地拍掉他的手，轉身就往外走。

沈倦有些無奈，拉著行李快步跟上去。

另一個女隊員「嘖嘖」兩聲：「這是沈倦？這簡直像是換了個人格。」

「換了個人格？」朱師姊老神在在，一副很懂的樣子，「沈倦在他老婆面前根本就沒有人格。」

「……」

容懷嘆了口氣，搖頭心想，我以後找了女朋友，可不能像師兄這樣。

沒有人格的沈倦此時剛跟女朋友上了車。他的車停在機場的停車場，沈倦將行李箱放到後面，上車時林語驚剛坐上副駕駛座，安全帶還沒扣上就被粗暴地一把拉過來，按著她腦袋吻上去。

林語驚連眼睛都來不及閉，看見他的睫毛垂下去，唇齒間動作激烈地吻她，捲得她舌根發麻。

她「唔」了一聲，抵著他往後退了一點。

沈倦按著她的腰抵回來，不讓她動，手指順著脊背凹進去的線往下，蹭著腰窩，撩起衣襬。

林語驚一抖，推開他：「你是餓死鬼投胎嗎？」

他垂眼看著她的胸前，手指動了動，她被他揉得發軟，黏糊糊地往他身上靠，發出細細的聲音，像小貓一樣。

他勾唇，親著她的耳尖低聲說：「這麼舒服嗎？」

「……」林語驚的耳朵瞬間通紅：「沈倦，閉嘴，你閉嘴。」

沈倦笑了笑，放下椅背把她抱過來，讓她坐在自己身上。林語驚驚慌地往回爬，在黑暗裡瞪著他：「噯，你能不能正經點？差不多行了，你還想幹什麼？」

「幹點不正經的。」沈倦拍拍自己的大腿，哄著她，「自己坐上來，乖，哥哥讓妳舒服。」

「……」

林語驚無語了，就等到回家是會憋死你嗎？

沈倦回來的當天晚上，變著花樣逼她坦白這幾天到底發生了什麼。

林語驚剛開始不想說，她像一個革命女戰士一樣飽受摧殘，兩個小時後終於拋灑著熱淚揮舞白旗投降，一五一十地把在工作室裡看見的東西全都招了。

沈倦聽完，沉默著沒說話，只垂頭咬著她的脖子舔吻。

完事以後，他抱著她，林語驚微揚起頭：「倦爺，問你一個問題。」

「嗯？」他的聲音帶著濃重鼻腔，懶散微啞。

「你去了懷城那麼多次，有看過我嗎？」

沈倦淡聲：「沒有。」

「那你去幹什麼？」林語驚問。

沈倦抬手，指尖繞著她的頭髮，從中間滑到髮梢，撚在指腹，半晌才開口：「不知道，就想看看。」

看她仰頭能看見的天空，踩她踩著的地面，聽著一牆之隔的地方，她聽著的鐘聲響起又停下，操場上的吵鬧歡笑又漸漸安靜。

每次過去發上一會兒呆，他就能踏實一段時間，然後繼續幹自己該幹的事。

沈倦說：「我當時什麼都沒了，我只剩下妳。」

林語驚鼻尖發酸。

她仰起頭來，捧著他的臉：「你還有家人，我才是什麼都沒了。」

她想起林芷今天說的話，想起她疲憊又迷茫的語氣和眼神，紅著眼睛慢吞吞地重複：「沈倦，我什麼都沒了，我只剩下你。」

沈倦拉過她的手拽下去，垂頭親了親她的頭髮：「妳有我，就什麼都有了。」

‡

四月中旬，沈奶奶大壽，還特地親自傳了訊息給林語驚。

老太太打了一堆亂碼，後來放棄了，可能是誰教她用了語音，她傳了長長的一段語音過來，要林語驚一定要到場，必須到場。之後又補充了一句傳過來——沈倦可以不來，你們家來一個人就夠了。

最後還傳了貼圖給她，是懶懶熊的，還很萌。

林語驚一直不知道像沈奶奶這麼潮的老太太，為什麼有沈倦這種性格的孫子，他哥沈瀾跟他性格也完全不一樣，直到她看見了沈家爺爺。

老爺子很有精神，據說因為偶像是張大千，特地留了一把鬍子，其實只有小小一綹，還被沈奶奶找了紅色有小粉花的髮圈綁起來了。整個人的氣場冷漠又嚴肅，配上鬍子上綁著的粉色小花，這潮流前衛的造型當場就把林語驚震住了。

晚上臨走前，林語驚被沈爺爺叫上樓，穿過長廊走到書房裡，從角落架子上抽出了一幅畫，強行塞給她。

塞之前，還特地強調了好幾遍：「傅抱石知道嗎？」

林語驚點點頭。

老爺子露出了今天晚上的第一個笑來，樂呵呵地往畫軸上一指：「真跡，真的，和那些假貨可不一樣。」

「……」

林語驚總覺得老爺子在暗示沈倦之前用八位數買了一幅假畫回來的事。

她連忙點頭，拍馬屁她最會了：「您放心，我拿回去天天掛在沈倦的床頭，每天逼他欣賞二十分鐘，每週寫一篇八百字的賞畫心得感悟。」

沈老爺子的眼神有些驚喜，手一抬：「妳這方法還不錯。」

回去的路上，林語驚和沈倦說了這件事，笑得靠在車窗上。

沈倦瞥了她一眼，好笑地「哼」了一聲，抬手捏了捏她的臉：「傻子。」

林語驚還是笑著，笑得臉和眼睛都發疼。

沈倦特地每次回老宅都帶著她，她一來，沈奶奶就拉著她的手跟她說話。

沈瀾從國外帶回來一堆禮物，堂姊看上了一個包包跟他要，沈瀾就笑咪咪地說：「這個可不能給妳，是買給我弟妹的，要不然妳跟阿倦打一架。」

他們都對她很好，好得就像已經是一家人了，是她的哥哥，她的奶奶。

她明白了他的意思──

妳有我，就什麼都有了。

‡

這年的春天很長，夏天來得晚，林語驚一直在研究她的紋身要弄什麼花樣，可惜沒什麼結果。

她還特地發了動態諮詢，林語驚好久沒怎麼刷過動態，不刷不知道，一刷嚇了一跳，滿屏都是何松南──

『何松南：我女朋友真可愛。』

『何松南：幫女朋友買衣服都得去童裝區。』

『何松南：今天幫我家小如意抓的。』

『何松南：祝你事事如意。』

最後這條有照片，小棉花糖手裡拿著一盒章魚燒，嘴巴裡還塞著一個，腮幫子鼓鼓的，瞪著大眼睛茫然地看著鏡頭。

小女孩看起來還是只有一丁點高，臉上肉肉的，倒是比高中時白了一點，變好看了不少。

下面的評論也很熱鬧。

蔣寒：我真是服了，你跟沈倦兩個混蛋還讓不讓人活？談戀愛就談戀愛，能不能少他媽發點動態？

李林回覆蔣寒：南哥追三千年了，理解一下吧，激動的心無處安放。

宋志明：南哥兩分鐘前剛追到手，扭頭就發了八百條動態，製造出一種在一起兩世紀的假象。

林語驚憤怒了，把手機舉到沈倦面前：「我的小棉花糖什麼時候被這個人騙走了？」

沈倦瞥了一眼她的手機螢幕，漫不經心地道：「宋志明不是說了嗎？兩分鐘前。」

「……」

挑圖這件事就一而再，再而三被打斷，最後林語驚放棄了，怎麼挑都覺得不滿意，乾脆就選了和沈倦一樣的，下面的名字換成他的。

「就是情侶紋身！」林語驚很有興致地說，「我要大的，跟你那個一樣大的，比較帥。」

她腿上的疤在大腿內側，靠近腿根的位置，本來想弄在這裡的時候，林語驚還不覺得怎麼樣，也沒多想，就覺得剛好擋一下疤，也滿好的。

直到準備紋的時候，沈倦拿著東西和紋身機走到她面前，拍拍她的屁股：「脫褲子。」

林語驚：「……」

做那檔事的時候脫是一回事，現在站在工作室裡，就這樣讓她脫又是另一回事。

林語驚打死也做不出來，閉上了眼睛。沈倦很懂她，垂頭，將手指放在她褲頭上，慢條斯理地幫她解開、剝下來，白嫩修長的腿暴露在空氣中。

沈倦抱著她讓她坐下，分開她的腿，趴在她腿間，戴著黑色手套的手按在她的腿根。

「………」林語驚發抖地說：「沈倦……」

「怎麼了？」沈倦輕聲應。

林語驚不說話。

她半天沒給回應，沈倦伸出手，指尖輕輕刮蹭著她腿上的疤，又問，「嗯？」

聲音裡明顯是忍著笑的。

林語驚清了清嗓子，努力克制住自己，不把他的腦袋推開，敏感地縮了縮：「我覺得這個姿勢好像……不是那麼文雅。」

沈倦沒抬頭，聲音很低：「哪裡不文雅？」

林語驚張了張嘴，耳朵紅了。

沈倦低笑了一聲，嘆了口氣：「不逗妳。」

他走到客廳拉了一條灰色的毯子，蓋在她小腹上，打開機器。

林語驚抬手去抓他的手臂，緊張到人都有點抖。

沈倦親了親她的手指：「怕？」

「我有點……怕痛。」林語驚的嗓子都發緊。

沈倦抬起眼來，漆黑的眼睛看著她，聲音低沉溫柔：「那我們不弄了。」

林語驚舔了一下嘴唇，答案和上次一樣：「我不要，我想為了你疼。」

沈倦的眼眸暗下來，他勾下口罩，放下手裡的紋身機站起身來，手撐在床邊傾身吻她。

他們交換了一個溫柔綿長的吻，沈倦的額頭抵著她的，鼻尖蹭了蹭，唇瓣輕輕碰了碰，眼眸很深：「那就為了我再痛一次，最後一次。」

沈倦這個人有點毛病，他的東西上都必須留點什麼，比如看過的書，每一本都要寫上名字。是他的，別人動都不能動。

但林語驚不一樣，林語驚他捨不得碰，捨不得她疼，捨不得在她身上留下他的東西，沈倦覺得留不留都無所謂，只要他是屬於她的，就夠了。

沈倦之前做過一個夢。

他夢見高二那年的自己，渾渾噩噩地度過了休學的一整年，放任自己整個人沉到最深處，連靈魂都寂靜。

然後他遇見了一個人。

女孩明眸皓齒，長長的睫毛撲扇，下巴放在他桌邊，眼睛亮亮地看著他：

「沈同學，我覺得同桌之間要相親相愛。」

故事從這裡開始。

他的世界有光照進來，一隻纖細柔軟的手拉著他，將他從冰冷黑暗的深海裡一點一點地拉出了海面。

她不該屬於誰，她是救贖。

但是這一刻，他心裡的那點占有欲冒出頭來。他想留下一點什麼，刻進她的骨血裡。

大腿內側相對來說比較痛，一開始才刺進去的時候痛感其實不太明顯，像是螞蟻咬，細細密密的，隨著時間推移，越到後面，痛感就越浮現出來。

沈倦的速度很快，他不捨得弄太大，全程一句話都沒說，下頦線條緊緊地繃著，直到最後一下刺下去，沈倦放下手裡的紋身機，用毛巾輕輕擦過，長長地吐出一口氣。

他手套裏著的手心裡全是汗。

林語驚坐起身來，小女孩痛得眼眶通紅，濕漉漉的，垂眼去看。

白皙的皮膚上，他刺了六個字母——Savior，很漂亮的手寫體，最後一筆微微勾著上挑，一眼就看得出來是他的字。

後面有兩條簡單的線勾勒出一條很小的鯨魚，堪堪遮住她的疤，整個紋身都比他的小上一圈。

林語驚看到這個單字的時候愣了愣，幾秒後，她抬起頭來，笑咪咪地看著他：「沈倦，以後我也屬於你了。」

她頓了頓，看著他輕聲道：「以後無論我生我死，我都屬於你。」

沈倦捏著指尖摘掉手套，走過去抱住她，頭埋在她頸間。

「好。」

他聽見自己啞聲說。

荒涼白日裡，我被禁錮在陳朽黑白的夢境中，這裡烏雲蔽日，寸草不生，萬物都荒蕪。

直到你從荒原中走過。

你踏過之處，世界開始甦醒，我看見野花壓滿枝頭，沿途狂野生長，白雪滑落樹梢，寒梅怒放，我看見歸鳥蟬鳴，烈日驕陽。

我看見白日夢的盡頭是你，從此天光大亮。

你是我全部的渴望與幻想。

番外一
有你便不再遺憾

這年的世界射擊錦標賽在日本舉行，九月初，正是開學的時候。

林語驚錯過了他歸隊以後的第一塊金牌，不想再錯過一次，而且世錦賽的意義重大，和之前的幾場小比賽完全不一樣。

她提前偷偷瞞著沈倦辦好了簽證，買了機票，也沒告訴他自己也要去，訂了比他們晚一天的機票。

林語驚瞞得很徹底，收拾好的行李放在宿舍裡，若無其事的樣子，還跟沈倦表達了一下自己不能在場看著他拿到金牌，勇奪第一名的遺憾。說到最後，她自己差點都相信了，眼眶還有點紅。

沈倦走的前一天晚上，何松南安排大家一起吃個飯，為沈老闆送行。餐廳也是何松南挑的，小棉花糖幫他選，最終挑中了一家日料店，意思是先讓沈倦熟悉一下那邊的菜色，免得到時候他水土不服，再吃壞肚子什麼的，影響發揮。

林語驚和沈倦是最後一個到，他們到的時候，桌前已經坐了一圈人，何松南正把他女朋友抱在懷裡揉，小棉花糖的臉蛋被他揉得紅通通的，害羞到不行，一邊小聲地反抗，一邊努力從他懷裡鑽出去：「你別……揉了。」

何松南有些擔憂：「感覺妳最近是不是瘦了？明天帶妳去吃好吃的。」

黏得沒眼看。

顧夏正和傅明修說話，這兩人說話就像在辯論一樣，經常說著說著就吵起來了，吵著吵著莫名其妙就好了，現在也正在爭辯什麼東西，顧夏冷靜地道：「一百萬你當作是鬧著玩，說花就花？你是不是有病？」

「我自己賺的錢，」傅明修不爽道，「賺的錢不就是拿來花？」

顧夏說：「沒說不讓你花，但是不用，我看那個十萬塊的也滿好的。」

「那個太小了。」傅明修果斷道，「談戀愛的第一份禮物送那麼小的鑽戒，顯得我很小氣。」

林語驚：「……」

沈倦：「……」

林語驚真實地吃驚了。這兩人是不是有病？談個戀愛，第一份禮物送鑽戒，那他媽求婚的時候是不是得送個島？

她實在看不下去了，側頭看向坐在角落裡的蔣寒和王一揚。

這兩人也湊在一起，手裡拿著手機，頭碰著頭玩遊戲。

「我靠，沙德還能這麼用嗎？」

「一發入魂懂不懂？輕輕鬆鬆送你上西天。」

「……」

兩隻母胎狗，散發著單身的清香。

林語驚覺得看著他們，心裡舒服多了。

這家日料店的老闆是一對日本夫妻，人很好，店面不大但生意很好。

一群人一邊聊天一邊吃，吃到一半，蔣寒抬了抬筷子。

「兄弟，我真的最佩服你。」他看向沈倦，「說幹什麼就幹什麼，還真的變成最厲害的那個，你那個射擊、世錦賽什麼的我都不懂，但我知道是你的話，肯定能成功，這樣吧，我就等著明年我多一個奧運冠軍哥兒們行不行？」

沈倦笑了笑，沒說話，夾了一個壽司沾上醬料，放在林語驚的碟子裡。

林語驚夾起來咬了一口，看了他一眼。

這天晚上，所有人都熱情高漲，傅明修和沈倦要開車，剩下的人全都肆無忌憚了，放飛自我。

清酒的度數低，後勁卻很強，林語驚仗著覺得自己的酒量還不錯，當成開水一樣喝，最後被沈倦抱上車。

把人放在車後座躺著後，剛起身，林語驚抬手環住了他的脖子，把他拉回來。

沈倦猝不及防，被她猛地帶回來，差點壓上去，手臂撐著車座靠背，堪堪穩住。

林語驚拽著他往下拉，在他唇上親了一下，呼吸裡帶著淡淡的酒氣：「沈倦。」

夜晚，車裡的光線昏暗，沈倦垂眸看著她：「嗯？」

「我告訴你一個祕密。」林語驚摟著他的脖子，「我偷偷買了機票去日本，想給你一個驚喜。」

沈倦：「……」

「我怕你不讓我去，護照和簽證我偷偷藏在床墊下了。」林語驚得意地說，「你肯定找不到。」

沈倦好笑地看著她：「現在我能找到了。」

林語驚不搭理他，自顧自地繼續道：「我想看著你贏，我都沒親眼看你贏過。」她低聲嘟噥，「最後一次，我怎麼說也得在吧，我想親眼看著你。」

沈倦一頓。

他垂頭，親了親她的耳朵：「嗯？」

現在清酒的酒勁上來，林語驚的話就多了起來。她撐著椅子坐起來，靠在車門上看著他：「那如果你今年在世錦賽上拿了金牌，你就站在巔峰了，然後呢？」

沈倦回手關上車門，拉過她的手捏在手裡把玩，垂著眼，漫不經心地說：「回來上課，沒有然後了。」

他明白她問的是什麼，她也知道他的意思。

容懷之前經常跟林語驚說，他覺得師兄太厲害了，學業和訓練兩邊都不耽誤，還能做到最好，感覺完全不會累，林語驚當時沒說話。

他姓沈，又不是姓神，人怎麼可能不會累呢？所有人都會累，只是有些人，他們不會讓你看到罷了。

就像高中的時候，他天天上午都在睡覺，後來她才知道他每天晚上要在工作室熬到淩晨，經常睡眠時間都只有三四個小時。

A大這種學校，想要在訓練的同時跟上學業的進度也絕對不是容易的事情，不可能長時間保持這種狀態。

人總要面臨選擇。

學業和射擊，沈倦也要選。

林語驚側頭看著車窗外，車流像流光斷斷續續，一節一節地緩慢流淌：「我就是不想要讓你有遺憾。」

沈倦笑了笑：「這次世錦賽回來，我也沒什麼遺憾了，命運對我很好，把妳給了我。我有時候會想，如果我當時沒有放棄，也就不會碰上妳了。」

光影明明滅滅，沈倦側過頭來看著她，低聲說：「林語驚，我很幸運。」

——所有的遺憾和錯過與你相比，都是一種幸運。

番外二

傅明修×顧夏

1

顧夏觀察這個人很久了。

這個人一身白襯衫、筆挺西裝褲，將黑色西裝外套拿在手上，一頭俐落短髮，露出光潔額頭，眉骨挺括，渾身上下都散發出一種成熟男人的氣息。總之就是和大學裡的這些稚嫩的歪瓜裂棗、格子襯衫不是同一個重量級的，表情嚴肅而冷淡，屬於那種霸總派的菁英男。

最關鍵的是，比較英俊。

對於顧夏這種因為室友的男朋友是個大帥哥，久而久之連看男人的眼光都被養刁了的人來說，這個長相非常過得去。

現在剛下課，林語驚的中飯經常都是跟沈倦一起吃的，剩下兩個室友在學生會還有事，顧夏一個人坐在三號食堂正對面的長椅上，看著那個菁英男從口袋裡掏出手機，撥了號碼，等了一會兒，開始打電話。

顧夏這個人有點聲音控，在他掏出手機的那一刻，說實話她是很期待的。周圍環境嘈雜，不少學生剛下課，在食堂門口進進出出，顧夏連呼吸都放輕了一點，就怕菁英男萬一說起話也很斯文，她聽不見要怎麼辦。

她正這麼想著時，菁英男的電話通了。

然後，她發現她之前的擔憂完全是多餘的。

菁英男用食堂的半個一樓大概都能聽見的嗓門罵了一句，然後開始咆哮：「你這次再敢放我鴿子試試！上次來就沒見到你的人！什麼意思？每次把我叫來，人就沒了？你現在是覺得我脾氣好了是吧？」

顧夏：「……」

有那麼一瞬間，顧夏聽見了自己少女心破碎的聲音。

男人將外套放在下手臂上，扠著腰站在食堂門口，將手機貼在耳邊，憤怒和不滿的情緒傳遞到方圓十里外每個人的耳裡：

「什麼叫我路痴？我現在就在三號食堂門口！你們學校到底有幾個食堂？我沒有認錯，就是三號。」男人四下瞧了一圈，最後走過來，手機往旁邊偏了偏，垂頭看著坐在長椅上的顧夏：「打擾一下，這個是不是三號食堂？」

他手指著身後的建築。

顧夏看了一眼正門上碩大的阿拉伯數字3，點了點頭。

菁英男也點了點頭，神情嚴肅：「謝謝。」

謝完又重新拿起手機，對著電話那頭怒吼：「這他媽就是三號！！」

「……」

顧夏覺得自己的眼光確實不太好，看上的男人總是有這樣或那樣不太正常的地方。

她本來以為這件事就結束了，這麼一個一看就不是純情男大學生、脾氣不怎麼好，好像還是個路痴，說不定還有點傻的社會人士，怎麼看都不像會在學校裡遇見第二次的人。

但是還真的被她遇上了，不止遇上了，這個人還是室友的哥哥。

顧夏覺得這個世界有點小。

林語驚這個人很有主意，性格又拗，很多事情她不會跟別人說，認定後勸也勸不動，關於她要去單挑精神病這件事，顧夏也是後來才知道的。

她已經算很小心謹慎的了，做了萬全的準備，但還是被傷到了。大腿上有一道很長的傷口，傷口從前頭滑下去，靠近內側。

顧夏在醫院裡陪著她，剛裝了一盆水進來，傅明修——他的名字是後來知道的，就氣勢洶洶地衝進了病房，不管三七二十一，劈頭蓋臉就把林語驚罵了一頓。

顧夏嚇了一跳，這個人語氣很衝，嗓門也不小，雖是好意，但聽得別人也不爽。

連顧夏都有點不太高興了，再看看躺在床上的林語驚，一點反應都沒有，就跟沒聽見一樣，一臉平靜的淡然，好像早已習以為常。

傅明修最見不得她這樣，從認識她到現在一直都是，他都氣到快熊熊燃燒了，林語驚還跟沒事人一樣等他發完火，還笑呵呵地對他說兩句，讓人把一股氣連帶著一口血一起憋著。

他靠著牆站，看著她劈哩啪啦又是一頓罵。

顧夏終於聽不下去了，林語驚受傷，她本來心裡就急得發慌又憋著，現在被吵得很煩，情緒控制不住，將手裡的水盆往窗臺上一放，「砰」地一聲。

傅明修閉嘴，回過頭來，林語驚也沒玩手機了，抬起頭來看了她一眼。

「能不要吵了嗎？」顧夏看著他輕聲說，「醫院裡禁止大聲喧嘩，就算這裡是高貴的ＳＶＩＰ病房也不例外。又不是菜市場，有點素質的人都知道在這裡要保持安靜吧？打擾到病人休息也不太合適，是不是？」

傅明修：「……」

林語驚把被子拉高了一點，腦袋躲在後面，笑出了聲。

傅明修被訓得愣了愣，沒反應過來，「啊」了一聲，竟然還下意識道歉了：「對不起。」

「沒事，」顧夏瞥他一眼，「你小聲點吧。」

傅明修就閉嘴了。

他坐在旁邊的椅子上，就這麼安靜如雞地坐了好幾分鐘才慢吞吞地緩過神來，轉過頭來莫名地看著顧夏：「不是，妳是誰啊？」

他的語氣不怎麼好，這是後知後覺地發現自己竟然被嗆了，少爺病發作的前兆。

「我室友。」林語驚趕緊道。

「她室友。」顧夏重複道。

傅明修點點頭，沒再多說話。

她看著顧夏坐在床邊和林語驚說話。

女孩子之間的共同語言是真的很多，傅明修一直覺得林語驚的話不是很多，是很不願意說話的一個人，竟然也能跟這個女孩聊一下午。

算下來，她也才開學沒多久，一個月就能這麼熟了？

傅明修回憶了一下林語驚剛來A市的時候，兩人認識的第一個月是什麼樣的關係。

基本上沒說過幾句話，對話的內容充斥著「你發燒，我幫你打給消防滅滅火」和「妳別想惦記著我們家的錢」。

不知道為什麼，傅明修突然覺得心裡特別特別不爽。

他和林語驚認識幾年了，關係雖然沒多好，至少還算有點交情。他一聽說她受傷了，假都沒請就直接趕過來了，結果這個人不但晾著他，還和一個剛罵過他的人聊得很開心，完全無視他。而且這女的剛剛說什麼？是不是拐著彎罵他沒素質？

傅明修的手指不耐煩地在椅子扶手上敲了敲，待不下去了，「唰」地站起身來，轉身往外走。剛好沈倦從外頭進來，拉開了病房門，兩人的臉色都不怎麼好。顧夏看了一眼沈倦，也跟著走出去，留林語驚和沈倦兩個人獨處。

她走出病房，輕手輕腳地關上門，剛轉過頭來就看見傅明修靠著醫院走廊上的牆，站在病房門正對面面無表情地看著她。

顧夏覺得有點尷尬，畢竟她剛剛才嗆過人家，還滿不留面子的，所以她若無其事地哼著歌，裝作沒注意到他的視線，轉身就往電梯走。

「喂。」傅明修在後面叫了她一聲。

「……」

顧夏沒辦法，轉過身來。

傅明修往前走了兩步：「妳跟林語驚關係很好？」

顧夏看了他一眼。

她覺得這男人表現得太明顯了，雖然是凶了一點，但是語氣裡的關心是騙不了人的。這麼快就趕來醫院，他對林語驚應該是真的滿在意的。

顧夏側過頭來，目不斜視：「你喜歡她？」

傅明修都沒聽懂她說的是誰：「啊？」

「副總，你放棄吧，她跟她男朋友感情很好。」

林語驚叫他副總，雖然不知道是什麼副總，那她就這樣叫吧。

顧夏好言相勸，「而且，據我觀察，她應該不喜歡嗓門大的。」

傅明修覺得這女的是不是有點神經病，自說自話，不知道在講什麼，還一副語重心長的語氣，說的話他一句都聽不懂。

但是從這個角度，他忽然發現這個人有點眼熟。他應該在什麼地方見過，而且就是在最近。

傅明修怎麼樣也想不起來，那種明明就在腦子裡，下一秒就能脫口而出，卻怎麼樣也想不起來的感覺憋得他很難受。他頓了頓，也顧不上她說的話什麼意思，那股難受甚至把她剛剛嗆他，讓他感到的不爽都硬生生地壓下去了。

傅明修皺著眉，直勾勾地盯著她看，從眼睛、鼻子到嘴巴，視線像X光掃射了一圈，目光非常火熱，看得顧夏一陣不適。

就在她快忍不住的時候，傅明修開口：「我是不是在哪裡見過妳？」

「……」顧夏抬起頭來，乾脆地表明自己的立場：「不用套近乎，我跟她感情很好，而且狀元我也很喜歡，我不會幫你的。」

她微笑看著他：「而且，我也不喜歡嗓門大的。」

傅明修：「……？」

2

傅明修覺得林語驚這個室友好像有哪裡怪怪的，說的話一句都聽不懂。

兩人大眼瞪小眼半天，感覺對話都不在同一個次元裡，傅明修最終放棄了，兩人搭電梯一起下去，傅明修開車回公司，顧夏坐公車回學校。

回去的路上，傅明修都在思考這個問題。

他這個人有點毛病，想不起來會特別特別難受，就跟之前看見沈倦的時候一樣。那種不上不下的感覺卡得他實在太痛苦了，人和事都一樣，他就一定要把它想起來，腦子裡有了正確答案才能真正解脫。

他開始思考到底在哪裡見過顧夏。

林語驚的室友、A大學生，那就說明應該是在學校裡見到的，但他一共也只去過兩次A大。

傅明修用了一個晚上想，下班之前也沒想起來。

這段時間他隔三差五就會去一次醫院，林語驚這件事辦得讓他有點不知道該怎麼形容，那個神經病家裡沒什麼背景，想要讓他消停下來，有很多其他方法，她偏偏選了這種。真的是個遵紀守法好公民，氣得傅明修都沒脾氣了。

每次見到她，傅明修就想再罵她一頓，但是不知道為什麼，每次在他即將要開口的時候，傅明修總是會想起顧夏的那句「有素質的人都不會在醫院裡大聲喧嘩」。

後來大概是因為平時的課程比較緊，傅明修又去了幾次醫院也沒再看見她。他覺得怪難受的，他其實就是想問問：我們到底在哪裡見過？

一直到林語驚出院的那天，顧夏來幫她拿東西。沈倦這段時間一直都像個被情所傷的陰鬱美男子，話都不多說一句。

傅明修這時還不知道林語驚的傷是因為沈倦。傅明修雖然不怎麼喜歡他，但是，一，這是林語驚的對象，二，他也不是什麼親哥哥，人家談戀愛，喜歡就喜歡了，他管那麼多幹什麼。

但是沈少爺畫風突變，炫酷狂霸屌炸天的氣場沒得一乾二淨，每天跟孫子一樣跟在林語驚後面，讓傅明修覺得心裡非常不適。

他找了個機會和沈倦談談，兩人走出病房，站在醫院走廊裡的祕密通道門口，開始了一段長達五分鐘的對話。

在這個過程中，無論傅明修說什麼，沈倦都不怎麼回應他。這個人就像死了一樣，這一段時間以來，對於林語驚以外的人一律都是沒看見，就這麼沉默地靠著牆，低垂著頭，面無表情地站著，連理他的意思都沒有。

傅明修終於火了，他最受不了這種悶著的火氣，「嘶」了一聲，往前走兩步：「不是，你這個人怎麼回事？能不能談談？」

「喀噠」一聲輕響從走廊那頭傳過來，顧夏站在病房門口，看著他們這邊劍拔弩張的氣氛，張了張嘴。

顧夏覺得，霸道總裁愛上沒有血緣關係的漂亮妹妹，並且試圖和正宮男朋友一爭高下的事情證實了。

那天走之前，沈倦出去和林語驚的心理醫生聊了一會兒，回來裝好東西，拉人上車就走了，臨走之前林語驚還特地囑咐了傅明修，這個時間是尖峰時刻，公車地鐵都很擠，讓他把顧夏送回學校。

她不說，其實傅明修不會有這個意識要送女孩回學校。她這麼一說，他後知後覺地覺得自己之前沒送她，讓顧夏一個人坐公車回去是不是有點不妥。

林語驚和沈倦走了以後，醫院門口就剩下他們兩個人。傅明修看著顧夏，兩人默默對視了好半天。

傅明修的表情滿嚴肅的，幾乎可以算是瞪著她看了，就在顧夏以為這個人要說什麼驚世駭俗的話的時候，傅明修忽然又問了一遍：「我真的沒見過妳？」

顧夏：「……」

顧夏服了。她對自己的長相一直很有自信，在以前的學校也是叫得出名字的那種人物，追她的人還不少。到了大學，配上她精湛的化妝技術，應該是很女神的，畢竟在圖書館坐一下午也能收到幾張小紙條。

但是傅明修就是死活想不起她，她長得就那麼沒有辨識度？顧夏覺得自己被傷害了。

她一時間不知道要擺什麼表情比較好，心情複雜地說：「之前，你來A大，站在三號食堂門口問過我這裡是不是三號食堂。」

傅明修的表情空白了幾秒，之後緩慢地一點一點發生變化，最後「啊」了一聲，想起來了。

顧夏嘆了口氣：「我長得就這麼……沒有記憶點嗎？這也才沒幾天呢。」

「也不是。」傅明修一時間也有點不知道該說什麼好，憋了半天，問她，「妳吃晚飯了嗎？」

「……」

顧夏用看神經病的眼神看著他，不知道他這個問題從何而來，明明一整個下午他們都一起待在病房裡。

傅明修也意識到了，若無其事地忽略了這個問題，抬手看了一眼手錶，直接道：「一起吧，吃完把妳送回去。」

傅明修這個人看起來就屬於比較奢華浮誇的那種，所以在他帶顧夏去一家海鮮餐廳的時候，顧夏沒有多驚訝。

人家堂堂一個總，來金碧輝煌海鮮餐廳吃個飯怎麼了！一頓飯不吃個幾千塊，都對不起他總的這個職位。

但是顧夏是很心痛的。她雖然家境也還算殷實，房子有幾套，父母也做點小生意，跟傅明修還是不怎麼能比。顧母教育孩子也是從簡，不奢靡、不鋪張，每個月給的生活費也就是正常開銷。

這一頓飯下來，顧夏感覺自己未來的一個月只能與泡麵為伴。但她又不能說這家太貴了，就算各付各的我也付不起，我們去吃山西刀削麵吧。

她咬著牙，就這麼跟著進去了，想著大不了週末回家跟父母撒個嬌什麼的。

傅明修大概是這家店的常客，一進去，大廳經理熱情地迎上來，帶兩個人走到靠窗的位置。

這家金碧輝煌不僅是裝修風格金碧輝煌，價格也很金碧輝煌，並且這麼輝煌是有原因的，顧夏從小到大沒怎麼缺過吃的，但是這麼大的龍蝦還真的是第一次吃，味道也很好。

她沒有食不言寢不語的習慣，但是和傅明修不太熟，和見過沒幾面的人吃飯感覺就像在相親，氣氛有點尷尬。

畢竟是室友的哥哥，顧夏準備努力一下，製造一個話題聊聊。

她想起今天在醫院裡看到的那一幕，謹慎思考了一下說道：「林語驚和沈倦關係滿好的。」

傅明修：「……」

顧夏繼續道：「非常相愛，狀元對我們小鯨魚跟對待祖宗一樣，捧在手裡怕化了的那種。」

傅明修垂眼，沒說話。

來了，他心想，她的腦子不太正常，不知道跑到哪個次元去、想表達什麼意思的胡言亂語又開始了。

傅明修也不說話，長久地保持著安靜，垂頭喝了口水。

顧夏在心裡嘆了口氣，覺得他大概是沉浸在悲傷裡，暫時說不出話了。

她也不想說得太絕，現在還是轉移一下話題，聊一點輕鬆的比較好，她開玩笑地說：「你之前在醫院裡真的沒認出我來啊？好歹在食堂門口也說過話，我是長得太路人還是太醜？」

傅明修放下水杯，漫不經心地抬了抬眼，看了她一眼。

他當時被放了鴿子，在氣頭上，沒太注意那個女孩到底長什麼樣子，後來幾次在病房裡也沒太仔細注意，現在沒什麼事閒下來，女孩就坐在他對面，傅明修仔仔細細地看了看。

瓜子臉，尖細小下巴，皮膚很白，眼睛很大，紅嘴唇。

傅明修實在形容不出女孩子的長相，就覺得很御姊……滿好看的。

她坐在桌子的另一頭，輕輕眨了眨眼，看著他。不知道是餐廳裡水晶燈的原因還是什麼，烏黑的眼睛亮晶晶的，像會說話，唇角翹著帶著笑。

單從長相來說，確實非常討喜，如果忽略掉她那些讓人聽不懂的發言。

不知道為什麼，傅明修忽然覺得心裡慌了一下，他發了兩秒鐘的呆，然後回過神來，兩個人已經隔著桌子對視了好半天。

沉默了片刻，傅明修忽然別過頭去，聲音很低地含糊嘟噥了一句：「不醜。」

顧夏沒聽清楚，抬起頭來疑惑地看著他：「嗯？」

傅明修的表情開始很不自然，臉上微熱，他輕咳了一聲掩飾掉，彆彆扭扭地別開眼，神色有些狼狽地說：「妳滿好看的。」

顧夏愣了愣。

「閉嘴不說話的時候。」傅明修繼續道。

顧夏：「……」

3

那次一起吃過飯以後，顧夏很長一段時間都沒再見過傅明修。

從來沒見過這種人，自己不會說話，人家都還沒嫌棄你，還好意思說別人不說話時比較好。

顧夏那天晚上氣得夠狠，差點就拿著包包轉身走人了，不過良好的家庭教育讓她還是忍了，兩個人安安靜靜地吃完了那頓飯。

傅明修估計也意識到了自己說了什麼蠢話，後面也沒再多說什麼，飯後將她送到學校門口，顧夏冷硬地跟他道了個謝，還客氣地說了聲再見。

真的就是完全客氣，顧夏是再也不想見到這個人了，腦子裡不知道都裝了些什麼。

顧夏從小到大，在國中以後都沒見過哪個男的能直成這樣。

正常來說，她不應該會這麼在意的，她氣的原因裡或多或少大概還摻雜著一點別的。

傅明修看著她解開安全帶，板著一張臉下車，頓了頓，似乎有些猶豫想說什麼，最終還是一句話都沒說出來，看著她下去。

顧夏下車後，傅明修坐在車裡巴著方向盤，嘆了口氣。

他就算情商再低也意識到人家女生不高興了，因為他最後那句話。

正常來說，傅少爺的性格是完全不會在意這些的。你高不高興跟我有什麼關係？反正我說出來爽就行了。

但是現在，他竟然破天荒地覺得有些後悔。

是真的有點後悔。以後說話的時候，還是應該考慮考慮。

後來，傅明修有意無意地又去了幾次A大，但畢竟這麼大一間學校，想要次次都偶遇還是有點難度的。

傅明修想的是要不要道個歉，但他又不想太刻意，好像他特地過來就是為了道個歉。

如果能遇見就說一句，遇不到就算了。

傅大少長這麼大，也還沒和誰道過歉，本來這件事他以為過了就過了，也不知道為什麼，心裡總是有點惦記著。

不過好幾次都沒遇到，傅明修也就放棄了，再加上他這年剛畢業，正式進公司，平時不務正業習慣了，突然真的做起正事來也有點焦頭爛額，分身乏術。

這件事就被傅明修擱置下來。他每天忙得顛三倒四，恨不得一個小時拆成兩個小時來用，再後來也沒什麼空去A大一日遊碰偶遇。

也沒想到再次見到顧夏，是在公司裡。

他那天開會，起了大早去公司準備資料，拿著融資企畫案進了頂樓辦公室，準備找關向梅先提前打個報告。結果隔著一扇玻璃門，看見關向梅在和孟偉國吵架。

辦公室裡的隔音極好，傅明修幾乎聽不到什麼聲音，只隱隱約約漏出一些。兩人吵得很激烈，最後關向梅抬臂將半張桌子的文件全掃在地上，孟偉國背對著門，看不見表情。

傅明修倚靠在玻璃上冷眼看了一會兒，這兩人在一起還沒兩年，新婚時的你儂我儂消失得一乾二淨，基本上三天一小吵，五天一大吵。一開始是因為孟偉國想要孩子，關向梅多精明的一個人，自然不可能會同意。

到後來，因為利益，因為公司，因為錢。

傅明修每天冷眼看著，心裡覺得有些嘲諷，覺得自己這對親媽繼父還真是有意思。

他早就覺得孟偉國這個人不行，連對林語驚都有很深的偏見。忍了兩年，這個男人的狐狸尾巴終於露出來了。

傅明修現在做事一天比一天得心應手，孟偉國開始發慌。這家公司畢竟還是傅家的，等傅明修真正接手的那天，想讓他哪裡去他就得哪裡去。

他故意用手裡的文件撞了一下玻璃門，發出清脆的聲音，裡面的兩個人同時像被按了暫停鍵停下動作，關向梅望向門口，孟偉國轉過頭來。

傅明修連看都沒看一眼，也不好奇他們是什麼表情，轉身下樓。

會議在上午十點半開始，現在還有一個多小時，傅明修準備將企畫案放回辦公室，也懶得等專梯，電梯門一開就搭下去了。

到十四樓，碰見了人事部領著一群實習生進來。

人事部的主管領著幾個小孩，進來時看見他在電梯裡頓了頓，傅明修當時低垂著頭沒看見，再抬頭，人事部主管笑咪咪地看著他。

這個主管在公司十多年了，跟著老傅一起做事的，傅明修還在讀高中的時候來公司寫作業，有什麼不會的，這個主管還經常偷偷摸摸地幫他寫。

傅明修跟他關係不錯，主動打招呼，閒聊了兩句，看著前面四五個黑漆漆的後腦勺，隨口問：「新員工？」

「實習生。」主管道，「寒假了，人事招了幾個小孩。」

傅明修愣了愣，才恍惚意識到現在已經寒假了，每天忙得連時間觀念都沒有。

實習生有四五個，兩個女孩子、三個男孩，這裡門檻不算低，能進來的就算是寒暑假實習，也應該是有點本事的，要不是讀名校、能力強，就是家裡有門路。真的有水準的就會提前把人留下，省得畢業的時候被別的公司搶去，菁英從來都是不嫌多的。

傅明修沒再說什麼，點了點頭，隨意掃了一眼，看見了一個漆黑的後腦勺。

他跟人事部主管說話的時間，幾個小實習生都有意無意地側過頭，就一個女孩特別特別堅決地面朝著電梯門，怎樣都不轉過來。

看起來執著又倔強，尤其是這個背影，看起來好像有那麼一點眼熟。

電梯門叮咚一聲開了，幾個小實習生走出去。

傅明修是一個特別喜歡鑽牛角尖的人，如果有什麼事情在他心裡留下了種子，他就一定得弄明白。

他跟著一起出去了，跟在主管和那群實習生後面，走到人事部門口，倚靠著門看著那幾個小孩一個一個被分派部門。

顧夏站在最後一個，她穿了一件米色襯衫、墨綠寬褲，本來個子就很高，踩了一雙高跟鞋就更高了，頭髮散著燙了捲度，完全看不出來像個大一的學生。

傅明修在確定是她的時候，還是詫異了一下。

他雖然大學的時候也去公司實習過，不過那時候也大二了，大一的第一個假期，一般小孩都惦記著玩，會出來找公司實習幹正事的人，至少在他的圈子裡還沒碰過。傅明修這一圈少爺千金的朋友裡，上進的沒幾個。

傅明修就這麼倚靠著門看著她。

她站的那塊剛好斜背對他，有半個側影，正在小聲地和旁邊的那個男生說話。

傅明修等了差不多有五六分鐘，他開始感覺不耐煩了。

他皺著眉抱著手臂，指尖點在手臂上，一下一下，表情看起來像個來視察的長官。整個辦公室的人都安靜了下來，偶爾瞄他一眼。

顧夏也終於感受到了氣氛不對，轉過頭來。

傅明修：「？」

兩人的視線對上，顧夏看了他幾秒，然後安靜、若無其事地轉過頭去。

傅明修對她的態度不是特別滿意，他是一向不會多考慮什麼的性格，直接手一抬，指著她說：「妳。」

顧夏再次轉過頭來。

傅明修：「過來。」

顧夏：「……」

您真的是好霸道啊。

她無奈地跟上去，跟著他穿過公司走廊，走到落地窗前。傅明修轉過頭來，看著她：「妳來幹什麼的？」

顧夏有些莫名地看了他一眼：「我來實習啊。」

傅明修咳了一聲。

他其實不是想問這個，他想問什麼？

傅明修的腦子有點卡彈，思維不知道為什麼忽然處於停滯狀態，有點跟不上嘴巴的節奏，莫名其妙的話就脫口而出了：「妳剛剛沒看見我？在電梯裡。」

「看見了啊。」顧夏說。

傅明修不是特別滿意：「那妳還跟沒看見似的？」

「……」顧夏有些無語：「我就是寒假無聊，來實個習、學點東西，順便賺點零用錢，又不是來認親。我是一個實習生，你不是什麼總嗎？我……怎麼搭話啊？」

簡單解釋一下就是我只是想來實個習，不想搞那些沾親帶故的，你最好也假裝不認識我。

傅明修愣了愣，確實沒想到這點。

顧夏也沒想到副總是在這家公司裡當總的。

幾次相處了解下來，顧夏覺得傅明修這個人有點蠢，就是字面意思的那個蠢，這種傻直傻直的性格，實在不像一個勾心鬥角的大家族富二代會有的，更像那種小暴發戶。

所以她本來以為，這個人可能家裡開了小公司什麼的，沒想到真的是在菁英裡混大的富二代。

地主家的傻兒子。

顧夏有點好奇，他這個智商和性格，為什麼還沒被人欺負死。

兩人站在落地窗前，上午十點，公司走廊裡的每個人都神色匆匆，各自忙著自己的事，腳步都不停下。他們這塊畫面一靜止下來，顯得有點突兀。

顧夏等了一會兒，見傅明修沒再說話，抬了抬眼：「副總還有事嗎？」

「有。」傅明修說。

顧夏就耐心地等著。

男人手裡的資料夾還來不及放下，就那麼捧著，看起來有點乖，完全沒有霸道總裁的樣子，他看著她，張了張嘴，半天才拖拖拉拉地，很小聲地說了一句：「對不起。」

顧夏愣了愣，沒反應過來：「嗯？」

傅明修的耳朵紅了，他別過頭去，清了清嗓子：「我之前說妳閉嘴的時候好看，我沒有——」他咳了一聲，「那個意思。」

顧夏真是徹底愣住了。

這件事她其實早就忘了，本來就不是什麼大事，以前或平時跟男性朋友開玩笑什麼的，這種話也經常說。而且都過了好幾個月，她沒想到傅明修還始終惦記著。

等她回過神來，傅明修已經走了，顧夏站在窗前回憶了一下他剛剛那個表情。

十分不自然的神情，耳根發紅，一臉「去他媽的，老子今天就豁出去了」的樣子，道個歉像要了他的命一樣。

顧夏「噗哧」一聲笑出聲來，覺得一個霸道總裁能純情成這樣還怪有意思的。

‡

那天以後，傅明修沒再和顧夏說過話。

他聽懂了顧夏話裡的意思，兩人偶爾在公司裡面碰見，傅明修也全當沒看見。

雖然林語驚調侃起傅明修來一直說是傅總什麼的，但他其實也是從基層員工開始一點一點地習慣，慢慢往上幹，才剛剛升上管理階層沒幾個月，辦公室還和部門員工同一個樓層。

顧夏的辦公室和他也同層。之前和她說話的男生大概和她在同一個部門實習，傅明修只要看見顧夏，身邊必然跟著那個男的。

兩人畢竟是一起進公司實習，工作部門也分在一起，交個朋友也正常，一起吃個飯、聊個天、喝個下午茶，傅明修覺得也可以理解。

能理解個屁。

男人看男人，有時候，有些意圖其實很明顯就能看出來。

傅明修雖然情商低，但也不是傻子，這男孩每天看著顧夏，眼睛裡的粉紅氣泡都快飄出來了。

傅明修覺得這算什麼事，這是利用工作之便，公然追小女孩？

這種行為最是讓人不齒。

傅明修是忍不住事情的人，硬生生忍了兩個星期，某天終於看見顧夏一個人從茶水間出來，把人攔住了。

顧夏手裡捧著一杯咖啡，醇濃的香氣四溢，飄散在茶水間裡。

她四下看了一圈，確定沒人注意到才說：「怎麼了，副總？」

傅明修看著她這副跟他拉開距離的樣子就有點不爽，雖然他也說不上來到底是哪裡不爽。他冷笑了一聲，隨手關上茶水間的門，板著臉看著她：「公司裡不能談辦公室戀情，知不知道？」

顧夏：「……」

林語驚在不在？妳哥不知道發什麼瘋，又發作了。

顧夏很恭敬地看著他：「副總，我沒談辦公室戀情啊。」

這丫頭一口一聲傅總，叫得清清脆脆的，聽得傅明修一陣心煩：「妳能不能不叫我傅總？」

顧夏不明所以：「林語驚就是這麼叫你的啊。」

「林語驚吃屎，妳也要跟著吃嗎？」

「……」

顧夏聽出來了，這個人的心情不怎麼好。

顧夏沒什麼時間在這裡跟霸道總裁閒聊，只得點點頭，順著他說：「不吃，那麻煩您讓讓吧，我還有一堆工作要做，做不完就得加班。」

傅明修像沒聽見一樣，倚著門動也不動：「別做了。」

顧夏眨眨眼：「什麼？」

「你這麼喜歡工作，換個部門，來當我的祕書。」傅明修說，「一個部門要兩個實習生幹嘛？一個還忙不過來？你們天天湊在一起嘀嘀咕咕，工作效率能提高？妳就非得跟他黏在一起？」

他這一串話都沒停頓，顧夏直接愣住了。

她反應了好長一段時間。

她不是沒談過戀愛、反應很遲頓的那種，顧夏自覺自己也算是半個戀愛專家吧，她從幼稚園就開始談戀愛了，在別人玩泥巴的年紀就親了班上長得最好看的小男生的臉，把人家嚇得哇哇哭。

傅明修這種特別特別明顯的反應，讓她一時間有些發愣。

她本來以為傅明修喜歡林語驚，但是觀察了一段時間，後面還委婉地跟林語驚提了一下以後，又發現不是。

傅明修這個人就是單純的智障。

現在看來，這個人不是智障，他就是真的特別特別純情。

這種有點傲嬌、口是心非的反應，小學生都不會這樣了，人家小學生現在談戀愛，男孩都撕心裂肺地喊：「妳愛我還是愛他！！」

直白又直接，多好呢。

但傅明修不是，他就像個傻子憋著，憋到實在憋不住了，就攔住她說辦公室裡不能談戀愛，拐彎讓她少跟那個男生接觸，估計都不知道自己到底為什麼這麼在意。

顧夏沒忍住，一下就笑了。

她越笑，傅明修就越火，沒說話，就這麼瞪著她。

小女孩今天穿了一件藕粉色服裝，襯得一張小臉愈加白皙，笑起來明豔又動人，像一捧池子裡含苞待放的蓮，唇瓣飽滿，連勾出的笑弧都動人。

瞪著瞪著，傅明修又臉紅了，狼狽地別開視線。

顧夏忍著笑，一本正經地看著他說：「副總，您放心，我肯定不會談辦公室戀情的。」

傅明修沒說話，莫名其妙地有種鬆了口氣的感覺。

顧夏繼續道：「反正我們都是實習生，最多再做半個月吧，他在Z大，離我們學校很近，也就幾站地鐵的路。」

傅明修一頓。

顧夏又說：「我也不急於一時，肯定不會影響到工作的。就算是實習，我們也要對得起您給我們的實習工資，是不是？」

傅明修表情陰沉地繃著，轉身拉開門就走。

‡

顧夏和那男孩的關係一天比一天好，傅總的氣壓就一天比一天低，整個公司的人都察覺到了，連關向梅都察覺到了，那天特地把他叫上樓來問話：「聽說你最近脾氣越來越不好？怎麼了，遇到什麼棘手的事了？」

「沒。」傅明修淡聲回應。

關向梅不敢多問。自從她再婚以後，她跟傅明修之間一直像隔著一道牆，經常幾句話說不好就吵起來，所以也沒再說什麼，看著他出去。

傅明修是真的有點想不通。

一開始只是因為她罵他罵得很凶才記著，後來是因為覺得在哪裡見過她才記著，再後來，是因為覺得自己應該跟她道個歉才記著。

莫名其妙地，就這麼記了好幾個月。那現在道歉也道了，話也說明白了，女孩也沒怪他，這件事是不是就可以過了？

傅明修也不知道為什麼，他覺得有點過不去，就像是記著記著就上癮了。

包括顧夏來實習，整個寒假，傅明修都感覺自己就像個變態，人家女孩走到哪裡，他都若有似無地忍不住注意一下，開始跟那時候不斷跑A大一樣，在公司裡製造偶遇。

只是每次偶遇到她，身邊都有人，她言笑晏晏，說話有趣，性格也好，把身邊的小男生迷得不要不要的。

偶然間，傅明修還聽見有女孩討論，說新來的這個實習生長得很帥。年輕男大學生，小鮮肉，青春的氣息，和公司裡這些老黃瓜可不一樣，纖細美少年。

傅明修覺得這幫人是瞎了吧，到底帥在哪裡了？不就是皮膚白了一點，眼睛大了一點？瘦得跟麻杆一樣，早上尖峰時刻擠個電梯，都怕會把他擠到骨折了，就是一個娘娘腔。

她……也喜歡這樣的？

傅明修覺得非常不能理解。

眼看著寒假結束，顧夏的實習期也快過了，傅明修發現她不愧是林語驚的好朋友，擅長處理各種人際關係，短短一個月的時間，上到部門主管下到公司清潔員，沒有一個人不喜歡她。

包括年輕的男大學生。

她最後一天來公司的時候，男大學生終於忍不住了，兩人坐在休息區，男大學生叫了她一聲：

「那個，顧夏……」

「嗯？」顧夏應了一聲。

「沒什麼，我就是想問問妳……」

顧夏笑了笑：「你問。」

「我想問問，妳有沒有……」男大學生看著她，欲言又止，「就是，妳看，我們也相處了這麼久，我想問妳……」

男生壓低了聲音，把腦袋湊過去，顧夏也湊過去，兩個靠得極近，男大學生低聲說：「就是之前我問妳的那個，你們系上的那個學長的電話號碼，你們不是同一個社團的嗎，他同意了嗎？」

男大學生現在都不喜歡女大學生了，他們也喜歡男大學生。

顧夏和這位同事的友誼就是這樣建立起來的，之前一聽說她是A大的，男生的眼睛都亮了，據說是在某次辯論賽上對對方的三辯，某電腦系的學長一見鍾情，當時不敢要聯繫方式，後來追悔莫及，就想讓她幫忙要個微信或者手機號碼。

顧夏當然同意去幫他問問，她正要說話時，被人一把抓住手腕拉起來。

這個人力氣大，捏得她手腕生疼，顧夏差點沒叫出聲來，被人拉著踉踉蹌蹌地往前走，繞了兩層樓梯上公司的休息天臺，傅明修這才放開她。

顧夏火了，甩著手腕瞪他：「你是不是有病？」

傅明修沉著臉：「他跟妳說什麼？」

「關你屁事。」她沒好氣。

傅明修憋著火：「妳是不是覺得今天是最後一天，就可以隨便跟我說話？」

「對啊。」

「喜歡他那樣的？」

「喜歡啊。」

「覺得他長得帥？」

她都懶得看他：「我覺得他帥死了。」

「那我呢？」傅明修問。

「你——」

顧夏剛要說話，反應過來後頓了一下，抬起頭來。

傅明修抿著唇，滿臉都是煩躁、煩躁和煩躁，耳朵通紅，憋了半天又問了一遍：「妳覺得我和他誰比較帥？」

顧夏眨了一下眼，慢吞吞地說：「副總，這句話和我喜歡你的意思是一樣的嗎？」

傅明修像是被人點燃了的鞭炮，砰的一聲就炸了，整個人差點跳起來，這回不光是耳朵，連額頭都紅了。

他瞪著她，惱羞成怒地說：「誰說喜歡妳了？」

「沒人。」顧夏點點頭，轉身就要走，「那我繼續接受告白去了，外面這麼冷，副總您自己待著吧。」

她往前走了兩步，後面的人沒聲音。

她放慢腳步，又走了兩步。

後面的腳步聲傳來，顧夏垂著頭笑，下一秒，傅明修又拉著她的手臂把人拉過來，這回用了兩隻手，死死拽著她的兩隻手腕，不讓她動。

顧夏垂頭看了一眼兩人的姿勢，覺得有些好笑：「洋娃娃和小熊跳舞？」

傅明修沒理她的調侃，紅著臉看著她，聲音有些啞：「我……」

「你。」顧夏不緊不慢。

「我……」

顧夏勾起唇角，冬日裡的天臺冷，她的鼻尖有點紅，比平時的御姊模樣多了一點憨態的可愛：「你怎麼？」

傅明修低聲罵了句髒話，撇了一下頭，然後像豁出去了似的以兩隻手把她往前一拉，垂頭吻了上去。

顧夏完全愣住了，這個傻大個嘴笨成這樣，還是個行動派？？

她們這個接吻姿勢滿尷尬的，傅明修死死握著她的兩隻手，手心裡全是汗。身上帶著灼人的熱度包裹著她，將寒冷氣流驅散得徹底。

天臺空無一人，落葉飄落在軟木臺上。冷風灌過，鼓動著休息區的墨綠色遮雨棚棚面，發出細微聲響，除此之外半點聲音都沒有。

良久，角落裡才傳來女孩帶著喘息和笑意的聲音：「副總，舌頭動動。」

「……」

「噯，不是這樣動的，你吻技好差喔。」

「……」

「副總，你不會是初吻吧，你都多大年紀了？」

「……閉嘴。」

——全文完

高寶書版集團
gobooks.com.tw

YH 071
白日夢我（下）
作　　者　棲 見
特約編輯　Rei
責任編輯　陳凱筠
設　　計　Ancy pi
內頁排版　賴姵均
企　　劃　何嘉雯

發 行 人　朱凱蕾
出　　版　英屬維京群島商高寶國際有限公司台灣分公司
　　　　　Global Group Holdings, Ltd.
地　　址　台北市內湖區洲子街88號3樓
網　　址　gobooks.com.tw
電　　話　(02) 27992788
電　　郵　readers@gobooks.com.tw（讀者服務部）
傳　　真　出版部(02) 27990909　行銷部 (02) 27993088
郵政劃撥　19394552
戶　　名　英屬維京群島商高寶國際有限公司台灣分公司
發　　行　英屬維京群島商高寶國際有限公司台灣分公司
初　　版　2022年 1 月

本著作物《白日夢我》，作者：棲見，由北京晉江原創網絡科技有限公司授權出版。

國家圖書館出版品預行編目(CIP)資料

白日夢我 / 棲見著. -- 初版. -- 臺北市：英屬維京群島商高寶國際有限公司臺灣分公司, 2022.01
面；　公分. --

ISBN 978-986-506-325-2 (上冊：平裝)
ISBN 978-986-506-326-9 (中冊：平裝)
ISBN 978-986-506-327-6 (下冊：平裝)
ISBN 978-986-506-328-3 (全套：平裝)

857.7　　110005929

凡本著作任何圖片、文字及其他內容，
未經本公司同意授權者，
均不得擅自重製、仿製或以其他方法加以侵害，
如一經查獲，必定追究到底，絕不寬貸。
版權所有　翻印必究

GOBOOKS & SITAK GROUP©